d'aujourd'hui

collection dirigée par
Jane Sctrick

GRAND-PORT

DANIEL VAXELAIRE

GRAND-PORT

roman

PHÉBUS

à André Morlot, qui m'a appris à écrire
à Patricia, qui m'a appris le reste

« *Il est nécessaire de penser à envoyer*
trois frégates à l'île de France.
Je n'ai plus dans cette colonie que cinq frégates,
parmi lesquelles il y en aura probablement une ou deux
qui seront prises… »

Lettre de Napoléon Ier
à l'amiral-duc Decrès, ministre de la Marine,
datée de Vienne, 17 avril 1809,
jamais suivie d'effet.

I

LE TEMPS DES MIRAGES

I

LE SEIGNEUR DE RICHE-EN-EAU

Je ne serai jamais planteur.

J'en ai soudainement été sûr en arpentant les terres du chevalier du Breuil, à Riche-en-Eau. Pas plus planteur en grand, comme lui, que planteur en petit, comme mon père.

– Vois-tu, Hervé, le café ne rend guère et le girofle passe mal, avec toutes ces croisières anglaises ! Mais le sucre ! L'arak ! Les vivres ! Regarde comme le cours des vivres monte depuis que l'île Bourbon est cernée par les loups !

Il soufflait en me disant ça, rouge, suant malgré la brise. Je n'ai pas aimé le gros clin d'œil ajouté là-dessus, comme si j'étais moi-même spéculateur en légumes.

Il est vrai que le chevalier a épousé un coffre à piastres, belle femme en outre – donc double exploit –, et que son grand souci est de ne jamais être pauvre, comme dit-on le fut son père. D'où cet esprit de calcul, qui l'a rendu maître des plus belles terres du Sud, lesquelles sont arrosées par deux rivières et abritées de l'alizé par la montagne. Tout y pousse, fruits d'Orient, canne, maïs, blé, épices. De quoi bomber le torse, vraiment.

– Les vivres et la canne, Hervé, tu verras !

Je me suis demandé si cet étalage des richesses présentes et à venir n'avait pas un objectif caché, par exemple me caser une de ses filles. Quand on n'a conçu que des femelles, on chasse le gendre, pas vrai ?

Si c'est cela, tu peux courir, du Breuil...

Il m'était tombé dessus alors que je vadrouillais au bas de la montagne des Créoles, carabine au bras, plus pour tuer le temps que pour occire les francolins dont tout le monde à la maison était rassasié.

— Ce n'est pas parce qu'il y a blocus que nous devons nous nourrir de plumes ! ronchonnait Mère à chaque fois que je revenais avec une guirlande d'oiseaux pendue à ma ceinture.

— *Bon Dié ! N'a pas capave pose to lé corps !* grognait Fidelia qui devinait mieux, elle, pourquoi je traînais ainsi.

Quand on habite à une journée de la ville et qu'on ne veut s'occuper ni des champs, ni des hommes, que faire d'autre que prendre son cheval, son fusil et son chien ?

Il m'arrivait fréquemment d'aller sur les limites de Riche-en-Eau, où ce qui restait de forêt jouxtait les champs cultivés. La campagne était moins dégagée que par chez nous, et le gibier nombreux. Tout en me distrayant, je débarrassais notre voisin du Breuil de quelques nuisibles, volatiles, cerfs ou cochons marrons, dont je ne manquais pas de lui envoyer bonne part. Jamais en ces expéditions je ne rencontrais le propriétaire, devenu demi-impotent par la goutte et le lard au fil des années, et qui n'envoyait sur ses terres que ses Noirs et leurs commandeurs.

Aussi avais-je été surpris de tomber nez à nez avec une sorte de caravane antique, constituée en avant-garde de deux grands Mozambiques armés de sabres à cannes, en corps d'armée d'une chaise à bricole – un fauteuil en toile posé sur un brancard – sur laquelle trônait Norbert du Breuil soutenu par quatre sombres colosses, et en serre-file d'un gamin maigrelet porteur de rafraîchissements. Le satrape de Riche-en-Eau était en excursion.

A ma vue, il avait stoppé ses gens et, de sa chaise, s'était adressé à moi comme s'il m'avait rencontré la veille. J'avais bavardé un moment avec lui, jusqu'à ce qu'un tremblement surpris au jarret d'un des porteurs me ramenât à la réalité : ces deux cent cinquante livres de chair reposaient sur des piliers humains.

— Excusez-moi : je vous ralentis...

— J'ai fait nettoyer une petite plate-forme sur le flanc de la montagne. Veux-tu y monter en ma compagnie ?

J'avais cédé : il y avait fort longtemps que je voulais escalader la montagne des Créoles, sans oser, puisqu'elle appartenait à Riche-en-Eau. A vingt et un ans, que ne ferait-on pas pour satisfaire une curiosité ?

Nous étions donc sur ce ressaut de terrain aux broussailles rasées. Les Noirs soufflaient à l'écart tandis que du Breuil, carré dans son fauteuil, à l'abri d'un ajoupa de branches, me vantait son royaume.

Il n'avait guère changé, hormis une lourdeur supplémentaire et sa voix, plus asthmatique. Ses joues rubicondes et sa corpulence de bon mangeur lui donnaient au premier abord l'allure bonhomme. Je savais cependant qu'il cachait sous sa graisse une redoutable fibre commerçante tissue de calculs, de ruses et de compromissions.

— Malin comme du Breuil, disait parfois mon père.

Et cela ne sonnait pas comme un compliment.

Ses Noirs le craignaient, avec raison : il était capable de vendre un vieux serviteur pour une désobéissance. Les esclaves préféraient encore le fouet du régisseur à cette punition qui les exilait au loin, comme dans un autre pays. Ce déracinement supplémentaire était leur terreur : tout abandonner, le camp, la petite case, si misérable fût-elle, les amis, ses petites habitudes, une famille parfois... Heureusement, du Breuil avait trois filles qui savaient elles aussi toutes les ruses pour plaider une cause. Je les avais vues plus d'une fois obtenir une grâce, à force de caresses et de minauderies. La manœuvre échouait parfois, cependant, et les jeunes blanches mêlaient leurs larmes à celles d'un Noir poussiéreux, expédié ailleurs pour cause d'échine trop peu souple.

Hormis cela, un homme d'excellente compagnie quand on le prenait dans le sens du poil.

Sa jovialité du jour m'amusait. Plutôt indifférent à mon égard durant toutes les années que j'avais passées à étudier auprès de ses filles, il se montrait soudain spirituel et enjoué, visiblement ravi, du moins me le dit-il, de me voir transformé par les ans en interlocuteur acceptable. Une petite pique derrière cela : je sais que Père lui rend d'occasionnelles visites – c'est un de nos uniques voisins –, mais Père est de naturel peu bavard.

– Un plaisir de te voir, vraiment ! Et quel homme tu es devenu !

A petits gestes vifs il me montra ses bandes d'esclaves aux champs, la canne ici, les épices là, la cafèterie, l'indigo, le bétail et, orgueil suprême, le grand carré irrigué du riz, du blé et des légumes, qui l'engraissaient plus que tout le reste.

– Ce n'est que le début : la cité qui se crée me sera clientèle !

Mahébourg, une cité ?

Il n'y a de solide, entre la route impériale et la mer, que la grande caserne où s'entasse une centaine de mangeurs de haricots, dix cabanes en planches derrière la pointe de la Colonie, et à peine plus de ce côté-ci de la rivière La Chaux à la Ville Noire, où vivent des affranchis. Si c'est là toute la clientèle de monsieur le Chevalier...

Son bavardage me ronflait aux oreilles. Comme il fermait les yeux, sans doute pour mieux s'entendre causer, mon regard est monté, par-dessus son chapeau et ses Noirs, vers la baie.

Qu'elle est belle, vue d'ici surtout. La plus belle baie de l'île et peut-être du monde, dit le vieux Bonaventure qui en a vu beaucoup. Le Port-Louis n'est qu'un bourbier, comparé à ces eaux de turquoise où serpente un chenal indigo.

Aussi, au premier silence de mon hôte, ai-je demandé la permission d'aller plus haut pour mieux voir. Je n'ai pas dit quoi. Il a évidemment pensé que c'étaient ses terres et un éclair de ruse a plissé son regard : sous l'enveloppe de chevalier perce le maquignon...

Avant de me libérer, il a insisté :

– Je t'attends pour le café ! Ma femme sera ravie de te revoir.

Il a marqué un temps, comme s'il hésitait à me faire la confidence suivante :

– Mes filles aussi...

Madré gaillard. Il n'a pas osé le clin d'œil, cette fois.

Oui, chevalier, tu as les plus beaux caféiers de l'île, les plus habiles esclaves pour en tirer tout l'arôme, et les plus belles filles du Grand-Port pour te servir ton nectar.

A ceux qui s'étonneraient de voir si bouffi personnage produire si harmonieuse progéniture, on pourrait présenter Madame du Breuil mère, jadis Clotilde Bresson, qui garde des restes remarquables de sa fortune et de ses charmes.

Elle vient, m'a dit mon père, d'une grosse famille nantaise enrichie à millions par cinquante ans de traite négrière. L'ennui est qu'en épousant la noblesse, elle s'est crue investie de pouvoirs d'ancien régime, comme en l'occurrence de diriger le monde qui l'entoure. D'après Mère, qui échange avec elle quelques chiffons et de rares confidences, elle n'a rien perdu de ses manières régaliennes.

Si tu crois que je vais m'embarquer dans ta chiourme, tu peux courir, voisin ! Tes filles et tes terres ne me font pas rêver.

Qu'est-ce qui me fait rêver, d'ailleurs ? La mer, un peu... On ne rêve bien que de ce qu'on ne connaît pas.

– A tout à l'heure, donc !

J'ai planté le chevalier, sa bedaine et ses porteurs et je suis monté droit, par un sentier de coupeur de palmistes, de chasseur de cabris, un rude et épineux sentier de Noirs, jusqu'à la tête du Lion, au haut de la montagne. Là, je me suis assis sur une roche, laissant le vert et le bleu me reposer les yeux et l'âme.

Je ne me suis pas trop attardé sur le vert. Trop de choses me déplaisent sur cette côte en dentelle dont, enfant, j'ai fouillé toutes les criques, de la pointe du Diable à celle des Deux Cocos. Par exemple ce maigre Mahébourg où s'alignent des bicoques minables dans une broussaille fendue au carré par ce que du Breuil ose appeler des rues. Ou bien ces batteries de canons tenues par de vieux briscards, mutilés des campagnes d'Europe. Ils y apprennent l'art de mitrailler son prochain à quelques bons à rien, fils de famille sans cervelle et esclaves indociles ou fainéants, expédiés avec joie par leurs propriétaires à la première réquisition du gouverneur capitaine général.

Je devrais par contre aimer les gracieuses propriétés, plantées dans leurs terres noires et profondes, toutes sur le même modèle : au centre la grand-case, de bois si on est riche, de pierre si on est millionnaire, à laquelle mène un élégant alignement de palmiers ; alentour, les dépendances nobles : cuisine, hangar, magasins à vivres, argamasse à café, logement des domestiques ; plus à l'écart, les dépendances viles : moulin et chaudière à canne, écuries, camp des Noirs de pioche.

C'est joli vu d'en haut. Cela paraissait même gai en un jour comme celui-là, où montaient jusqu'à moi les bavardages des femmes cueillant le café. Mais dans deux mois ce sera saison de canne, de sueur et de fourmis, les hommes ruisselant, torse nu dans les champs, n'auront plus de salive pour le rire, juste assez de souffle pour ahaner comme des bêtes.

Et on voudrait que je sois planteur ?

Que faire, aussi ? Le temps des choix approche. A vingt et un ans, il faut être un homme, paraît-il. Mon père attend que je retrousse mes manches, ma mère que je prenne compagne. J'aimerais ne pas les décevoir, ils ont tant fait pour nous. Cependant, mon esprit s'évade dès que je tente de le confronter à la réalité. Culbuter les filles du Port-Louis, d'accord. Culbuter Vivette Trégouat, pour sûr ! Mais mettre le chapeau de Jean-Bertrand et aller faire ma demande à un du Breuil...

– *Zézi-Marie-Zozeph* ! comme dirait Fidelia.

Quant à traîner les chemins de canne sur mon cheval, le chabouc à la main, même si ce n'est que pour faire semblant de vouloir fouetter le Noir paresseux, comment oserais-je ? J'aurais l'impression de frapper mon frère.

– Ton frère n'est pas un Cafre d'Afrique, ni un Malgache, ni un Yambane ! s'est énervé mon père l'autre jour. C'est le fils d'une Créole !

Furieusement boucanée, la Créole, car Magloire, mon aîné de dix ans, a plus l'allure d'un affranchi que du fils d'Antoine de Glénarec, moyen propriétaire sur la côte sud. La maréchaussée ne l'a-t-elle pas pris pour un marron, le mois dernier, vers Souillac où il était parti chasser ? Il en riait à son retour mais j'ai bien senti, moi, qu'il était blessé.

Difficile de s'appeler Magloire de Glénarec quand on a la peau couleur de pain brûlé et deux frères dont l'un, Jean-Bertrand, est blanc comme cochon au parc et l'autre – moi – n'est tanné que parce qu'il se promène toujours sans chapeau, comme un vagabond.

Pauvre Magloire, fruit d'amours prématurées : mon père n'était qu'un immigrant tout neuf, sans argent, naïf et seul ; la fille était plaisante : malgré sa peau basanée elle savait y faire... Personne n'a vu de mal à une liaison comme il s'en pratiquait partout. Quelques colons libéraux ont même applaudi Père quand il a donné son nom à l'enfant. Mais le jour où la mère, affranchie à son tour, a filé, laissant son rejeton sur les bras du Blanc nouveau, tout le monde a ri. Et on sourit encore, je le sais, en parlant de Magloire de Glénarec, premier fils pas du tout blanc d'un homme qu'on n'aime guère, parce qu'il n'est d'aucun clan.

J'en admire infiniment mes parents, depuis l'âge où j'ai compris. Il en a fallu, du courage à mon père, et surtout de l'amour à ma mère, pour prendre comme sien ce garçon doublement taré par l'épiderme et l'adultère.

Magloire, parce qu'il y était obligé sans doute, a des qualités que nous ne possédons point, nous ses demi-frères. Il est doux, patient, travailleur. Le fils modèle que nous ne savons pas être, Jean-Bertrand à cause de son orgueil, moi de mon désir d'indépendance.

Ce n'est pourtant pas faute de vouloir, mais labeur et épousailles, quel programme !

Si la mer pouvait me changer les idées... Hélas, nos canonniers de pacotille ne brûlent pas leur poudre pour le seul plaisir de faire envoler les oiseaux des montagnes Bambou : de l'autre côté de la baie si immense et si bleue, par-delà le grand horizon vide, rôdent les fauves.

Ils ont encore fait un mauvais coup la semaine dernière, à la

Rivière Noire : un sloop à eux, pas bien gros pourtant, est entré dans la baie pour venir capturer un de nos lougres, sous le nez de la batterie ! Ils sont venus de nuit, sans un bruit. Quand du lougre quelqu'un a crié, il était trop tard : impossible de tirer sans toucher les nôtres !

La perte n'est pas grave mais montre à quel point d'audace sont parvenus les Anglais depuis qu'ils ont se sont emparés de Bonne-Espérance. Nous n'avons plus rien aux Indes, rien en Afrique ni à Madagascar, les Seychelles sont bien piètre forteresse ; il ne reste de français que trois petits cailloux semés au cœur de la mer : Rodrigues, l'île de France et Bourbon. Pardon : « et Bonaparte », bien que le changement de nom n'ait pas transformé la paysanne en guerrière.

Il a fallu qu'en outre Monsieur notre gouverneur, le général Decaen, héros d'Allemagne et d'Italie, se fâchât avec Robert Surcouf et ses amis, pas assez disciplinés à son goût ! Les corsaires s'en sont allés l'un après l'autre, et nous voilà seuls, bien en mal de nous défendre.

Pour l'heure ne venait de la mer que le grand alizé d'hiver, accouru sans obstacle depuis l'Australie, vif et frais, autrement agréable que les épais vents chauds de décembre et janvier. C'est pourtant mauvaise saison : en temps de guerre, la bonne brise pousse aussi l'ennemi.

Au loin, presque à perte de vue tant la baie est immense, les lames du sud-ouest, comme une annonce des batailles à venir, explosaient à grands jets blancs sur l'île de la Passe où sont encore des canons.

Je suis resté à regarder jusqu'à ce que le soleil baissât derrière moi. C'était l'heure du café et des filles sous la varangue.

Comme un sot, j'ai mouillé et peigné mes cheveux à la source au pied de la montagne. On fait le malin, et puis...

II

FLEURS DE VARANGUE

Hélène du Breuil vérifia discrètement si le coussin, au bas du fauteuil canné, mettait bien sa cambrure en valeur, si le galbe de sa jambe était suffisamment souligné par l'indienne légère de la robe, si la chaude lumière d'après-midi, reflétée par le pavage, ne lui mettait pas trop de rouge aux joues. Puis elle inclina la tête, dans un mouvement qu'elle savait gracieux, vers la broderie posée sur ses genoux.

Mais l'œil, sous les longs cils, surveillait l'allée.

Elle était aux aguets depuis que son père avait annoncé la visite de leur voisin. Hervé de Glénarec gardait-il encore les taches de rousseur de son enfance, ou portait-il plus mâle figure ? Elle ne l'avait vu que de loin, au Noël dernier, quand le père lazariste de Moka était descendu pour leur donner la messe. L'arrivée des fils Dufour lui avait tiré l'attention vers des carrures plus consistantes. Mais son père affirmait que le dernier-né de Bel-Air avait joliment grandi, le jarret avanta-geux, la taille déliée, de belles dents – il l'avait jaugé comme on fait d'un cheval – et gai parleur en plus. Elle s'était donc mise à l'affût. Le gibier était si rare...

Antoinette rêvassait dans quelque roman nouveau venu de Paris, prêté par une cousine des Plaines Wilhems. Elle levait de temps à autre un regard un peu myope sur le gros badamier de la cour, dont les feuilles roussies peignaient un semblant d'automne. L'allure qu'aurait Hervé lui importait peu, pourvu qu'il eût gardé sa gentillesse d'antan : elle ne voyait pas le monde, elle le réinventait.

Madame du Breuil, de blanc vêtue et fardée avec soin, faisait presque aussi jeune que ses filles. Elle tenait à le rester, engagée dans une lutte incessante contre l'affront des ans. Pour l'heure, l'attention des mâles, appesantie là où il le fallait, la rassurait largement sur ce point. Tout de même, elle gardait la pose, savant faux négligé, sachant que moins l'homme est vieux, plus il est cruel.

Le chevalier ne s'était pas moins mis en frais. Il avait comme par hasard choisi cet instant pour se faire présenter son livre de comptes, un imposant volume qu'il collationnait avec lenteur, posant de vagues questions à Goulven Trégouat, son régisseur, un Blanc maigre, raide et farouche, figé au garde-à-vous.

Ils avaient tous eu leur moment de vigilance mais, Hervé se faisant attendre, l'attention s'était un peu assoupie à cette heure lourde de fin d'après-midi.

Aussi sursautèrent-ils quand le jeune homme, montant à la course l'escalier de basalte, comme autrefois, fut soudain au milieu d'eux. Lui aussi s'arrêta net, saisi par l'ambiance figée. Tout cela faisait terriblement apprêté.

Heureusement, il y avait Antoinette, qui levant le visage de son roman dit doucement :

– Bien le bonjour, Hervé. Montre-moi tes doigts... Il n'y a plus de taches d'encre. Serais-tu redevenu un barbare ?

C'était le mot favori de leur précepteur, jadis. Ils en rirent, puis ravivèrent quelques bons souvenirs. Les parents échangèrent un regard : l'affaire était en route.

Clotilde du Breuil évalua en experte l'expression d'Hervé quand Hélène, ondulante et parfumée, s'en alla quérir le café : c'était un œil de braconnier. Bon signe, mais il faudrait veiller sur le poulailler, si on ne voulait pas que le renard y fît voler les plumes avant l'heure.

Trégouat congédié, ils parlèrent, débitant les banalités des gens qui se retrouvent. Du Breuil se plaignit des singes chapardeurs de récoltes, son épouse se plaignit des servantes, évidemment fainéantes et voleuses. Hélène prit des airs alanguis et gonfla son corsage, Antoinette causa par bribes, s'évadant souvent pour suivre un oiseau ou contempler le reflet rouge du couchant sur la montagne des Créoles. Diane n'était pas là.

Hervé se prêtait à ce badinage avec une complaisance coupable. Les forfanteries du chevalier du Breuil et la séduction enveloppante de son épouse étaient compensées par la subtile atmosphère, apaisante et raffinée, qui régnait sous leur varangue. Le chaud arôme du café, la lumière douce du couchant, filtrée par les rideaux de bambou, le merle des Moluques dans sa cage et le parfum du jasmin qui montait à mesure que déclinait le jour, n'expliquaient pas seuls cette étrange magie. Hervé ne se le serait jamais avoué, mais ce dernier rejeton d'une famille de garçons appréciait, comme une récréation, la compagnie des femmes.

Il est vrai qu'il n'avait qu'un an de moins qu'Antoinette, qu'Hélène avait longtemps fêté ses anniversaires en même temps que les siens jusqu'à ce qu'elle fût grande demoiselle, et que si Diane était plus jeune de deux ans, les trois filles du Breuil et lui avaient pendant des années partagé le même professeur, qui leur avait fait ânonner orthographe et calcul à cette même table. Antoinette, déjà, s'envolait sur les ailes des papillons, Hélène n'apprenait rien et Diane lui usait les nerfs à être la plus forte. Ces compétitions juvéniles leur avaient valu d'être plus cultivés que bien des Port-Louisiens, à la grande fierté des parents : ainsi l'on prouvait que le Sud n'était pas si paysan que certains le disaient.

L'adolescence et ses éruptions diverses avaient mis fin à cette cohabitation. La tête bien farcie, Hervé était resté chez lui ou avait couru les faubourgs à la recherche d'autres apprentissages.

Les filles, de leur côté, avaient opéré de précieuses transmutations, sous l'œil expert de leur mère qui avait pris le relais de leur éducation maintenant qu'il s'agissait de leur léguer des secrets féminins. Ce jour du café était la première occasion où Hervé de Glénarec retournait en ce lieu jadis familier, depuis plus de quatre ans.

Le soir bleuissait l'horizon. Il eût été indécent de trop prolonger ces retrouvailles. Hervé sut trouver le juste moment pour prendre congé : on était moins riche chez les Glénarec mais on avait des manières. Clotilde du Breuil lui transmit des compliments pour sa mère, le félicita pour sa prestance, lui fit promettre de revenir. Et quand il s'éloigna vers Bel-Air d'un pas faussement détendu, conscient des quatre regards qui lui vrillaient le dos, il y eut un long silence en lequel chacun pesa, au trébuchet des infinis détails, les chances réelles ou non de telle ou telle des deux filles.

Hélène, pour sa part, rêvait déjà au linge qu'elle vêtirait pour le prochain café.

~

A environ quatre cents milles nautiques de là s'échangeaient d'autres politesses.

La *Néréide*, frégate de cinquième rang joliment penchée sur la mer bleue ourlée de blanc, bordait ses basses voiles afin de s'aligner quasiment bord à bord avec le *Belliqueux*, vaisseau amiral de la flotte anglaise venu tout spécialement de l'Inde pour assaillir les îles. Le flanquait tout un fretin de transports plus ou moins armés, bricks, cotres et Indiamen hérissés d'habits rouges.

Autant pour épater ces piétons que pour faire valoir son efficacité devant le commodore Byng, le capitaine Robert Corbett, maître de la *Néréide*, brailla dans son porte-voix des éléments de rapport que le vent emporta.

– Quelle vitalité !... ironisa le lieutenant-colonel Henry Keating, flegmatique officier d'infanterie qui commandait les quatre cents hommes du corps expéditionnaire.

– Que cette agitation ne vous leurre pas, répondit Byng : la voix est pointue mais l'âme est d'acier. *Tough boy* ! J'aimerais en avoir dix de son calibre, même s'ils m'écorchent les navires et les hommes...

« Sans compter les oreilles », songea Keating.

Mais il garda ses réflexions pour lui : ces marins étaient une espèce curieuse, qu'il observait avec des étonnements d'explorateur. Après tout, si c'était leur mode, grand bien leur fasse, pourvu qu'ils battent les Français.

La minute d'après, avec une audace provocante, Corbett bondit d'un bateau à l'autre. Sa frégate parfaitement manœuvrée s'écarta juste à temps, ses vergues frôlant celles du *Belliqueux*.

A bord de la *Néréide*, le lieutenant Samuel Walters laissa fuser un soupir de soulagement. On n'avait rien cassé. Il n'y aurait donc pas de fouet de soir pour l'équipe de quart. A condition qu'on récupérât le capitaine aussi magistralement. Ce n'était pas de tout repos de naviguer sous les ordres d'un demi-fou en représentation perpétuelle. S'il avait pu tomber à l'eau dans une de ses cabrioles...

Une demi-heure plus tard, le commodore Byng regretta un peu ses paroles lénifiantes quand, dans la grand-chambre ouverte à la brise, Corbett explosa en apprenant les derniers exploits anglais à l'île de France.

— *Willoughby, that devil !*

— Je crois sentir, souffla le colonel Keating, quelque rivalité entre vos fauves...

Byng ne releva pas. Tant que les querelles de capitaines servaient la gloire de Sa Majesté... Il haussa tout de même le sourcil quand Corbett, tandis qu'on déroulait les cartes de la future campagne, cogna orgueilleusement du poing sur les îles :

— *We'll crush them !*

Les broyer ? Il suffisait de les vaincre. Keating se retint de hausser les épaules. Si toute la Navy était de ce calibre, on n'avait pas fini de rire !

III

LES CHEVILLES DE DIANE

J'approchais de la rivière des Créoles, assez satisfait des effets produits sur des âmes sensibles, quand je vis dans la pénombre approcher une silhouette. Le volant d'une jupe et un brinde mollet nu confirmant mon impression, je m'accroupis au pied d'un buisson, attendant.

C'était bien Diane. Mais une Diane devenue femme. Telle fut du moins ma déduction quand elle passa l'eau : après avoir ôté ses souliers, en un geste que je qualifiai sur-le-champ de délicat – encore sous les effets mêlés du jasmin et de la varangue du Breuil –, elle retroussa sa robe jusqu'à mi-jambes, tardant à traverser, musant sur les rochers et regardant le courant glisser sur ses pieds nus.

Comme la scène se prolongeait, je crus bon d'annoncer ma présence par un raclement de gorge.

Elle regarda tranquillement dans ma direction.

– Je me demandais quand tu allais te manifester. Je t'avais vu, tu sais... Je viens de la Ville Noire.

Je me sentis rougir. Sa piste montait tout droit, face à Riche-en-Eau, et elle avait dû me repérer depuis longtemps. Belle performance pour un chasseur ! En plus, elle allait me prendre pour je ne sais quel vicieux, qui guette les filles dans le noir. Je cherchai une phrase intelligente qui me sauvât la face mais, comme autrefois, Diane fut un tout petit peu plus rapide.

– J'étais allé voir la vieille Indira. Tu te souviens d'elle ? L'Indienne qui faisait les parquets...

Je me souvenais.

Indira était d'abord un bruit, incessant : celui de la brosse-coco – le sommet d'une noix, avec sa rude bourre – qu'elle frottait sur le plancher d'un pied incroyablement nerveux, pendant des heures, tout entière agitée par son étrange danse. Elle avait des bras comme du bois sec sous un sari aux couleurs vives. Le caraco brodé laissait voir son nombril, que l'adolescent que j'étais s'efforçait d'imaginer trente ans plus jeune.

Elle avait été achetée à une époque où les colons cherchaient en Inde des esclaves différents, pour éviter que les Africains ne fissent bloc. La constitution plus fragile et les manières raffinées des Indiens les avaient destinés aux tâches domestiques. La grande mode avait été d'avoir des chambrières indiennes, des coiffeuses indiennes, jusqu'à des nénènes indiennes, secondes mères des enfants. Puis l'engouement était passé, par la faute des Anglais qui nous faisaient déjà la guerre.

Indira était une survivante de ces temps, affranchie depuis belle lurette mais attachée farouchement à la grande maison. Longtemps chargée de la surveillance des filles, elle restait en sentinelle tout le temps que je passais là, soupçonnant à juste titre, dans ma cervelle de gamin, des pensées libidineuses. Par voie de conséquence, le parquet de la pièce de devant, le long de la varangue, brillait comme un miroir.

Elle avait accepté, m'expliqua Diane, de se reposer. Il est vrai que la jambe, usée par tant de mouvements, ne pliait plus guère. Indira s'était retirée dans une maisonnette que du Breuil, sous la pression de ses quatre femmes, lui avait fait construire à la Ville Noire. Hélas, elle déclinait depuis quelques mois. Diane allait la voir chaque jour.

– J'ai passé plus de temps avec elle qu'avec ma mère. Cela me fait drôle de voir partir quelqu'un qui est si différent de moi et pourtant si proche. Je pense que j'étais sa préférée, la petite... Elle m'appelle encore son baba, son bébé...

Je fus content de n'avoir pas trouvé ma phrase intelligente.

Diane, elle, ne parle pas pour ne rien dire. J'avais failli l'oublier.

– Je rentre. Mère va s'inquiéter.

Elle passa devant moi et ne s'arrêta qu'au haut du talus, d'où elle me toisa.

– Sais-tu ? Ta chemise te va bien...

Une fois de plus, ne me vint aucune réplique subtile.

De toute façon, elle était déjà loin.

Je l'entendis un moment chantonner sur le sentier, puis il n'y eut plus que le friselis de l'eau sur les cailloux.

~

– *Napa lère pou rentrer ! Ek tou bann' l'esprit qui pé rodé !*

Fidelia, du haut de l'escalier familial, apostropha le jeune homme qui musardait dans l'allée. Il aimait cette première heure de la nuit, toute sucrée de parfums, les bruits ténus qui venaient du camp, la lueur du feu sortie de la cuisine, celle de la lampe à huile sous la varangue, suspendue au-dessus d'un baquet d'eau comme dans les navires.

Mais Fidelia, comme quand il avait huit ans, supportait mal qu'on traînât aussi tard. Pas tant à cause des esprits, dont elle pensait qu'ils n'attaquaient que les Noirs, qu'à cause de ces Noirs eux-mêmes : le temps des grands marrons n'était pas si loin, où ces esclaves fugitifs s'aventuraient jusqu'auprès des propriétés pour voler des grains, des volailles et parfois des femmes. Il ne faisait pas bon alors croiser leur piste : ils avaient la sagaie et la pioche faciles.

Personne n'était mort du fait des marrons depuis un demi-siècle au moins, mais Fidelia avait une sacrée mémoire.

– *Dépêchez, mo pitit ! Mangé pou cuit !*

L'argument était meilleur mais Hervé prit encore un peu son temps, histoire de prolonger le plaisir. C'était doux d'être accueilli par des cris d'amour. Ce soir, en particulier : avec Fidelia, il n'était pas besoin de trop chercher ses mots.

Il l'avait toujours connue ainsi, ronde, grasse et grognonne, pas un cheveu ne dépassant de son foulard tendu raide, nu-pieds, un faux air de colère sur sa brave figure ronde. Et depuis toujours il aimait lui répondre par des facéties, peut-être pour ne pas s'attendrir.

Il lui débita donc les éternelles fadaises.

— Tu cries trop, Fidelia ! Il te faudrait un homme !

Elle marmonna sans daigner répondre. C'était tous les soirs le même jeu. Depuis bientôt trente ans qu'elle avait enterré le sien, elle n'allait pas s'embarrasser d'un nouveau soûlard !

Lui, échauffé par son passage à Riche-en-Eau, insistait lourdement :

— Un beau gars, bien fait, vigoureux...

Trop d'émotions lui avaient empâté l'intellect. La servante secoua la tête mais Hervé poussa encore.

— Voyons... Qui ferait l'affaire ? Tiens, Balthazar, le nouveau forgeron ! Il...

Elle se retourna si violemment qu'il se tut.

— *Balthazar ! C'est... C'est ène mauvais di moune !*

Et elle le planta là, vraiment furieuse pour la première fois depuis des années.

∼

— Père ! Que vaut ce Balthazar que tu viens d'acquérir ?

Antoine de Glénarec se gratta le menton, embarrassé :

— Une fortune, mon garçon... J'ai enchéri sur les plus gros colons du Nord. Il fallait bien leur montrer que nous n'étions pas des bouseux, nous autres ! Tout de même, ta mère m'a tiré les oreilles. Et elle a bien raison : j'ai fait le fou...

— Non. Je veux dire... Que vaut-il, humainement parlant ?

Glénarec leva un regard perplexe sur son benjamin.

C'était bien Hervé, ce genre de question. La date de naissance peut-elle avoir une influence sur le caractère ? Hervé était un vrai fils de 1789, soucieux du sort des gens, idéaliste comme on pouvait l'être en ce temps-là. Hélas, il avait une guerre de retard. Les rêveurs qui n'avaient pas perdu la tête en quatre-vingt-treize s'étaient fait trouer la peau en Égypte, Italie ou l'Allemagne. Pourquoi ? Pour enrichir les mêmes gros qu'auparavant. On avait remplacé un roi par un empereur, belle révolution !

Mais Hervé attendait sa réponse.

— Que veux-tu que je te dise... Il ferre bien les chevaux, bavarde peu, ne boit pas et ne vole pas mes outils. Une assez bonne affaire, je pense.

Le jeune homme hocha la tête, pensif. Son frère Jean-Bertrand bondit sur l'occasion :

— Tu t'intéresses aux Noirs, maintenant ? Alors j'aimerais que tu m'aides à préparer la coupe...

Il y eut un long silence. La mère, qui honnissait tout conflit dans son nid, allait détourner l'attention par une quelconque remarque sur les Anglais, quand Hervé riposta :

— Bon. De toute façon, il fallait que je vous le dise un jour. Jean-Bertrand peut avoir ma part : je ne serai jamais planteur !

Il remarqua soudain sa bévue et ajouta, gêné :

— Je veux dire : Jean-Bertrand et toi, Magloire, évidemment.

Son demi-frère noir sourit sans répondre. D'ailleurs Jean-Bertrand parlait déjà pour deux, bafouillant de rage.

— Jamais planteur ? C'est métier trop vil pour Monsieur, peut-être ? Cela salit trop les mains ? Ou serait-ce pour n'avoir pas à commander nos frères noirs ?

Le père était muet. Le refus d'Hervé avait quelque chose de vexant, soit, mais lui-même ne s'était mis à la terre qu'en y étant contraint : quand on a les chiens aux trousses, on ne choisit pas. D'un autre côté, il souffrait de ces prises de bec de plus en plus fréquentes entre les deux frères et accueillit avec soulagement l'intervention de sa femme qui, bras croisés, statue du courroux, rejoua avec art une scène vieille de vingt ans :

— Il suffit ! Les braillards iront au lit sans dessert ! On ne crie pas, ici, c'est bon pour les galapiats !

Jean-Bertrand s'interrompit, ce qui permit à Jeanne de Glénarec, encore belle, toujours bien mise pour le souper, sa grande fête familiale, de piquer la curiosité des siens :

— D'ailleurs, ceux qui se comportent mal n'auront pas droit à la surprise...

Hervé, ravi du jeu, battit des mains :

— Qu'est-ce que c'est ? Nous avons acheté une calèche ? Jean-Bertrand a trouvé une épouse ? Douze jeunes filles viennent dîner demain ?

Sa mère leva les yeux au ciel.

— Quel benêt nous avons fait, mon pauvre Antoine.

Puis, à son fils, s'efforçant de garder quelque apparence de sévérité :

— Tu ne crois pas si bien dire, mon garçon, et j'espère que tu sauras te montrer à ton avantage et ne pas te vêtir ni te comporter en vaurien, pour une fois : Son Excellence le gouverneur général Decaen donne un grand bal au Port-Louis dans douze jours, le 15 août, pour l'anniversaire de l'Empereur !

Et comme Hervé gonflait déjà des joues dédaigneuses, elle tira de derrière un tableau son arme secrète, une belle enveloppe à cachet rouge :

— Madame la Générale nous a fait porter une invitation de sa main. Nous irons, Hervé. Nous irons tous. Et je te garantis que tu nous fera honneur !

Quand elle parlait ainsi, personne et surtout pas papa ne lui tenait tête. Hervé ravala son soupir. Les femmes cachaient décidément une force redoutable.

Jeanne de Glénarec brandit une seconde enveloppe :

— Le coursier a laissé ici l'invitation pour les du Breuil. Tu iras la leur porter demain, Hervé, si ça ne te dérange pas. Cela sera plus poli que d'envoyer un Noir. Propose-leur de voyager en notre compagnie : non que j'aie très envie de bavarder pendant deux jours avec cette toupie de Clotilde mais si on ne se fréquente pas entre voisins, qui fréquente-t-on ?

C'est à ce moment-là que Magloire, qui n'avait rien dit, lança :

— Tu as chassé par chez eux cet après-midi, non ? Comme tu es rentré bredouille, j'en déduis que tu t'attaques à des proies plus malignes que d'habitude... Que traques-tu ? La biche, la renarde ou la louve ?

« Évidemment, songea Hervé, on m'a vu ! » Mais il était ravi, au fond, qu'on ne parlât plus de Noirs, de champs nide canne à sucre.

— Eh bien, Magloire, j'attends, d'un expert tel que toi, quelques bons conseils. Gibier trop facile ne fait pas honneur au chasseur. D'un autre côté, gibier courant fait chair trop coriace. Qu'en penses-tu, mon aîné ?

Jean-Bertrand renifla avec mépris mais Jeanne de Glénarec, en coupant le gâteau de bananes, se sourit à elle-même. Elle aimait ces joutes en paroles où ses fils se bombardaient de mots, comme ils s'étaient bombardés, enfants, de bibasses, de baies de café ou de pires projectiles. C'était la chaleur de la tribu, la grotte sauvage où on se bouscule sans se griffer, où on joue à devenir grand. Quel dommage que Jean-Bertrand, lui, soit devenu grand avant l'âge, raide, d'une tristesse de parapluie, avec deux plis amers déjà creusés de chaque côté de sa bouche !

Pourquoi ne parlait-il jamais de filles, de chasse et de chevaux ? Pourquoi n'avait-il à l'esprit que cultures, rendement, discipline des Noirs ? Magloire, son aîné de cinq ans, était bien plus gai. De n'être que demi-blanc, demi-fils, demi-frère ne l'empêchait pas de rire aux éclats, d'embrasser furieusement la vie, même si Jeanne surprenait parfois une fugitive douleur dans les yeux de celui qu'elle avait élevé comme sien, mais qui n'était pas son enfant.

— Jean-Bertrand gâche sa jeunesse. Peut-être étions-nous trop pauvres quand nous l'avons eu. Peut-être nous a-t-il entendus parler, tandis que nous le pensions endormi dans son *ber*, de nos difficultés et des efforts qu'il fallait faire pour se hisser au-dessus de la misère. Mais cela ne devrait plus être son souci. Nous sommes maintenant tirés d'affaire, et sauf catastrophe...

Elle frissonna soudain. Il y avait des pensées qu'il était préférable d'éviter.

Oui, Jean-Bertrand aurait dû penser à s'amuser un peu. Qui sait combien de temps la fête allait encore durer...

~

A bord de l'Otter, sloop victorieux de Sa Très Gracieuse Majesté britannique, le capitaine Nesbit Willoughby procédait à la revue des mousquets.

C'était bien son genre, de faire aligner les hommes par cette mer, et d'infliger des coups de badine à ceux qui, par malchance, avaient laissé les embruns éclabousser leur arme.

Deux ans plus tôt, il avait été chassé de son navire, puis de la Navy, pour violence et indiscipline. Il écrasait trop ses matelots et s'inclinait trop peu devant ses chefs, ce qui avait été jugé inéquitable. Mais on avait besoin d'hommes audacieux : il avait repris du service, capitaine d'un bateau fin comme un sabre, armé de dix-huit canons.

Canons dont il mettait un point d'honneur à ne pas se servir. Quand on n'a pas la force, il faut user de ruse. A la rivière Noire, il avait donné un échantillon de son savoir-faire dont les Français se souviendraient longtemps.

Aussi ne frappait-il que modérément quand il voyait un mousquet humide. Il était trop content de son coup pour jouer les sévères.

Ses collègues, qui craignaient de se frotter à l'île comme si elle avait hébergé des fauves, devaient faire la grimace.

Et Corbett, son vieux rival, avait de jalousie dû manger son chapeau !

IV

LES CANONS DU LIEUTENANT LAFARGUE

J'avais un bon prétexte pour poursuivre l'étude, si long-temps négligée, de mes voisines. J'ai donc sellé Pégase dès l'aurore et je suis parti au petit trot du côté de Riche-en-Eau.

C'était la bonne heure. Le ciel avait encore, à l'orient, des linéaments oranges, tandis qu'au zénith il virait au bleu acier. Les tourterelles roucoulaient, un oiseau cardinal, rouge déjà, augurait par ses trilles la saison des amours. Même la canne était belle, ses feuilles aux reflets métalliques bruissant dans la première brise.

Comme il était un peu tôt, surtout pour déranger des dames, j'ai fait le grand tour et je suis descendu le long de la rivière jusqu'à la route royale, histoire de voir où en était la cité trépidante du chevalier du Breuil.

J'avoue que j'ai été surpris. Des maisons se construisaient, les grands scies à deux mains crissaient dans le basalte, chantaient dans le bois dur. Des escouades en rangs sabraient dans la broussaille. Le lieutenant Lafargue, un gars du Sud-Ouest à peine plus vieux que moi, m'a interpellé :

– Qu'en dis-tu ?

J'ai dû reconnaître qu'il y avait là l'ébauche d'une vraie ville. Il a tenu à me traîner jusqu'à la pointe de la Colonie, où se trouve sa batterie. Ses gens n'étaient pas prêts, sinon il m'aurait cassé les oreilles avec ses pétoires, de gros et lourds canons, certains frappés de la fleur de lys, d'autres portant le drapeau français et la marque de l'An II. Aucun n'était marqué de l'abeille impériale. Il a compris mon regard et s'est excusé :

– Ils ont tellement besoin de canons, là-bas...

Bien sûr... L'instant d'après, il chassait le nuage et me montrait, enthousiaste, une sorte de radeau défoncé, ancré sur le corail à mi-distance entre sa batterie et l'île de la Passe :

– Mais nous faisons bon usage de nos vieilles pièces ! Regarde !

Tout juste s'il ne m'enfonça pas son télescope dans l'œil. Je n'ai pu qu'applaudir : le malheureux radeau n'était que bois éclaté, preuve de l'étonnante précision de nos artilleurs. Deuxième étonnement de la matinée : ainsi donc nos fainéants, nos gratteurs de fesses, pouvaient être bons à quelque chose, sous la férule de ce petit lieutenant d'à peine cinq pieds de haut ?

C'était beaucoup de surprises pour un seul matin. Je me suis raccroché aux bonnes vieilles certitudes en trichant un peu, faisant glisser le cercle de la longue-vue sur l'eau verte, jusqu'aux îles, loin là-bas. Ouf, elles n'avaient pas bougé. Seule la lunette pouvait les distinguer, à cette distance : l'île de la Passe à droite, avec la masse crayeuse de ses batteries d'où pointaient les fûts noirs des canons, la minuscule île aux Vacoas, bout de caillou pelé où jamais certainement ne poussa le moindre vacoa, et à gauche, penchée sur le récif, l'île aux Fouquets, verte et rousse, moitié de colline tranchée par l'océan derrière laquelle on voyait pulser des lames immenses.

Lafargue m'a repris son engin :

– Ne regarde pas par là : zone stratégique !

De quoi rire : qu'est-ce qui n'est pas zone stratégique dans cette région ? Comme par ailleurs tout le monde possède une lunette...

Le lieutenant s'est assombri :

– Je sais bien que c'est ridicule... Mais nous avons de bonnes raisons de croire que certains passent des renseignements aux Anglais. Ne le répète à personne, surtout.

J'ai pris, pour lui faire plaisir, un air grave et entendu. Incroyable ce que ces militaires se prennent au sérieux. Il faut bien se donner une raison d'être.

Comme j'étais à deux pas, j'ai poussé jusqu'à la pointe La Chaux pour voir le vieux Bonaventure. Lui au moins ne me fatiguerait pas avec des sornettes.

Je l'ai trouvé devant sa paillote, se chauffant les os au soleil du matin en réparant ses filets. Il grommelait tout seul et a simplement monté ses récriminations d'un ton quand il m'a vu :

– Foutus pieds plats ! Peux plus aller sur mes coins de pêche, sous prétexte qu'il y a la guerre. Voilà le résultat : mes filets déchirés sur les patates de corail ! Et pour prendre quoi !

Sa pêche me semblait pourtant bonne mais je n'ai rien dit : il cherchait une approbation, pas qu'on lui casse ses effets. Je l'ai donc laissé déblatérer sur ce ton pendant un quart d'heure puis, comme je faisais semblant de partir, il a habilement changé de registre :

– Ah, petit, parle-moi plutôt de l'époque de monsieur La Bourdonnais ! On les faisait courir, les chiens ! Aujourd'hui, tu te demandes s'il y a encore des marins... En ce temps-là, on savait mettre tout dessus pour rattraper un ennemi, quitte à casser le bateau ! Je t'ai raconté la bataille de Négapatam ?

A peu près cinquante fois mais je l'ai laissé dire, et pendant de longues minutes il a fait surgir une autre mer, d'autres peuples, des vents lointains, une autre guerre qu'on gagnait.

– Parce que je ne suis pas sûr, garçon, qu'on gagne celle-ci...

– Pourtant nous sommes en Italie, en Espagne, en Pologne ! Chaque courrier nous annonce une victoire !

– Là-bas, petit, là-bas... Et pour l'instant. Mais demain... La fable de la grenouille, tu l'as apprise, pas vrai, à ton collège ?

Je suis toujours étonné par sa culture. Il était je ne sais quoi sur je ne sais quel bateau – son grade et ses fonctions varient d'un récit à l'autre – et il disposait de temps libre qu'il a un peu passé à boire, certes, mais aussi à lire, et pas n'importe quoi. La vue des espaces infinis et, plus d'une fois, la rencontre de la mort lui ayant par ailleurs désentravé la cervelle, comme il dit, nous avons à la pointe de Mahébourg un authentique et profond philosophe.

Le matin seulement, car à la mi-journée, Bonaventure dort, sans que les canons de Lafargue y changent quoi que ce soit et, par la suite, il « goûte des guildives » à base de rhum et d'épices, dont il possède tout un assortiment, ce qui lui amollit l'esprit et les os. Rendre visite au bonhomme en fin d'après-midi expose à des discours fumeux, débités d'une voix empâtée, tandis qu'il traîne ses pieds nus de la barque à la cabane et de la cabane à la barque, portant tout un attirail. A la nuit tombée, il embarque avec une fiole de secours, et on l'entend s'éloigner, chantant des horreurs, crachant à la lune, pissant par-dessus bord, mais soudain dégrisé, sentant l'eau sous sa quille, le vent dans sa voile, voyant comme un chat où le poisson se cache. Tout le monde évidemment le prend pour fou. Mais pourquoi partagerais-je notre secret avec tout le monde ?

Bonaventure en tout cas m'a laissé une curieuse réflexion pour la route :

— Regarde. Ouvre tes yeux et tes oreilles. Flaire. Tu me diras ce que tu as senti.

J'ai failli lui dire que je sentais déjà les filles du Breuil parfumées pour le bal mais il avait sa figure des grands jours et je n'ai pas voulu lui ôter son plaisir : s'il humait de grands bouleversements, il fallait pour le moins regarder l'horizon d'un air entendu, même si je n'y lisais rien.

Pour faire bonne mesure, j'ai murmuré :

— Il y a de la tempête dans l'air...

Je me suis mordu la langue : en hiver, il y a des gros coups de vent, jamais d'ouragan ; ce sont fureurs d'été. Pourtant Bonaventure a souri.

— Le nez te vient, petit. Ne réfléchis pas trop, ne mesure pas trop la brise, la couleur du ciel, le chant des oiseaux. Sens... Tu crois t'être trompé ? Hélas non. Et la tempête qui nous se prépare va casser du bateau, crois-moi...

Sans quitter son ouvrage, il s'est dévissé le cou, plongeant son regard dans l'obscurité de sa cabane. Il était urgent de prendre congé, si je ne voulais pas soumettre mes entrailles à un quelconque de ses casse-poitrine. Il a ri encore :

— Il y aura bien un âge où tu t'y mettras ! Quand tu en auras vu autant que moi...

En enfourchant Pégase, je me suis demandé ce qu'il fallait avoir vu pour apprécier du rhum pur, à peine édulcoré par quelques herbes de la forêt.

Le soleil était suffisamment haut sur le ciel pour que je pusse sans impolitesse me présenter à Riche-en-Eau. Je n'ai pourtant pas résisté à la tentation de jeter un dernier coup d'œil à la mer. Elle prenait sa couleur du jour, turquoise laiteux sur les hauts fonds, bleu ponceau sur les canaux ; au large, elle faisait un miroir aux mille facettes, haché par l'alizé. L'île aux Aigrettes, devant nous, toute hérissée de filaos, était un appel à aller plus loin. Bonaventure a compris mon regard.

— Tu viens quand tu veux, mon gars. Et je te montrerai les cailloux, n'en déplaise à messieurs les militaires !

Je me suis promis de venir. Il ne me regardait plus, trop attentif à déshabiller une fiole noirâtre de son sac de vacoa tressé. Son rire moqueur m'a poursuivi :

— Prends garde aux sirènes, là où tu vas !

Décidément, tout le quartier devait savoir que j'étais allé à Riche-en-Eau et que j'y retournais. Il fallait en prendre son parti : nous sommes un petit pays. J'aurais préféré moins de curiosité : il n'est déjà pas simple d'avoir à affronter quatre femmes d'un coup.

Chez du Breuil, les sirènes étaient encore en petite tenue.

J'avais volontairement calmé le pas de Pégase, qui avait pris le centre du chemin, là où une herbe grasse pousse entre les deux sillons creusés par les charrettes. On ne m'avait donc pas entendu de la grand-case et, le travail du matin venant de commencer, les esclaves de maison étaient pour la plupart dans la cour de derrière, à écouter les ordres du majordome — car on qualifiait de majordome, chez les du Breuil, le domes-

tique en chef. Je l'imaginais bien, paradant du haut du perron, distribuant les tâches comme autant de mission guerrières
à ses troupes de chambrières, jardiniers, lingères, cuisiniers,
garçons à tout faire et autres époussseteurs de toiles d'araignée.
Quinze personnes pour tenir une maison, il faut ce qu'il faut
quand on veut poser au seigneur du canton ! N'échappaient à
la revue matinale que les suivantes de ces demoiselles, mais
elles devaient être bien trop occupées à paresser quelque part
dans la maison pour remarquer mon arrivée. Quant aux Noirs
de pioche, ils étaient courbés sous l'œil dur de Goulven Trégouat, suants, muets, hallucinés.

J'ai donc surpris le poulailler.

Je veux dire que j'ai débarqué en pleine prise de bec entre
mademoiselle Hélène et mademoiselle Diane, qui s'envoyaient
des amabilités à propos d'un pot de rouge que la seconde
aurait chipé à la première. Madame du Breuil se taisait, attendant visiblement qu'on en vînt à de plus graves insultes pour
mettre du miel dans la conversation. Antoinette se taisait
aussi, perdue dans ses rêveries. Du Breuil, répandu dans une
chaise basse, laissait le petit esclave maigre d'hier, le porteur
de boissons, masser ses pieds rosâtres gonflés par la goutte.
C'est dire si mon arrivée fit effet.

Un silence de pierre paralysa ces demoiselles la bouche
ouverte, tandis que madame du Breuil cherchait une phrase
d'accueil qui fût avantageuse. Je ne suis pas du genre à abuser
de mes atouts : je tendis l'enveloppe, avec mon salut des
grands jours :

– Une invitation pour un bal, Madame. Je n'ai pas voulu
faire attendre les élégantes...

Le tout assorti d'un sourire élogieux, comme si je ne venais
pas d'entendre les élégantes s'insulter comme poissardes.

La curiosité, chez Hélène, chassa la confusion. Elle s'approcha vivement de sa mère qui tardait à décacheter, et lui prit le
pli des mains. Le mouvement général me permit de vérifier
que, même sans les arrangements savants qu'elle prenait hier
sur sa bergère, la jeune fille avait des proportions sous la

cotonnade qui correspondaient à ce que j'avais imaginé, avec juste et ferme répartition des volumes. Je me redis, pour la seconde fois, qu'un buisson accueillant ferait bien mon affaire, ou même un bon lit tendu de drap, si j'y pouvais piéger la renarde.

Comme on ne s'instruit jamais assez, je fis d'un mouvement quasiment naturel pivoter mon regard vers l'autre partie de la varangue. Antoinette, sortie de ses songes, me souriait. Bonne fille, la douceur même. Et un peu moins voûtée, mieux mise, moins vieillie par son linge, ses coiffures, elle aurait pu être désirable. Il me semblait en tout cas, pour le peu que je voyais.

Diane, visiblement furieuse d'avoir été surprise en pleine gaminerie, n'offrit à mes investigations qu'une boule cotonneuse d'où émergeaient son cou et une figure charmante, certes, mais dont les yeux lançaient des éclairs. La louve n'appréciait pas, semble-t-il, qu'on imaginât qu'elle pouvait avoir besoin de rouge. L'observant attentivement, tandis que sa sœur lisait à voix haute l'invitation du gouverneur, je surpris tout de même une lueur dans son regard. Tiens, on aime donc danser.

Il est vrai que l'écho des fêtes du Port-Louis parvient rarement jusqu'à notre Sud perdu, et que ces fêtes elles-mêmes, inaugurées par madame Decaen, se sont raréfiées depuis le blocus. Voir et se faire voir, qui peut résister à cette tentation ?

D'ailleurs, comme la maîtresse de maison, vexée comme prévu de n'avoir pas été informée la première, demeurait bouche pincée, je poussai un peu l'affaire :

— Toutes les bonnes familles du Sud vont monter : il faut faire honneur à notre région. Vous serez en tête, bien sûr...

L'orgueil guérit l'orgueil. Déjà Clotilde du Breuil, née Bresson, retrouvait les plans de campagne de sa jeunesse où sa mère, bourgeoise et ambitieuse, habillait ses filles d'organdi pour piéger les maris à particules. Il était temps de prendre congé : le général n'aime pas les curieux, quand il s'agit de tirer des plans.

Je m'inclinai :

— Ravi d'avoir pu vous saluer, Madame, Mesdemoiselles, Monsieur. Nous sommes évidemment à votre disposition pour faire route ensemble, si vous le désirez : il paraît qu'une bande est sortie récemment de la rivière Noire...

C'était totalement faux et je vis Diane sourire. Comme jadis, elle savait tout sur tout. Mais il n'y avait rien de tel pour déclencher du Breuil père, qui attendait depuis un moment pour lâcher quelque sentence martiale susceptible de compenser l'affligeant spectacle de ses pieds nus :

— Nous irons, mon ami ! Ce ne sont pas ces gens-là qui nous font peur, tout de même ! Et je sais votre père assez bon fusil, lui aussi... Qu'elle ressorte, la bande, et nous verrons quel bal nous lui ferons danser !

Le tout assorti d'un rire viril que j'accompagnai en essayant, si possible, de ne pas paraître trop hypocrite. Je fis voltiger mon chapeau à l'ancienne en direction du poulailler. Du Breuil me tapota le bras comme je passais près de lui :

— Je connais des garçons qui vont faire les beaux !

Ce tapotement m'a un peu gâché le plaisir : cela sentait son propriétaire.

~

Ce quatre août 1809, au matin, la flotte du commodore Byng arriva en vue d'une terre basse, brune et verte derrière le voile bleu de l'horizon. Le colonel Henry Keating eut tout le temps de l'observer, tandis que les bateaux arrondissaient leur route pour se présenter au nord de l'île, où se trouvait une rade naturelle. Des collines aux sommets encore boisés, rasées dans leurs parties basses par la hache des bûcherons. Pas de maison visible, ni de présence humaine.

— Je me demande, murmura Keating, si nous aurons l'occasion de chauffer les fusils.

Rodrigues, la troisième des Mascareignes, semblait une proie bien facile.

V

NOTRE AGENT A RODRIGUES

Marragon père, agent de la République en l'île Rodrigues, était devenu avec deux bonnes années de retard agent de l'Empire. Il faut dire que passaient fort peu de navires en ses eaux et que les nouvelles mettaient du temps à y parvenir. Les vaisseaux en route vers l'Inde reconnaissaient Rodrigues, du large, afin de vérifier leur longitude, quand ils remontaient des Quarantièmes, plein nord, encroûtés de sel et bellement dressés sur l'eau, vent dans les reins, toutes voiles dessus. Ils modifiaient parfois leur cap à sa vue, quand ils étaient destinés à l'île de France ou à Bourbon. Mais jamais ou presque ils ne s'arrêtaient sur le caillou perdu où il y avait peu de vivres frais et plus guère de tortues.

Marragon avait cru sa fortune faite en obtenant la concession de l'île entière, dans les années quatre-vingt dix. Las, ses prédécesseurs avaient abattu le meilleur des arbres, décimé les grosses tortues de terre et tant fouillé les plages, à la recherche des œufs de tortues marines, que celles-ci s'étaient terriblement raréfiées. Les chèvres stupidement lâchées dans la nature ajoutaient leurs ravages et Marragon, le roi de l'île, n'était parfois pas très loin de crever la faim.

Certes, il y avait le poisson du lagon, abondant, et les pieuvres piquées à la foène et mises à sécher, comme d'étranges chevelures, écartelées au vent sur des baguettes. Mais on rêve, quand on est un gros gars sanguin, de chairs plus

consistantes, de pommes de terre, de pain croustillant et de
bon vin rouge, toutes denrées rarissimes à Rodrigues, cen-
drillon des Mascareignes.

Marragon s'était quelque temps consolé en engrossant ses
négresses, mais le cours des ans et de l'ennui avaient peu à peu
changé le pacha en patriarche et l'agent de la France, à l'abri
d'une paillote derrière le Port-Mathurin, au lieu pompeuse-
ment baptisé le Camp du Roi, passait le plus clair de ses jours
à ronfler ou contempler la mer.

Aussi frémit-il de joie, d'abord, en apercevant la première
voile.

Un vaisseau ? Une frégate ? Grosse machine de toute façon,
même si la brume de chaleur ne permettait pas encore de distinguer le nombre des mâts. Il y aurait bien à son bord un ton-
nelet de vin à échanger contre un cochon, de la poudre à troquer contre du bois, à moins que les officiers ne rechignent pas
sur la marchandise humaine. Marragon disposait de quelques
donzelles à la croupe plaisante, dont certaines étaient peut-
être ses filles, et qui pouvaient rapporter en deux soirs mieux
que tous les cochons, toutes les tortues et toutes les pieuvres
séchées de son île.

Notre agent ordonna donc qu'on se lavât – le ruisseau était
tout proche – et qu'on se vêtit – ce qui était moins simple, étant
donné l'état du linge, par ailleurs rare, qui attendait dans les
coffres.

Tout ceci prit quelques heures de la matinée, d'autant que
le maître, à voir son monde tout nu dans l'eau, se sentait revenir des bouffées de jeunesse qui ne lui faisaient pas presser le
mouvement. Et quand Marragon reprit sa longue-vue pour
vérifier si la voile au large était vraiment pour lui, elles étaient
quatorze.

Cela changeait les choses.

Le patriarche appela son fils aîné, une espèce de grande
limace rose de peau et rouge de poil, qui gloussait bêtement en
guignant le bain des filles :

– Napoléon ! (Il avait rebaptisé subtilement son flamboyant

héritier, dont le prénom d'origine était Louis.) Va conduire les bêtes à la forêt, cache le ravitaillement, l'arak, la farine qui nous reste, tout ! Et vite, pour une fois ! Efface les traces, enterre ce que tu peux, enferme les porcs au loin, qu'on ne les entende pas crier.

Comme le grand benêt le fixait sans comprendre, il ajouta sombrement :

— Cache les filles aussi : amis ou ennemis, les deux mille bonshommes qui vont débarquer ce soir sont trop nombreux. Même pour elles...

Il tendit la longue-vue à Napoléon, qui regarda longtemps la mer. Quand Marragon junior reposa l'outil, ses taches de rousseur ressortaient plus que jamais sur son visage pâli. Le père eut un ton presque attendri :

— Va. Et envoie-moi ton frère Lucien.

Il y avait aussi une Joséphine, un Joseph, une Pauline, une Caroline... Difficile de dire si la tribu impériale eût été flattée de se voir ainsi décalquée à l'autre bout de la planète en des êtres vigoureux et voraces (qualités que n'aurait pas renié, peut-être, la famille Bonaparte), mais dont l'épiderme allait, selon les génitrices, du roux laiteux au noir de jais.

Lucien, un loustic d'une dizaine d'années tout juste, trop malingre pour être embarqué de force par un quelconque navire – cela se faisait, d'où la prudence familiale –, mais avec dans les yeux plus de finesse et d'expérience que bien des adultes, approcha sans inquiétude. Son père n'avait pas son regard à torgnoles, preuve qu'il n'avait pas vu les restes de la volaille piégée au lacet, étranglée net et partagée avec une gamine du camp, en échange de quelques attouchements encore inoffensifs, certes, mais qui témoignaient d'un esprit inventif et dégourdi.

Marragon devinait cette malice, même s'il n'en savait que ce qu'il est bon à un père de savoir. C'est pour cette raison même qu'il laissait les bêtes à l'aîné et les vraies responsabilités au cadet.

Aussi est-ce sans méfiance qu'il demanda à Lucien de lui

apporter les fusils, la poudre et les balles au haut de la pointe, d'où il dominerait le port, et de courir ensuite jusqu'à la baie aux Huîtres, où était la barque.

– Tu la prépares, tu mets deux grandes touques d'eau, un gros paquet de biscuits, des lignes, un peu de viande séchée. Et tu m'attends là-bas.

L'instant d'après, le soldat miniature se mettait en campagne, galopant comme un cabri, bousculant les femelles de tous âges qui, gémissant et braillant, ramassaient leur bagage sous les ordres de son frère.

L'agent de l'Empire Marragon, concessionnaire et gardien de l'île Rodrigues, se carra à nouveau contre le rocher poli qui lui servait d'appuie-dos et se vissa la lunette à l'œil droit. Le cliquetis du premier fusil que son fils transportait en travers de ses maigres épaules ne le détourna pas de son spectacle : c'est dans l'adversité que le chef se révèle.

~

A Bel-Air, Balthazar le forgeron arrêta un instant son marteau sur le bandage de fer d'une roue de cabriolet. Ratsitera, le cocher des du Breuil, leva un regard inquisiteur sur le nouveau venu.

Que Balthazar eût coûté une petite fortune à son propriétaire avait suscité la curiosité de tous les esclaves des environs. Les achats nouveaux étaient déjà rares, depuis la Révolution et la montée des prix. Alors, payer un Noir le prix de trois chevaux...

Le grand Cafre entretenait le mystère depuis plusieurs semaines. Il est vrai qu'il ne parlait pas encore très bien le créole : les origines diverses des esclaves les obligeaient à communiquer par le langage des maîtres, ce qui était une sujétion de plus. Un français simplifié – abâtardi, disaient les Blancs –, indispensable véhicule entre Africains de l'Est, de l'Ouest et du Sud, Malgaches, Indiens et Indonésiens qui formaient à dosages divers la population servile.

Mais ce jour-là, Balthazar dardait un œil éloquent sur Diane du Breuil qui devisait avec madame de Glénarec sous la varangue, là-haut, tandis que lui-même, seul forgeron de la région, réparait la calèche destinée à véhiculer ces dames jusqu'au Port-Louis où, paraît-il, il y aurait fête.

Cet œil-là voulait tout dire : la douleur d'avoir été pris par une tribu ennemie, vendu aux Arabes, revendu aux Portugais, marqué au fer, vendu encore une fois aux Français, son prix passant de quelques coquillages à dix fusils de traite. Puis parqué sur une plage sans ombre, serré dans une cale puante, mis aux enchères sur une estrade, lui, fils de sorcier, maître du feu ! Et maintenant contraint à borner son art – art des armes qui font couler le sang, des socs qui fécondent la terre ! – à ferrer les chevaux de ses maîtres, à cercler les calèches de femelles en dentelles, blanches et molles, bonnes à rien.

Ratsitera avait vu. Il serra furtivement l'épaule de cet autre Noir, si différent de lui – nez épais, cheveux crépus alors que les siens étaient lisses, peau plus rude et d'un noir plus terreux – et qui venait de se révéler si proche.

Monsieur du Breuil, lequel se piquait de beaucoup savoir, ignorait que Ratsitera signifiait en malgache « le Révolté, celui qui n'a pas changé ». Et que son fidèle cocher, homme de confiance jamais fouetté, attendait depuis vingt ans de faire honneur à son nom.

VI

LE MARTEAU ET L'ENCLUME

La journée n'était pas finie que Diane aarivait à la maison, menant le cabriolet de sa mère, dont une roue se décerclait.

Curieux tout de même que du Breuil n'ait comme personne de confiance que sa plus jeune fille. Il est vrai que je ne vois aucune des deux autres se charger de ces tâches et que Trégouat a les Noirs à surveiller. Je comprends l'insistance qu'il a, et sa femme avec lui, à trouver quelque bon gendre : Riche-en-Eau ne vaut rien sans homme pour reprendre les rênes.

Comme ce rôle ne me chaut guère, j'ai soigneusement évité la varangue où Mère et Diane, contre toute attente, se trouvaient de nombreux sujets de conversation. Il est vrai que Mère pratique elle aussi cette générosité discrète dont sont bien heureux nos vieux esclaves. Peut-être a-t-elle été une Diane jadis, même si l'âge a enrobé la révolte de diplomatie. En tout cas elles semblent s'entendre comme vieilles amies. Au premier quart d'heure, elles riaient aux éclats. Raison de plus pour filer : allez savoir ce qui les amusait tant…

Dans la forge, Balthazar faisait des étincelles sur le fer rougi. Je me suis arrêté un moment pour le regarder, content de voir revivre le feu éteint depuis la mort du vieux Zacharie, Cafre comme lui. Le cocher de du Breuil, un Malgache de belle prestance, lui servait d'aide tandis qu'au fond le petit Sans-Nom, avec l'éternelle jeunesse des idiots, se suspendait sans fatigue au soufflet sanglé à la charpente, en tirant une flamme si infernale que les autres, à grands cris, devaient le freiner.

C'était une scène extraordinaire. Le gnome sautillait, figé pour toujours dans le même rire imbécile, avec ses yeux globuleux et sa bouche bavante, mal né dans le camp de Bel-Air mais libre peut-être dans sa tête par la grâce de Dieu. Les deux autres se taisaient, l'Africain massif au cou de taureau, aux muscles noyés dans la graisse, qui soulevait son marteau comme un fétu, et le Malgache fin et délié, les cheveux lisses noués dans le cou à la manière des Libres, qui tenait avec aisance la grosse pince de fer.

Folie, force et malice.

S'il n'y avait pas eu les vagissements de Sans-Nom, le bleu de la fumée, la pourpre sombre du métal et tous ces souvenirs d'enfance que remuaient le son et les odeurs, j'aurais vaguement été inquiété. Mais ce n'étaient qu'une forge et trois esclaves au travail. Je me suis éloigné avant que Mère ne m'appelât pour servir de faire-valoir.

Laissant à Jean-Bertrand la joie de jouer les fils modèles.

∼

Pour la première fois depuis des années, l'agent Marragon, était indécis.

Il n'avait fait apporter ses escopettes sur la colline que pour en imposer à des marins français, dont tout le monde sait qu'il n'y a pas plus grands voleurs au monde, après les Espagnols. Un bateau était une aubaine, mais devant une flotte, il fallait rappeler qui était le maître, empêcher les matelots de vagabonder ici et là, de trousser les filles sans contrepartie ou de voler poules, œufs et porcelets. On était bien assez démuni !

Voila ce qui avait mijoté dans la tête du colon : tirer quelques coups en l'air pour impressionner le monde et imposer des conditions qui sauveraient Rodrigues de la disette pour quelque temps. Or il avait reconnu, voici quelques heures déjà, le drapeau maudit au haut des mâts. C'était bien pis que des Français : toutes les flottes d'Angleterre lui tombaient dessus, lui, Marragon !

Quel charme pouvaient-ils bien trouver à son île ?

Le bateau le plus rapide, un joli brick fin comme un oiseau, était en train d'amener ses voiles quasiment à ses pieds, avançant prudemment vers la côte, un guetteur à l'avant pour mesurer les fonds.

Comble de malchance, ils marchaient droit sur le goulet entre les coraux. A croire qu'ils étaient renseignés : il y avait quelques méchants pièges sous-marins devant le port Mathurin, auquel on n'accédait qu'au prix d'habiles contorsions.

« Bien le diable si l'un ou l'autre n'accroche pas ! »

Les gros vaisseaux de la flotte devaient tirer profond. S'ils raclaient trop durement leur panse, peut-être renonceraient-ils à une proie trop maigre ?

« Que nous veulent-ils ? Il n'y a rien ici ! Et autant de bateaux ? Ils ont dû avoir des ennuis... »

Pourtant, le brick paraissait frais et neuf, pas du tout l'allure d'un navire qui vient d'essuyer une tempête, et les marins que Marragon observait à son bord étaient vifs et bien nourris. D'ailleurs ils répondirent, comme un seul homme, à un ordre qui fit virer le petit bateau, évitant les récifs dangereux, et allèrent s'ancrer à une encablure du rivage, non pas en face de Port-Mathurin et de sa baie faussement accueillante mais un peu plus à droite, de l'autre côté de la colline, où s'évasait une anse plus sûre pour une flotte.

« Bah, essaya de se rassurer Marragon, ils ne vont peut-être faire que de l'eau... »

Mais à mesure que les frégates et les vaisseaux arrivaient, ils mouillaient tous derrière le brick, sur deux ancres, bien affourchés contre le vent, ferlaient soigneusement leur toile et mirent tous leurs canots à l'eau, manœuvres qu'ordonnent rarement des capitaines en courte escale.

Ils possédaient un nombre incroyable de chaloupes pour des vaisseaux de haute mer, et sur ces esquifs prirent pied des dizaines et des dizaines de soldats, assis alignés sur les bancs de nage, gros troupeau rouge hérissé de fusils, encadré de marins blancs aux avirons levés.

Sur un cri, toute cette machine de guerre se mit à ramer en cadence vers le rivage, vers lui, Marragon. Il baissa les yeux sur son fusil à cabris, courte et rapide carabine qu'il savait charger, par la gueule, le temps de compter jusqu'à trente, et se dit qu'il pouvait en aligner au moins dix avant qu'ils ne fussent sur lui. Mais il pensa aussi aux baïonnettes dans la chair tendre des filles, au feu bouté dans leurs pauvres cases...

Quand le premier lieutenant de fusiliers anglais prit pied sur le rivage, suivi de cinquante cipayes souples et silencieux, il vit descendre de la colline, en face de lui, un fort étrange personnage dont les bajoues se forçaient à une attitude virile, la panse difficilement rentrée dans des chausses d'Ancien Régime, le chapeau à plume fièrement vissé sur le crâne, un fusil pendu à chaque épaule et, pour couronner le tableau, un vieux drapeau français en écharpe.

L'agent Marragon venait négocier l'honorable reddition de son île.

VII

DENTELLES ET FALBALAS

Ce dix août, après une semaine de préparatifs, nous voici prêts à partir.

Les huit jours passés depuis l'invitation ont été affaire de dames. Jamais on n'a autant vu Mère et ses voisines ensemble. La réserve qui les éloignait a été oubliée, compte tenu des enjeux : l'image du Sud avant tout. Il est vrai que le savoir-faire de ma mère aide beaucoup à cacher les misères des autres. Elle ne dissimule pas qu'en ses jeunes années elle a dû travailler de ses mains, en son Auvergne natale. Comme le veut la faiblesse humaine, celles qui s'en gaussent le plus sont les premières à faire la queue, dès qu'il s'agit de transformer une robe de l'an dernier en modèle à la dernière mode. Tout le Sud défile chez nous. C'est que, ma chère, cette bonne dame de Glénarec a un talent si rare...

On voit aussi, remontant sans manière notre modeste allée de Bel-Air, madame de Robillard, qui possède la plus grande maison de la région, une grosse bâtisse en pierre près de Beau Vallon, et l'un peu moins riche madame d'Emmerez, dont la fille, Adélaïde, cache sous ses dix-sept ans une flamme secrète qui lui donne l'œil fiévreux.

Ces deux-là viennent exclusivement, l'une traînant l'autre, pour l'amusement : Marie-Ombeline de Robillard, soixante-dix ans bientôt, pourrait acheter la moitié du Sud, piastres sur table, et n'a pas besoin qu'on l'aide à rafistoler des robes.

Mais elle adore par-dessus tout la conversation, la sienne pour être précis, qu'elle enjolive de bons mots et parfois de gros traits mâles que lui permettent sa fortune et son âge.

Les yeux de madame d'Emmerez, que son rang vassal oblige à être mieux élevée, s'arrondissent quand son aînée s'offre, pétillante de malice, des jugements du genre :

— Mais ton Napoléon, ma chère, excuse-moi de te le dire, c'est un caca-bœuf ! Comment peut-il nous laisser dans cette panade, nous qui sommes la clef des Indes ?

L'autre prend ça au pied de la lettre, guette à droite et à gauche si personne n'a entendu, découvre effarée dix visages hilares et essaie de masquer derrière un rideau de fumée verbal les horreurs de l'ancienne.

Autant dire que nous accueillons notre si particulière voisine avec un mélange de respect – dû à sa naissance – et d'excitation – causée par ses tirades.

Mère, qui la vénère, et à laquelle elle rend un peu, je crois, de cette affection, l'installe dans notre meilleur fauteuil, tout rembourré de coussins – « Quand vous vous serez posée aussi souvent que moi sur cette vieille chose, vous aurez besoin de coussins, vous aussi ! » – au bout de la grande table sous la varangue, et la vieille dame fouille dans les tissus, de sa main toute frisée d'âge, en laissant vagabonder son inspiration.

Elle pêche aussi, faussement désinvolte, de ces dessins de Paris si cher vendus par les colporteurs et, son plan en main, tel un général, elle scrute les silhouettes. Son jugement est sans appel.

— Comment, trop décolleté pour votre âge ? Mais il faut montrer ce que vous avez de beau ! A quoi pensez-vous que les hommes s'intéressent... Au charme de notre conversation ?

Sous sa haute autorité, l'état-major féminin compense le blocus anglais par des prodiges d'ingéniosité, faisant des merveilles de la moindre chute d'indienne.

Le faste impérial et l'orgueil insulaire s'accommodant mal de simples robes à la romaine, les bijoux de l'Inde, aux ors clinquants et tarabiscotés sont là, intacts dans leurs coffrets. L'éclat du métal rehaussera celui des yeux.

Nous avons été, nous les hommes, ordinairement bannis de ce quartier général bruissant de papotages. Il est vrai que notre mise demande moins de soins, le lointain meneur de notre revue, Sa Majesté l'Empereur, suffisamment habillé sans doute par sa gloire, se contentant des plus modestes uniformes. Nous n'aurions de toute façon pas eu les moyens de nous vêtir à la Murat, étant plus démunis encore que ne le sont ces dames.

Fidelia a tenu malgré tout à ravauder, rafistoler, reboutonner nos jaquettes et redingotes, auxquelles du galon doré a donné une allure martiale, puisque même les civils s'habillent à la militaire, de nos jours. Père a fait un essayage tout à fait altier, vêtu de vert bronze et rehaussé de quatre pouces par un grand tricorne noir acheté par Mère à un camelot. Pour notre part, nous devrons nous contenter, les trois garçons, des chapeaux « la peau bœuf » d'il y a trois ans, dont les bords un peu pâlis ont été repassés à la couleur. L'effet n'en est pas laid, aux dires de Mère, bien que je me sente assez ridicule sous mon couvre-chef de comédie.

Toute cette agitation vestimentaire a largement occupé la semaine, d'autant qu'il fallait sans arrêt interrompre ses tâches ordinaires pour se soumettre à diverses retouches, galoper jusqu'à Riche-en-Eau où devait se trouver, dans l'armoire de mademoiselle Antoinette, tiroir de droite, la demi-aune de dentelle mauve qui manquait justement à l'encolure de mademoiselle Hélène. Fidelia s'agitait et criait comme si elle eût été la patronne, et ses regards courroucés au moindre retard du commissionnaire – généralement moi – étaient appuyés par cinq ou six figures féminines qui s'usaient considérablement la patience et la santé à vouloir, le grand soir, être les plus remarquées.

Mères et filles ont vécu un état de surexcitation rare et intéressant à observer. C'est qu'il allait falloir bien paraître... et montrer le meilleur de sa progéniture.

Les du Breuil étaient en pique, dame Clotilde puisant dans ses malles les étoffes les plus seyantes, qu'elle tendait, plissait, mettait à la lumière, traquant le trou, l'effilochage, la sournoise tache de vieillesse. Antoinette, la rêveuse Antoinette, abandonnait ses livres pour venir farfouiller, sous la varangue, parmi les chutes de tissu si utiles pour faire du neuf avec de l'ancien, jouant à marier nuances et matières, écoutant aussi, passionnément, les babillages de madame de Robillard.

Hélène, n'en parlons pas. Elle choisissait toujours un moment où nous étions là, mes frères ou moi, pour essayer sa robe, une longue chasuble rose pâle dont la simplicité n'avait d'égale que la transparence. Il paraît que la mode se porte ainsi, à Paris, Rome ou Vienne. A moins que les cotonnades de l'Inde ne soient plus légères que celles d'Europe. Toujours est-il que, sous prétexte de mode, mademoiselle Hélène nous exhibait des choses à nous faire regretter qu'il n'y eût pas dix fêtes l'an. Mes idées de buisson m'en revinrent plus que jamais.

Inutile d'espérer de Diane semblable spectacle. De tous ces jours, elle n'est passée qu'en coup de vent, entre deux promenades je ne sais où, habillée à la diable, jetant un œil blasé sur les falbalas qui inondaient les tables. Il m'a semblé tout de même qu'elle venait plus souvent à mesure que la date approchait : céderait-elle à la magie des soies ?

Elle n'a en tout cas rien perdu de sa vivacité, riant de moi quand je traînais trop près, m'accusant de curiosité masculine et autres moqueries qui m'ont donné envie de lui tirer les nattes, comme au temps où elle était fillette. Mais elle n'a plus de nattes. Ses cheveux sont massés en rouleau, sous la capeline qu'elle porte avec crânerie. Quand elle arrive, sur sa jument, je préfère filer. Je suis embarrassé pour lui répondre, partagé entre agacement et faiblesse. En ces circonstances, la meilleure stratégie de l'homme est de tourner casaque... Avec le temps peut-être deviendra-t-elle moins railleuse, et moi plus subtil ?

A l'heure du café, courte trêve où nous sommes admis à approcher du laboratoire, s'échangent, sous l'oreille attentive des servantes, d'étranges recettes destinées à rajeunir ou protéger les tissus qui ne se ravaudent pas : on ne parle que de pâtes des Sultanes, des Odalisques ou des Bayadères, pour s'éclaircir le teint, s'adoucir l'épiderme, avoir figure de porcelaine. Un onguent modestement appelé Le Trésor de la Peau réunit tous les suffrages, et la maison l'empeste, à l'heure sacrée de la sieste qui, comme chacun sait, préserve doublement la jeunesse des femmes, en leur procurant le repos qu'exige leur fragile constitution et en les protégeant des plus ardents rayons du soleil.

Dire que nous n'avons été qu'amusés à ce spectacle serait mensonge. Une certaine fierté règne chez nous autres, coqs de basse-cour, à contempler les efforts des odalisques, à nous pour l'instant exclusivement destinés.

Les hommes n'ont point ces coquetteries-là, bien que j'aie vu Père retailler discrètement sa moustache et le gros du Breuil se choisir un tissu à rayures verticales, un peu démodé certes mais qui sans conteste amortirait son embonpoint. J'avouerai avoir moi-même vérifié, en passant devant un miroir, si mon physique n'apparaissait pas désagréable, bien que j'aie suffisamment de certitudes sur ce plan. Les gloussements de Diane ont coupé court à ma contemplation. Ah, ces filles...

Seul Jean-Bertrand prétend jouer l'arbitre des élégances. Gants beurre frais, habit chamois et cravate de soie brune en font un gandin plutôt incroyable pour nos campagnes crotteuses, mais soit ! il saura montrer aux grands messieurs du Port-Louis que les « bitaquois », ceux des habitations, ne sont pas si glaiseux.

Côté esclaves, le bal génère aussi une formidable effervescence.

Car il y aura une fête des Noirs, parallèle à la nôtre, où ils pourront tambouriner et se tortiller sans entrave jusqu'à minuit.

D'ordinaire, la police interdit ces ségas, genre de bacchanales où gigotent ensemble hommes et femmes. La raison officielle réside dans l'indécence d'une chorégraphie qui, cela est vrai, rappelle furieusement les jeux de l'amour. En réalité, on craint surtout que ces rassemblements, les cris qui s'y poussent, parfois repris en chansons, et l'alcool qui y coule clandestinement, ne suscitent quelque désordre.

Nous sommes plutôt surpris de cette bienveillance du gouverneur : depuis les funestes journées de quatre-vingt-seize, qui ont apporté ici en l'espace de deux mois la nouvelle d'une émancipation décidée à Paris, puis celle du sanglant soulèvement de Saint-Domingue, on redoute un peu les Noirs.

Certes, les Mascareignes ont échappé au pire, par l'action des colons et du gouverneur Malartic qui ont réexpédié *manu militari* à bord de leur navire les émissaires de la Convention venus abolir l'esclavage : lâcher d'un coup toute cette masse, sans bras pour la remplacer, sans police pour la maintenir, sans indemnité aux colons qui ont acheté leurs esclaves avec la bénédiction de l'Etat, quelle inconscience ! Depuis, l'Empire a balayé ces chimères, mais beaucoup craignent toujours la macération, chez des esprits simples, des théories semées jadis.

Chez nous, en tout cas, pas crainte d'émeute : nos Noirs sont soignés et nourris comme enfants de la maison et, si mon père garde bien en évidence sous la varangue un chabouc à lanières de cuir, je n'ai jamais vu, aussi loin que remonte mon souvenir, l'engin descendre de son support que pour être épousseté.

Quand un esclave vole, Père lui fait honte devant toute la bande et cela suffit. La pire punition est une corvée ou, pour les Noirs à talents, d'être affecté aux champs pendant une semaine ou deux. La crainte de ces humiliations maintient une discipline acceptable, même si Jean-Bertrand regrette parfois qu'on n'use pas du cachot et des fers pour les récidivistes, ainsi que le pratiquent toujours certains.

Ces punitions s'équilibrent, dans la balance paternelle, de tout un assortiment de récompenses. L'affranchissement, parcimonieusement accordé, est le cadeau suprême. Par trois fois j'ai déjà assisté à des fêtes de ce genre : grandes solennités, quasi-couronnements dont les héros, l'espace d'une journée, sont plus fiers que des Blancs. Passées les réjouissances, ils vont vivre sur le lopin de terre offert avec la liberté, pauvres mais dignes et droits, noblement couverts du chapeau des Libres, fourrant leurs pieds énormes habitués à aller nus dans des souliers qui les blessent, pour aller à la messe ou venir demander quelque soin à la grand-case, qui reste leur foyer.

Plus généralement, père donne en fin d'année des pièces de salempouri bleu, des marmites, des poules pondeuses aux esclaves méritants. Les fêtes sont l'occasion d'autres récompenses : j'ai vu de vieux Mozambiques, cassés en deux par quarante ans de pioche, pleurer d'émotion parce qu'on les autorisait à porter le Jésus de Noël. Ce jour-là, seuls les meilleurs ont le droit de venir au second rang, juste derrière nous sur le beau banc, pour la messe commune. Les autres restent debout, droits et contrits, se promettant d'être l'an prochain au nombre des élus.

Le bal était une belle occasion, à mi-année, de relancer les enthousiasmes. Père et Mère passèrent plusieurs soirées à choisir qui, des gens de maison et des gens des champs, serait admis au nombre des cameristes, de l'escorte, des palefreniers. Qui, de ce monde, serait autorisé à s'échapper vers le bal des Noirs. Et qui enfin se tiendrait à deux pas derrière ma mère, prêt à la servir, dans la grande salle verte du Gouvernement, du début à la fin de la nuit fabuleuse...

Fidelia sera là, dans une robe de nansouk à ramages, chatoyante comme un bonbon. Personne n'ose en sourire : ce sera son grand jour.

Il est vrai que les bals de madame Decaen ont phénoménale réputation. De mauvaises langues les disent provinciaux mais nous n'en croyons goutte : y paradent des uniformes aussi beaux qu'aux Tuileries, les hussards en moins, et les dames, grâce aux plus belles soies de l'Inde qui transitent par chez nous avant d'aller là-bas, n'ont rien à rendre aux élégantes parisiennes. Parachèvent ce luxe les bijoux d'or de Golconde et de Pondichéry, lourdes pierreries montées à l'ancienne, et les meilleurs parfums de la terre, puisqu'ils nous arrivent frais d'Orient sans avoir été éventés.

Il serait mal venu aussi de faire le difficile : madame Decaen a ressuscité les fêtes, oubliées depuis le départ du grand Poivre, voici quatre-vingts ans. Les îles ont longtemps eu des gestionnaires un peu tristes, célibataires ou mariés à de sombres haridelles confites en dévotions. Les bouleversements révolutionnaires et l'Empire ont, brutalement mais efficacement, rajeuni la classe politique et militaire : le nouveau gouverneur est tout à fait fringant et, comme il a passé beaucoup plus de temps en Europe à sabrer l'ennemi qu'à courir le guilledou, il n'a convolé qu'au retour de campagne, avec bien plus jeune que lui. Ce qui nous vaut, par la grâce de la guerre, une générale fraîche, charmante et primesautière, qui a arraché tous les vieux rideaux de la Résidence et saisi au vol l'occasion du 15 août pour fêter le Premier Consul, puis l'Empereur, dans la danse et le satin.

On vient de partout pour cette soirée fameuse. Jusqu'aux Anglais ! Ils ont osé, au dernier bal, faire passer des compliments à madame Decaen par un prisonnier libéré. Il est vrai qu'un officier anglais avait débarqué, quelques années plus tôt, pour assister aux obsèques de madame Malartic. C'était le temps des politesses et des galanteries, qui semble révolu s'il faut en croire les nouvelles. Cela ne nous empêchera pas de nous amuser, mais je soupçonne que le bal de madame Decaen est aussi une sorte de défi...

∼

La *Néréide* marchait vite, grand largue, dévorant les cinq cents milles de mer qui la séparaient de son but.

Corbett avait piqué au sud-est, laissant la flotte du commodore Byng poursuivre sur Rodrigues : sa présence n'était pas nécessaire à l'assaut de ce caillou pelé.

Il avait par contre arraché une autorisation de reconnaissance.

— Ne prenez pas de risque inutile ! avait insisté Byng.

Pour qui le prenait-on ? Une poule mouillée qui se contente de regarder et fuit ?

Ils allaient voir, Willoughby le premier. Il préparait un coup dont on se souviendrait.

Rien n'apparaissait encore à l'horizon mais Corbett, impatient, arpentait le pont, scrutant ses voiles. Gare à sa colère si la moindre d'entre elle était mal orientée ! A bord de la *Néréide*, avancer prudemment n'était pas avancer.

VIII

DÉPART

Le café était presque totalement récolté, soit, et la canne commençait juste à fleurir mais une absence d'une semaine, cela s'organise.

Père avait donc convoqué Nabuchodonosor, qui fait office de contremaître, si on peut parler de contremaître pour une bande de vingt-trois esclaves seulement, dont quatre domestiques, trois femmes affectées au potager et six enfants en bas âge, ce qui ne laisse au chef que neuf hommes aux champs et l'oblige, n'en déplaise à son rang, à trimer comme les autres.

– La maison est placée sous ta garde.

Il y a deux ans j'étais resté, me dérobant à ce que je qualifiais de parade pour fillettes, et l'an dernier il n'y avait pas eu bal, à cause des événements. Comme cette année je n'aurais pour rien raté un spectacle qui promettait d'être drôle, le pauvre bougre se retrouvait Blanc par procuration pour toute une semaine. Il en tremblait d'angoisse.

– Tout sera barricadé mais je compte sur toi pour mener des patrouilles. Laissez la canne tranquille. Contentez-vous de nourrir le bétail et la volaille. Tu auras cinq hommes avec toi, cela suffira. Je te laisse des fusils mais pas de balles : je n'ai aucune envie que vous vous blessiez mutuellement. Vous tirerez à poudre, ce sera bien suffisant pour éloigner les rôdeurs. Il y a peu de risque d'ailleurs pour qu'il y en ait : le lieutenant Lafargue nous enverra des sentinelles.

Nabuchodonosor roulait des yeux blancs. Mon père sourit :

— Tu veilleras à ce que ces sentinelles, au passage, ne nous volent pas nos poules.

Dans un geste volontairement solennel, il posa sa main sur l'épaule du Noir.

— Je saurai m'en souvenir !

L'autre se rengorgea. Ainsi donc il y aurait compensation à la peine de rester. Mais je le vis jeter un coup d'œil inquiet à Balthazar, qui reste aussi. Décidément, il y a quelque mystère chez ce nouveau venu. Une rivalité, peut-être, entre l'Africain et Nabuchodonosor, esclave créole et objet d'un certain mépris chez ceux qui sont nés libres. Les créoles, plus proches du Blanc, et baptisés comme lui. Je me demande si, au sein de ces classes modestes, on ne se bat pas plus ardemment que chez nous pour être le premier.

Pareille cérémonie devait avoir lieu chez les du Breuil, à la différence près que c'est un Blanc qui gardera les lieux. Pas un Blanc de leur monde, évidemment, mais Goulven Trégouat, efflanqué et hargneux comme un chien, et qui n'échappe à la faim qu'en étant commandeur. Triste besogne qui vous fait haïr, et des Noirs, et des maîtres.

Mais comment Trégouat aurait-il nourri la douzaine de cro-quants qu'il avait faits à sa femme, avec les trois arpents de mauvaise terre qu'il grattait à Sainte-Philomène, lesquels ne lui appartenaient même pas ?

La douleur d'être domestique l'aigrissait et il jetait sur l'humanité entière des regards farouches que rougissait l'abus de l'alcool. A la nuit tombante il ne faisait pas bon le rencon-trer, qu'on soit noir ou blanc, quand il rentrait chez lui sur sa mauvaise rosse, bourrelé des rancœurs du jour. Il battait sa femme, une pauvre diablesse vieillie avant l'âge par toutes ses grossesses, et sa fille, qui méritait pourtant caresse. C'était d'ailleurs en la caressant, un jour qu'elle pleurait au bord du chemin, que sans l'avoir vraiment voulu je m'étais retrouvé à califourchon sur elle dans les taillis. J'y étais souvent retourné : Vivette Trégouat avait bien chaude façon de se consoler des fureurs de son père.

Soupçonnait-il les tendresses dont me comblait sa fille ? J'espérais bien que non. C'était genre à faire du scandale, voire à frapper les gens. Mais la peau douce de Vivette, qui m'épargnait la longue chevauchée jusqu'au Port-Louis quand le ventre me démangeait, avait des attraits qui effaçaient la crainte. Il ne se passait guère de semaine sans que je vienne rôder vers Sainte-Philomène, aux heures où Trégouat houspillait ses Noirs. Nos mains parlaient pour nous, Vivette m'embrassait avec violence. Je rentrais moulu de nos échauffourées, le dos labouré et les cheveux en bataille.

Fidelia, à qui rien en ce pays ne peut être caché, partageait mon secret mais me faisait d'amers reproches. Selon elle, j'eusse dû réserver mes ardeurs juvéniles à quelque négresse du camp, voire d'un camp voisin, puis me marier très vite puisque la chose me perturbait. Ainsi faisait-on dans les meilleures familles. Courtiser une blanche, mal dressée de surcroît, était à la fois péché capital et source d'ennuis.

J'avais essayé, une fois, de lui expliquer qu'il ne s'agissait pas de cour amoureuse mais de la simple conjonction de deux envies. Elle m'avait regardé d'un air de pitié attristée :

– *Ah yo, mon baba !*

Depuis, je préférais me taire, subissant en silence ses soupirs à chaque fois qu'elle découvrait sur mes omoplates les traces d'une rencontre.

Elle aurait en tout cas une semaine de répit en cette matière, bien que je me promisse d'aller visiter certain établissement sur le port, dès mon arrivée en la capitale. Mais de ces amours tarifées elle ne disait rien :

– *Quand ou payé, péna problème.*

Ce qui est un point de vue.

Le fait de m'avoir essuyé le derrière dans mes jeunes années lui donnant quelques droits, je la laissais causer. Vivette verrait bien, à mon retour, si j'avais oublié sa peau.

Nous devions partir en convoi, les du Breuil et nous. Ainsi

en avaient décidé nos pères, sous la pression de nos mères : nous ne marcherions pas à la traîne des Robillard ou des d'Emmerez, assez fortunés pour faire une caravane à eux seuls, et nos troupes réunies nous donneraient assez fière allure.

La route était longue et nous n'arriverions qu'à la nuit à Moka, où on nous logerait. Du Breuil avait là un ami, Deschryver, qui possédait une maison suffisamment vaste pour nous abriter tous. Nous n'y resterions qu'une nuit, devant descendre le lendemain chez Morlot, modestement installé aux Pailles mais qui serait ravi de nous accueillir.

Quatre chaises, ou plutôt des manchys à la malgache, sortes de litières couvertes d'une toile, seraient les véhicules de Mère, de madame du Breuil et ses deux aînées. La calèche des du Breuil transporterait les deux maîtres, tandis qu'une voiture à bancs recevrait la troupe gloussante et rieuse des chambrières et autres dames d'atours. Enfin deux gros chars bâchés transporteraient les coffres à linge, les victuailles et l'imposant attirail dont nos mères avaient jugé indispensable de s'entourer en cette expédition. Les Noirs iraient à pied, quelques-uns armés d'un fusil à blanc pour donner de l'allure, la plupart des autres préposés à enlever les pierres du chemin afin d'éviter des secousses au charroi, ou encore à mettre l'enrayage dans les trop fortes pentes.

Nous étions à cheval, Magloire, Jean-Bertrand et moi, mais nous n'avions pas fait un quart de lieue que ma bête et moi-même piaffions déjà, au pas lent des mules qui grignotaient posément le premier contrefort de la route royale, derrière Riche-en-Eau.

Une jument me dépassa. Diane. Elle n'avait pas fait grand frais d'habillement, comme à l'accoutumée. Le pantalon noir, les bottes et le corsage flou lui auraient même donné une allure de garçon s'il n'y avait eu l'arrondi des hanches, la nuque délicate sous le grand chapeau, les longs cils, la bouche tendre... Comment ai-je donc pu remarquer tant de choses en si peu de temps ?

Elle ralentit près de du Breuil, qui me convoqua d'un geste :

– Peux-tu accompagner Diane ? Elle part devant afin de prévenir nos amis Deschryver. Et une fille seule sur les routes...

Peut-être n'était-il guère plus sûr de l'expédier avec un garçon de mon espèce. Madame du Breuil coupa court aux égarements de mon imagination :

– Nous savons qu'avec vous, Hervé, elle sera en sécurité...

Le tout appuyé d'un regard aigu et d'un sourire carnassier. Maîtresse femme, Clotilde du Breuil, et encore bien tournée, ma foi. Que n'aurait-on pas fait pour lui plaire ? J'ai tiré ma meilleure révérence :

– Je veillerai sur Diane, Madame, aussi chèrement que si elle était ma sœur.

Pour une fois, je fus ravi de ma réplique.

Diane avait mis sa jument au trot, je poussai Pégase pour la rattraper. Qu'on me pardonne, je n'ai pas pu m'empêcher, en passant à sa hauteur, de jeter un long regard dans le manchy d'Hélène, qui s'alanguissait en soupirant dans des poses de sultane.

∼

Corbett souriait.

Un drôle de rictus qui retroussait juste le coin des lèvres, tandis que l'œil bleu pâle restait immobile et froid.

Sa grimace de mort, murmuraient les hommes. Le sang allait couler. Celui des autres, espéraient-ils. La fureur de leur commandant, hélas, les entraînait parfois dans des aventures incertaines.

La frégate avait été rejointe par la corvette *Saphire*, qui marchait avec discipline sur son arrière gauche, veillant surtout à ne pas la dépasser, ce qui eût été un impardonnable lèse-majesté. Le *Saphire*, percé pour vingt canons, en portait seize et avait bonne réputation. C'était tout de même maigre pour aller se frotter à une île de cent cinquante milles de tour.

Bonaparte – ex-Bourbon, ex-île de La Réunion – n'était pas Rodrigues. Là-bas vivaient soixante-dix mille personnes, dont vingt-cinq mille Blancs sans doute armés jusqu'aux dents.

Et même si l'île ne possédait pas les vastes baies de l'île de France, les rades de Saint-Paul ou de Saint-Denis recevaient fréquemment en escale les bricks et les frégates corsaires, ces fins navires qui faisaient trembler, quoi qu'en dise leur chef, les gars de la Navy.

C'est donc avec une certaine appréhension que les gabiers de la *Néréide*, envoyés dans les mâts pour renforcer la toile, voyaient grossir devant eux l'étrange cône gris-vert, tronqué par les nuages, de la terre ennemie.

IX

LE PITON DU MILIEU

Je rattrapai Diane, qui s'éloignait rapidement du convoi, au petit trot. Elle se tenait bien en selle, une mèche folle lui balayait la joue, elle me souriait. Je me dis que le voyage à Moka ne serait pas si désagréable.

Vivette, hélas, apparut au premier contour de la route, là où elle grimpe des Cent Gaulettes vers la Table à Perrot.

Elle avait couru, sûrement, pour nous voir défiler, car elle avait les pommettes rouges et sa poitrine, mal masquée par une robe lâche, se soulevait précipitamment.

Difficile de ne pas s'arrêter. Je crus voir, du coin de l'œil, le visage de Diane changer, tandis qu'elle poursuivait sa route.

Mais déjà Vivette me tenait la jambe :

– Pense à moi. *Pas guette trop ti filles…*

Le convoi me talonnait et je me souciais peu d'être surpris en si embarrassante compagnie. Je la rassurai d'un sourire, plongeant par l'occasion un œil indiscret – pourtant déjà suffisamment bien informé, mais on se libère mal de certaines habitudes – dans son décolleté. Mais elle ne me regardait plus. Elle fixait le chemin montant, où la poussière de Diane dansait dans le soleil.

Je ne sais pas si celle-ci avait piqué des deux, ou si l'intermède Vivette avait été plus long que je ne le pensais, toujours est-il que je ne vis pas la jument au virage, ni à celui d'après. Attribuant cette disparition à quelque humeur féminine, je

jugeai indigne de pousser moi-même Pégase : tout de même,
j'avais bien le droit de parler à qui me plaisait. Je freinai
même le cheval quand, parvenu au col, il voulut prendre
l'amble. Il faisait beau, je regardai le paysage : vertus simples
et reposantes de la nature.

Comme les heures passaient, cependant, je m'inquiétai un
peu : j'avais charge d'âme, si rétive fût celle-ci. C'est donc
avec un certain soulagement que je vis, vers les onze heures, le
cheval de Diane amarré à une souche au pied du Piton du
Milieu, broutant paisiblement l'herbe grasse des collines.

Le Piton du Milieu, évidemment.

Moi aussi, quand je partais au Port-Louis, j'aimais faire
halte à cette grosse balise qui domine les hautes plaines. Le
Piton du Milieu est en modèle réduit le prototype de nos montagnes, vieux chicot aux pentes verticales, de modeste hauteur
mais d'allure grandiose, posé sur un glacis plutôt raide, tapissé
d'épineux. Les gens d'ici, à en croire Bonaventure, sont à cet
exemple : plaisants au visiteur, mais redoutables pour qui voudrait les prendre d'assaut. Genre Diane, sans doute !

A chaque fois que je le pouvais, je grimpais sur un des sommets jumeaux d'où se découvre toute l'île. Il y avait un sentier
glissant et dangereux, connu de moi seul pensais-je, qui menait
à une dalle de roche nue, un pan de gazon ras et trois buissons
qui avaient plus d'une fois été le refuge de mes méditations, à
mi-chemin de Vivette et des filles du port.

Eh bien, mon sentier avait été foulé et quand j'arrivai là-
haut, Diane était sur mon gazon, déballant son repas. Je fis de
mon mieux pour avoir l'air détendu en la rejoignant mais comment paraître naturel, quand sa poitrine ronfle sous l'effort
comme la forge de Balthazar ?

Elle me fit un sourire gracieux :

– Tu en veux ?

Elle avait de la viande épicée en sauce et des galettes à
l'indienne, cadeaux de son Indira. Tout le monde a ses faiblesses : je me damnerais pour ces dalpouris à la farine de len-
tille rouge, cuits sur une roche chaude, brûlants eux-mêmes du

piment qu'on y met. N'ayant moi-même qu'un pain mou comme savate, je succombai. D'ailleurs, c'était gentiment proposé. J'avais dû me tromper, tout à l'heure, en la pensant fâchée. Je trouvai une forme d'explication qui ne fût pas une excuse :

– J'ai flâné un peu. Quelle belle matinée !

Elle ne répondit pas. Diane du Breuil ne cause pas pour ne rien dire.

Elle n'accepta pas de vin, dont j'avais une fiasque, mais emprunta longuement ma lunette. Le panorama avait la magie de ces paradis terrestres qu'on dessine parfois, dans les livres de France : vallons langoureux, relevés ici et là de montagnes acérées. La forêt moussait jusqu'à nos pieds. Plus loin s'ouvraient les grands défrichés des quartiers, de Moka au Beau-Bassin. Boules sombres alignées au cordeau, des caféiers, carrés verts de la canne. De grands arbres dissimulaient les habitations, ne laissant voir qu'un bout de toit, une cheminée d'usine.

Le Pieter Both, avec sa drôle de tête de bonhomme, et le Pouce, nous masquaient la côte du Port-Louis, dont on devinait la dépression par delà la fente noire de la Grande Rivière. En amont, noyé de nuages, se cachait le Trou aux Cerfs, vieux cratère dont, affirme Morlot, toute l'île a jailli.

Mais le plus beau était dans notre dos : une trouée des montagnes Bambou encadrait la baie de Mahébourg et sa frange de corail et d'îles, dentelle blanche piquée de roux, séparant le bleu pastel du bleu roi. Notre Sud, bien sûr...

Le soleil donnait dur. Nous nous réfugiâmes sous les arbustes. Diane, comme si je n'avais pas été là, s'allongea à plat dos dans l'herbe rase, le chapeau sur le nez, la respiration tranquille. Je l'observai tout à loisir. Étrange fille. Moins bavarde que bien des hommes, et une petite expression sérieuse sur son visage délicat. Elle avait les traits moins nerveux qu'Antoinette, moins charnus qu'Hélène... Je me pris à rêver qu'Hélène, à sa place, reposait ici. Je ne lui aurais pas laissé longtemps le tricorne sur la figure, ni le corsage en paix.

Il est vrai qu'Hélène n'était pas du genre à monter à cheval ni à grimper aux montagnes ; il faudrait que je vérifie si elle était du genre à faire la sieste avec moi.

J'avais dû rêver ! Je trouvai soudain l'œil ironique de Diane en face du mien :

— Alors ? Examen satisfaisant ?

Elle s'assit, s'étira, se leva.

— Nous avons deux bonnes heures d'avance. J'aimerais bien faire un détour par le Trou aux Cerfs. Tu viens ?

Et sans se retourner elle entama la descente.

Nous n'eûmes pas le temps d'aller jusqu'au vieux cratère, une fine pluie d'après-midi retardant nos chevaux. La piste était d'ailleurs encombrée de branchages qui montraient que les corvées étaient affectées aux travaux de défense, à moins que ce ne fût aux préparatifs de la fête. Mais nous eûmes trois belles heures de chevauchée jusqu'aux pentes de Floréal, et de là en pente douce vers les Plaines Wilhems.

Le soleil, qui basculait derrière Flic-en-Flac, glissait ses rayons sous les nuages. Les broussailles avaient des reflets d'acier, vernies par la pluie, enluminées d'orange. Un arc-en-ciel faisait le gros dos par-dessus les Trois Mamelles, vers la mer toute dégagée qui brillait ainsi qu'une plaque d'argent.

C'était beau, il faisait frais, Diane avait mis sur ses épaules une grande houppelande de cocher qui couvrait avec elle la moitié de sa jument. De l'eau tombée des branches lui coulait sur le nez. Elle ne disait mot mais son silence semblait heureux. Quand nous retrouvâmes la tiédeur des basses pentes et, en haut de Quatre-Bornes, la chaussée et des gens, je me surpris à constater que pendant tout cet après-midi je n'avais pensé ni à sein ni à fesse.

Nous poussâmes un peu les bêtes et nous arrivâmes bien avant la nuit à Moka.

C'est un quartier que j'aime peu. Y plastronnent, sur chaque bord de la chaussée, de grosses maisons blanches surchargées de décors qui rivalisent en prétention. Moka, qui porte bien son nom, héberge les plus riches planteurs de café de l'île. Comme le port est tout proche, certains sont en outre négociants et armateurs. Cet endroit sue l'or.

Deschryver aussi. Je ne sais d'où il sort mais il a gardé des manières qui ne sentent pas la grande éducation. Nous ne sommes peut-être pas des modèles, nous autres de la campagne, mais nous n'accueillerions pas des visiteurs comme il le fit de nous.

Aidant Diane à descendre de cheval, il la jaugea sans vergogne.

— Mais c'est la jeune du Breuil ! Et devenue grande fille, dites donc !

Il avait la lèvre molle et gourmande ; dans cette bouche lippue, cela sonna comme une insanité. Ses gros yeux s'engluaient à la silhouette de Diane, qui ne semblait rien voir. Je raclai ma gorge. Il pivota avec une vivacité étonnante.

— Et celui-là ? Hervé de Glénarec ? C'est breton, Glénarec ?

De profil, des bajoues et un début de calvitie lui donnaient une apparence joviale. De face, on se cognait à un regard minéral, froid et pâle, deux boules bleues protubérantes, dépourvues de sentiment.

Je faillis répliquer sec puis me souvins de ce que dit souvent mon père : il y a des causes qui méritent querelle et d'autres non. Monsieur Deschryver reçut donc, au lieu de la grimace rageuse qu'il attendait, un sourire crispé certes mais qui montra bien qui de nous deux avait des manières.

Il rompit et, prenant familièrement Diane par le bras, l'entraîna vers la maison :

— Viens prendre un rafraîchissement, tu as fait une longue route. Quel est ton nom, déjà ? Je vais dire à mes négresses de te chauffer un bain.

J'eus au moins la satisfaction d'entendre Diane répondre qu'elle attendrait pour cela l'arrivée de sa mère, puis ils disparurent dans la maison, auprès de laquelle Riche-en-Eau aurait paru une hutte d'affranchi.

Je menai les chevaux à l'écurie et les bouchonnai seul, furieusement, malgré les offres de service du palefrenier. Puis, calmé, je m'assis sur une pierre dehors, rêvant d'arcs-en-ciel et de minois mouillés.

~

– Excellence ! Les Anglais !

Le gouverneur Des Bruslys réprima un soupir. Il fallait bien que cela arrivât un jour.

Comme son aide de camp s'agitait beaucoup, il le suivit sur le balcon du Gouvernement. Le soleil couchant éclairait en plein, à guère plus d'un mille, les voiles parallèles des deux ennemis. Il n'y avait en rade de Saint-Denis aucun bateau susceptible de leur donner la chasse et, comble de malchance, ils passeraient à la nuit en face de Saint-Paul où était un corsaire.

– Évidemment, grommela Des Bruslys. Toutes les défenses sont pour l'île de France !

Depuis que le grand La Bourdonnais, voici quatre-vingts ans, avait donné le premier rang à l'île-sœur, chaque fois que quelque chose n'allait pas à Bourbon – et c'était fréquent –, la faute en revenait à l'île de France.

Fort de cette logique, le gouverneur Des Bruslys se détourna de l'affligeant spectacle et retourna à son cabinet de travail. Affûtant une plume, il réfléchit aux termes courtois mais fermes d'une lettre au gouverneur général Decaen. Et si cela ne lui apportait pas de renfort, il écrirait directement à Decrès, ministre de la Marine et des Colonies. Comment admettre qu'on fût si pingre pour les îles alors que des millions partaient en fumée dans les canons de la Grande Armée ou les fêtes de Matignon ?

X

ÉTALAGES

Le dîner fut carrément monumental, bien dans la manière de Deschryver.

D'abord, le convoi n'étant pas arrivé à la nuit, il envoya à sa rencontre une cohorte de Noirs en livrée armés de grandes torchères. Ne manquaient que les trompettes.

Une heure plus tard, la caravane et son escorte faisaient une entrée triomphale dans la demeure modestement baptisée l'Eden. Les Blancs escaladèrent les marches illuminées par une vingtaine de serviteurs portant des chandelles dans des tubes en verre. Une armée presque aussi nombreuse de chambrières avait rempli d'eau tiède, dans la salle aux bains derrière la maison, trois baignoires-sabot en tôle – luxe inouï – et attendait ces dames et demoiselles pour un bain. A croire que le maître de céans avait loué des figurants pour épater la galerie. Les esclaves, eux, furent dirigés vers le camp où les attendaient manioc et viande bouillie, à pleines marmites.

Du Breuil s'extasiait à haute voix. Père, que le clinquant n'a jamais ébloui, se contentait de hocher la tête.

Je profitai du mouvement général pour entrer. J'étais resté dehors toute la soirée, Deschryver, apparemment trop occupé à houspiller ses serviteurs, ayant oublié ma présence.

Le seigneur du château rendait ses compliments à du Breuil, en sirupeuses salutations. On voulait, semble-t-il, bien se faire voir des aristocrates. Il est vrai que l'argent n'achète pas tout.

Pas le bon goût en tout cas : la demeure, qui aurait pu être belle si elle n'avait été si gigantesque, regrorgeait de meubles des plus biscornus. Ce n'étaient que coiffeuses, commodes, bahuts et banquettes en grosse ébène ajourée au ciseau et bossuée de sculptures. Deschryver en bavait d'orgueil :

– Pièces uniques fabriquées spécialement pour moi à Pondichéry, mon cher ! Je vous donnerai l'adresse, si vous voulez…

Du Breuil, dont la corpulence s'accommodait plutôt de formes molles, eut un hochement de tête qui semblait vague, et il s'étonna :

– Comment faites-vous, avec le blocus ?

Les grosses lèvres roses de Deschryver se tordirent en un pli suffisant.

– Le blocus ? J'ai mon truc !

Truc était le dernier mot à la mode. Il fallut l'expliquer à Clotilde du Breuil, qui croyait qu'il s'agissait d'un bateau particulièrement rapide. Le négociant s'esclaffa, un peu bruyamment peut-être :

– Pour être rapide, il l'est !

Et de souffler sa recette à l'oreille de du Breuil, qui fronça le sourcil.

– Mais… C'est… Comment dire…

– Illégal ? Rien n'est illégal quand il s'agit de survivre ! Vous croyez que ceux qui nous gouvernent respectent la légalité, eux ? Allons, un homme de votre sagesse sait bien que dans notre monde c'est le plus habile qui gagne ! Non ?

Père, un rang derrière, s'abstenait soigneusement de toute espèce de commentaire. J'étais quand même surpris qu'un Antoine de Glénarec ne fût pas aussi courtisé qu'un Norbert du Breuil, mais Deschryver lui avait simplement dit, en entendant notre nom :

– Glénarec ? Je vois…

Et il s'était tourné pour détailler les filles du Breuil, les yeux saillants, la lippe humide. A peine un regard à leur mère et à la mienne, qui avaient pourtant fait une belle entrée. Monsieur préférait les jouvencelles.

Le repas fut à l'aune du mobilier : pesant. De pouvoir, entre deux aspérités de la table, effleurer le pied d'Hélène, ne me consola guère : elle ne fit mine de rien, apparemment très absorbée par sa conversation avec madame Deschryver, une fort jeune et tout à fait spectaculaire blonde un peu trop blonde, cliquetante de bijoux, criarde de vêture et de conversation.

J'étais flanqué à ma droite de Deschryver junior, grand jeune homme boutonneux issu d'un précédent mariage et qui s'efforçait férocement d'être à la hauteur de son père. D'abord il m'expliqua comment, maintenant que les sots préjugés étaient tombés aux oubliettes, il envisageait de se faire appeler Gaëtan de Schryver, ou Gaëtan des Schryvers, il ne savait pas encore.

— De pires que nous ont bien changé de nom...

Je ne sais pas pourquoi, mais je sentis là comme le ton d'une attaque.

— Le nom, vous savez... L'essentiel est ce qu'on en fait. Il y a des crapules qui portent de très beaux noms et des hommes de cœur aux patronymes ridicules...

Il commençait à me regarder de travers, quand Diane intervint.

— Oui ! Ce n'est pas la particule qui fait la noblesse : si vous l'avez déjà, l'ajouter à votre nom ne sera qu'une confirmation...

Il se rengorgea.

— Qu'en pensez-vous ? lança-t-il aux filles. Donnez vos préférences !

Les trois sœurs le noyèrent sous des considérations dont il ne ressortait rien. J'admirai la manœuvre : l'orgueil chatouilleux de ce charmant garçon était sauf, et chaque phrase pouvait être entendue de différentes manières. Je me plus à penser que mes voisines le prenaient pour un sot.

Il ne l'était pas totalement, ainsi que je le constatai plus tard.

La grande question de l'identité ayant été débattue en long

et en large, il nous entretint pendant un long moment d'un autre sujet à sa gloire, la chasse aux Noirs marrons. Je ne pensais pas que cela se pratiquât encore mais il lui arrivait de ramener, disait-il, des captifs enchaînés, pris vers la rivière Noire où subsistaient quelques camps.

— La seule place de cette canaille est en prison ! pérorait-il. Les laisser dehors, c'est pourrir la colonie !

Tout en déclamant, il jetait de fréquents coups d'œil vers sa belle-mère et je soupçonnai que l'intérêt de ce public particulier ne lui était pas indifférent. Il est vrai qu'elle avait au maximum cinq ans de plus que lui et que Deschryver père, la séduction de ses piastres mise à part...

— *Vié coq, zeune poule !* aurait dit Fidelia.

Et chacun sait ce que fait la poule à la cuisse encore ferme, tandis que le coq finissant s'égosille sur son fumier...

Ce théâtre aurait finalement été assez drôle s'il n'y avait eu mes trois voisines. Non qu'elles parussent très impressionnées par les rodomontades de leur hôte mais lui, visiblement désireux de faire un effet durable, n'en finissait plus. Après les marrons, nous eûmes droit à la mise à mort du sanglier solitaire, à la battue des cerfs de Montagne Blanche et à l'affût des singes dont, comme chacun sait, il ne faut pas servir les mains à table sous peine de voir s'évanouir les dames. Cela assorti de grands rires mâles auxquels les filles faisaient poliment écho.

Comme il nous exposait ensuite la peine qu'il avait à trouver les accessoires nécessaires à ces formidables activités — le cheval de bonne écurie, le fusil du meilleur armurier, les bottes de chez Dumaillet, le grand chapeau de feutre et les éperons dorés —, je ne pus m'empêcher de lui sortir la phrase qui me trottait dans la tête depuis le début de la soirée :

— Oui... Vous avez bien raison. Quel dommage que tout ne puisse pas s'acheter !

Diane gloussa, me vengeant de deux heures d'humeur rentrée. Lui, pas aussi imbécile finalement que je l'avais pensé, me perça d'un regard meurtrier, regrettant visiblement que je ne fusse pas un Noir marron sur les reins duquel il eût pu exercer son fouet. Je lui retournai le plus suave des sourires : on peut bien se faire un ennemi de temps en temps, pour le plaisir d'un bon mot.

Je fus ravi de le voir bouder une coupe de fruits rafraîchis, fort délicieuse pourtant, seul bon plat du repas.

Avec le recul, je me demande si ce dessert n'était pas pour moi parfumé par la déconfiture de ce lourdaud. Sans doute est-ce péché, mais à chacun ses gourmandises...

∼

Cela baragouinait l'anglais de partout.

Ils avaient évidemment trouvé les filles, et les cochons, et la volaille. Mais à la grande surprise de Marragon, le chef des envahisseurs – un certain colonel Keating – avait donné des ordres stricts : quiconque serait pris à voler ou à tripoter ce qui ne lui appartenait pas connaîtrait le chat à neuf queues. Comme il avait fait fouetter, dans l'heure qui suivait, un Indien qui se croyait en vacance, pris à pêcher sans autorisation, le camp britannique était devenu une sorte de séminaire laïque, où le Jolly Jack figurait l'image sainte, et dont les élèves, Anglais, Lascars ou Cipayes, muets et disciplinés, se permettaient juste des regards en coulisse vers les plastiques féminines, pourtant peu voilées, qui leur passaient sous le nez.

Notre agent à Rodrigues, prisonnier sur parole maintenant qu'il avait rendu les armes, s'était d'abord réjoui du changement. Les Anglais étaient propres ; ils se lavaient même étonnamment souvent, au moins deux fois la semaine pour les officiers. Ils payaient rubis sur l'ongle, en belles roupies d'argent et caches de cuivre, tout ce qu'ils prélevaient en matière de bétail et de légumes ; bien peu de roupies au total, étant donné qu'il y avait peu de bétail mais tout de même, on apprécie les belles manières.

Ils étaient polis, voire cérémonieux, ce qui faisait rire les filles aux éclats. Ils étaient travailleurs et avaient commencé, à droite du Port-Mathurin, sur un fond plat de baie que Marragon et les siens, d'office, avaient baptisé l'Anse aux Anglais, un camp de branchages aux cahutes modestes mais aux rues droites, gardé aux quatre coins par des sentinelles en armes.

En outre, le colonel Keating et le commodore Byng l'avaient reçu à souper, avec un cérémonial simplifié mais de belles marques de respect qui l'élevaient quasiment au rang de chef d'État déchu.

Hélas, rien n'est parfait. Le maître plat du repas avait été le cuissot d'un de ses propres cochons.

Bouilli.

Cette hérésie gastronomique lui avait brutalement fait sentir à quel point ces Anglais étaient étrangers. De l'estomac au cerveau – avec léger détour par le cœur, on a ses sentiments – était montée une vague de patriotisme d'autant plus redoutable qu'elle s'appuyait sur des sens offensés.

Marragon avait donc résolu de sauver la France.

Ce qui expliquait que cette nuit, au fond de la Baie aux Huîtres, à deux portées de canon de l'ennemi, le plus obtus mais aussi le plus fort de ses fils l'aidait à mettre à l'eau la barque familiale. Avec un peu de chance, ils se glisseraient hors du lagon derrière l'île aux Oiseaux, bien loin donc des vaisseaux à l'ancre et, si Dieu et le vent le voulaient bien, ils seraient à l'île de France en deux jours.

– Et si nous ratons l'île, papa ? murmura Napoléon.

– Eh bien, nous atterrirons à Madagascar !

Quand on se lance dans l'héroïsme, on ne lésine pas sur la mesure.

XI

LES PAILLES

On avait baptisé « les Pailles » ce quartier en pente, coincé entre la montagne des Signaux et la Grande Rivière Nord-Est qui coulait en gorge depuis le Beau Bassin. Il est vrai qu'il ne poussait là pas grand-chose d'autre que de longues herbes jaunes, sur un sol assez maigre. C'étaient terres médiocres, mal irriguées, trop chaudes aussi à cause de la montagne qui faisait barrage à l'air. Un avant-goût du Port-Louis, étouffant tout l'été, juste supportable le reste de l'année.

Vivaient, sur ce glacis, ceux qui n'étaient pas assez riches négociants pour avoir un hôtel derrière le Gouvernement, pas assez grands planteurs pour avoir mille arpents d'humus profond, à Moka, Pamplemousses ou Riche Terre.

Notre ami Morlot était de ce nombre. Nous partîmes chez lui dès l'aube du lendemain, aussi tôt que la politesse le permettait vis-à-vis de Deschryver. Du Breuil, déjà carré dans une sorte de bergère toute matelassée d'oreillers, nous fit d'amicaux au-revoir : on se retrouverait au bal, et alors ils verraient ce que valaient les Sudistes ! Cela sonnait moins juste cependant que chez nous, la fierté provinciale s'effaçant chez notre voisin à mesure qu'il approchait de la capitale et de sa pompe. Il était moins du Sud, maintenant, que membre de la haute…

Deschryver émit pour sa part un sourire fielleux qui me fit supposer que son rejeton avait rapporté mes insolences. Lui aussi, on le reverrait au bal. Il n'y a pas que des joies en ce bas-monde.

Morlot, heureusement, mangeait un autre pain. Sa maison penchait du côté où l'avaient poussée les ouragans, soit. On n'y mangeait pas de francolins farcis et la pensée même d'une baignoire lui semblait incongrue, lui qui avait un filet d'eau coulant d'un tuyau de bambou. Il asseyait ses invités sur des bancs de chapelle, simples et droits, finalement moins rudes au fondement que les chaises sculptées du monsieur de Moka, et les faisait dormir sur des lits de sangle, comme des soldats.

Mais il avait une manière de vous regarder en face, de vous frapper dans le dos, de vous présenter son dernier-né – il y en avait un pratiquement à chaque fois que nous passions, et attention, dû à la même mère, digne, ronde et rose dame ! – qui faisait chaud au cœur.

Il est vrai que notre ami était riche d'esprit et d'âme, ce qui est mieux que des piastres. Riche en gueule aussi, ce qui lui valait l'ire de monsieur le gouverneur général Decaen, qui cachait derrière sa splendeur un caractère de fer. On n'a jamais trop aimé les cause-fort, et ni la Révolution ni l'Empire n'ont rien changé à cela.

Morlot affichait haut son point de vue sur la marâtre-patrie qui abandonnait ses enfants sans défense, remplaçait les bons soldats par des corvées de Noirs et, au lieu d'agir pour que tous fussent contents, faisait clore le bec de ceux qui protestaient.

– Une presse libre pour un peuple libre ! tonnait-il. C'est pour cela que nous nous sommes battus !

De fait, il avait été un de ceux qui avaient houspillé, en 1790, le gouverneur comte de Conway, décidément trop lié à l'ancien régime, et fait ériger place du Gouvernement une grande guillotine, laquelle n'avait heureusement décapité qu'une chèvre, pour l'exemple.

Ces turbulences de jeunesse étaient paradoxalement son sauf-conduit : il avait eu à cette époque des camarades qui, convertis à une vision plus personnelle du bonheur, étaient devenus de gros bonnets. Ces messieurs, membres de tous les conseils, loges et cercles de la colonie, veillaient à ce qu'on n'enfermât point notre orateur, dont les paroles eussent été plus redoutables en prison qu'éparpillées à tous les vents.

Le gouverneur avait suivi : cela faisait libéral de laisser causer quelques bavards tant qu'ils ne nuisaient pas à la défense nationale. Or sur ce dernier point il n'y avait aucun risque : notre ami portait, chevillé au corps, un incommensurable amour pour la France.

Il en disait des horreurs, la traitait de catin, l'accusant de se vautrer dans le lit du premier bellâtre venu. Mais que quiconque le suivît sur cette pente, ajoutât l'ombre d'une critique à celles qu'il osait, et on voyait Morlot faire volte-face, ébouriffé tel un coq de combat, et défendre bec et ongles « la Nation qui avait appris la Liberté au Monde » !

Enfant, déjà, j'écoutais passionnément ses envolées politiques auxquelles je ne comprenais rien mais ses gestes et ses effets de physionomie me semblaient la plus extraordinaire des pantomimes. En mûrissant, j'avais appris à goûter, comme on goûte le bouquet d'un vin fin, le courage authentique qui se cachait derrière le mélodrame.

Ce petit bonhomme avait eu l'audace de demander, en quatre-vingt-seize, contre l'avis de la colonie entière, qu'on traitât avec ménagement messieurs Baco et Burnel, envoyés par la Convention pour abolir l'esclavage. Non qu'il voulût, ainsi qu'on l'en accusa, que les Mascareignes devinssent un bain de sang, à l'instar de Saint-Domingue. Mais il désirait expliquer à Paris la façon de s'y prendre pour que l'esclavage – « cette honte de l'Humanité ! » – fût supprimé dans le calme. Vingt ans après, cela sonnait encore comme une formidable provocation : s'il était un sujet tabou, c'était bien celui-là.

Lui-même ne possédait plus qu'une demi-douzaine de Noirs, ayant affranchi tout le reste. Par un mouvement touchant, somme toute compréhensible, tous les autres, une vingtaine, affranchis au rythme de deux par an, continuaient à travailler pour lui, même si le symbolique salaire qu'il tenait à leur verser avait ses hauts et ses bas, comme les marées.

Bref, nous avions en Morlot le plus précieux des compagnons : un homme qui vivait en accord avec ses opinions. C'était rarissime, en ces jours où les virements de bord politiques avaient incité la plupart des gens à avoir le moins d'idées possible et à vivre recroquevillés comme des escargots, hormis bien sûr le genre Deschryver, pour lequel la seule philosophie a le son clair et tintinnabulant des piastres.

Morlot, qui faisait partie de la Table Ovale, sorte de cénacle intellectuel et littéraire, accueillait chez lui les hôtes les plus surprenants. Sa demeure était petite mais on y trouvait toujours de la place, pourvu qu'on ne fût pas hostile à la marmaille qui se faufilait partout et n'hésitait pas à se glisser sur les plus augustes genoux.

Nous avions rencontré là à nos précédents passages des navigateurs au long cours, un géologue audacieux qui avait senti sous ses pieds vibrer le volcan de Bourbon, et des comédiens en tournée, la tête farcie de pièces, auxquels Morlot, qui savait ses classiques, donnait parfois la réplique, arrondissant le bras pour déclamer Corneille.

Mais son ami privilégié, celui qui nous réjouissait et plongeait Magloire dans l'extase, était Lislet-Geoffroy.

Nous avions là l'exemple extraordinaire, presque unique, d'un affranchi, métis, cultivé.

– Je dois cela à mon père, disait-il, parce qu'il est arrivé sans préjugé.

On pouvait difficilement attendre, en effet, d'un ancien colon qu'il agît comme l'avait fait le sieur Geoffroy, ingénieur de la Compagnie des Indes venu à Bourbon sous Louis XV : ayant engrossé une belle négresse dont on disait qu'elle avait été fille de roi, en Guinée, il avait libéré la mère et le petit, chose relativement courante, mais l'impudent avait en outre, lui donnant son nom, reconnu l'enfant et tout fait pour que le petit fût instruit comme n'importe quel Blanc.

Dans le bon monde, on s'était moqué, puis on s'était fâché. Il avait fallu expédier le jeune Jean-Baptiste Lislet (« de l'île »...) en France, les collèges des Mascareignes ne voulant pas de lui. Il était revenu bardé de diplômes et s'était installé dessinateur-géomètre au Port-Louis. Les esprits n'y étaient guère moins obtus qu'ailleurs mais il y avait l'ouverture que donnait la mer.

Il avait travaillé en silence, ne faisant parler de lui que par ses œuvres, relevant des terrains, traçant des routes, dessinant des ponts, puis les premières vraies bonnes cartes des îles ; il avait bien fallu reconnaître ses talents. Les louanges des scientifiques de passage, dont le célébrissime Commerson, contribuèrent à faire admettre que l'on pouvait avoir du sang noir et néanmoins être intelligent. Les gouverneurs Malartic puis Decaen invitèrent le prodige à leur table et, les savants de France ne se chamaillant que sur des choses importantes telles que l'origine des pyramides ou la hauteur des montagnes, il devint le premier homme de couleur admis à l'Académie des Sciences. Decaen en avait même fait son conseiller en fortifications, mesure non dénuée d'arrière-pensées, un Cafre ingénieur et académicien ne pouvant que servir l'image d'îles esclavagistes, soit, mais généreuses.

Lislet-Geoffoy, bel homme de quarante-cinq ans, dont les tempes blanchies faisaient plus encore ressortir le teint brun, savait tout cela et s'en moquait bellement. Son statut d'intouchable lui permettait de dire ce qu'il pensait et de protéger quelques amis moins favorisés que lui, Morlot en premier. Il était un des piliers de la Table Ovale, où on essayait de résister, par l'intellect, à l'insularité et la bêtise politique.

Mon frère Magloire, évidemment, l'idolâtrait. Comme Lislet, il était fils d'esclave, portait un nom de Blanc, avait bénéficié de ce don si rare, l'instruction. Le destin de ce héros lui apparaissait comme le rêve qu'il n'osait pas. Peut-être lui manquait-il de s'être frotté, de l'autre côté de la mer, à des gens que les préjugés embarrassaient moins.

Lislet-Geoffroy nous contait en riant comment, sortant d'ici où on ne le regardait guère en face, il était devenu en quelques semaines la dernière curiosité parisienne, les grands esprits de la capitale goûtant au plus haut point tout ce qui leur apparaissait différent, grands Turcs, Chinois à nattes ou Peaux-Rouges d'Amérique. Il figurait une attraction de plus dans cette galerie, avec cet avantage qu'il parlait le plus châtié des français (c'est notre orgueil, à l'île de France, de nous exprimer mieux que bien des Parisiens) et qu'il était un puits de science, capable de dialoguer des heures avec les têtes les mieux remplies du Quartier latin.

De ce second atout il ne se vantait jamais, étant fort modeste. C'est Morlot qui nous chantait ses exploits, quand son ami n'était pas là. Partant de cet exemple unique, il délirait, le pauvre, sur un monde futur où il n'y aurait ni guerre, ni différence de peau, ni haine religieuse. Nous n'en croyions pas un mot mais nous écoutions en souriant : c'était beau. Seul Jean-Bertand haussait les épaules et soupirait, mais Jean-Bertrand ne sait faire que cela.

Par coïncidence, ou pour satisfaire Magloire, Morlot avait convoqué Lislet. Nous passâmes donc une journée à parler de tout sauf de l'insolence des Anglais, de l'indiscipline des esclaves et de la cherté des denrées, ce qui fut très reposant.

Tard dans la nuit encore, nous écoutions, autour d'un feu de bois dans la cour, le plus célèbre affranchi de France nous décrire avec bruits et gestes la manière dont monsieur Commerson lui avait expliqué, in situ et les chaussures fumantes, comment la Fournaise de Bourbon poussait ses laves à la surface, où elles coulaient ainsi que d'une plaie dans un curieux bruit de chaudron martelé qu'il nous imita en gonflant les joues.

Les Noirs, en un cercle plus large, étaient là eux aussi : chez Morlot, ils n'étaient jamais très à l'écart. Cela faisait derrière nous un rond d'yeux blancs et de bouches bées, fascinés qu'ils étaient par cet homme qui n'était plus des leurs et pas vraiment des nôtres, et dont la cervelle contenait tant de choses.

~

A Bel-Air, un feu aussi brûlait.

C'était un peu fête puisque les maîtres n'étaient pas là. Non qu'ils fussent détestés mais il est bon, parfois, de se sentir hors du regard du père.

Nabuchodonosor aurait cependant été plus heureux s'il n'y avait pas eu Balthazar. Le grand Cafre était muet, fixant les flammes, perdu en elles, et l'attitude même de son corps massif enflé dans son immobilité semblait une menace.

XII

DEUX BATEAUX DANS LES NUAGES

La veille du bal, nous sommes allés en bande au Port-Louis.

Tout le monde continue à appeler la ville ainsi, malgré les consignes. Port-Napoléon, c'est bon pour les papiers officiels ou les fonctionnaires venus de France. Morlot pense que le nom d'un lieu lui appartient et qu'il n'y a pas à le changer du jour au lendemain, au vent des humeurs politiques. Il affirme qu'on aurait dû laisser aux îles les noms qui leur ont été attribués par les premiers navigateurs, par exemple île de Feu pour notre voisine et île des Cygnes pour celle-ci.

Et, tandis que sa carriole, un engin mérovingien aux roues gigantesques, nous menait vers la cité à l'allure pondérée de deux chevaux philosophes, il nous a développé son sujet :

— Cirné, île des Cygnes, n'est-ce pas plus beau et poétique que Rodrigues, Bourbon ou Bonaparte ? On gâte les paysages en leur donnant des noms de gens ! Notre voisine a eu une chance : elle s'est appelée La Réunion, pendant dix petites années. Beau symbole, quand on aura réussi à abattre les barrières de races !

En disant cela, il eut un regard appuyé vers Magloire, bref hommage à ce prototype des peuples futurs. Puis le feu le reprit.

— Mais la politique, tonnerre, la politique ! Qui croirait un instant que les gens de cette île-là ont demandé spontanément — spon-ta-né-ment ! — qu'on la débaptise pour Bonaparte ? S'en foutaient, de Bonaparte, en 1803 ! S'en foutent toujours ! Veulent juste la paix, et la liberté du commerce, et des mers sûres ! Bonaparte... Port-Napoléon, le port impérial, la route impériale... Ça nous a ajouté un seul canon, ça a rallongé le macadam d'une seule toise ?

Comme un quidam tendait l'oreille, il modifia un peu le cap : inutile d'affoler les citoyens ordinaires avec des idées réservées aux esprits forts.

— Les Hollandais n'ont pas fait mieux ! Dire qu'ils avaient appelé ce pays, cette merveille de la nature, Mauritius, du nom d'un de leurs stadthouder ! Sans doute un gros nobliau, commerçant et responsable municipal comme il en pousse là-bas, portant fièrement sa panse à bière et à saucisses. Appeler ça Maurice ! Ça !

Il eut à ce moment du discours un geste furieux et vaste qui embrassait l'immense panorama du Corps de Garde à la montagne des Signaux, montrant la rade et ses bateaux, jusqu'aux herbes poudreuses du bord de la route.

— Mais il n'y a pas de mot assez beau pour un tel fruit de l'Etre Suprême et de la mère planète !

Il s'enlisa alors dans de fumeuses considérations sur les quatre éléments, que nous nous efforçâmes d'endiguer à tout prix. De fait, l'eau, la terre, l'air et même le feu – puisqu'on trouve ici des traces indubitables de génération ignée des roches – se marient le plus harmonieusement du monde en cette île, mais nous avions déjà entendu cette chanson-là, un peu trop savante en ce jour de vent et de poussière, où l'élément Terre nous collait fâcheusement au visage.

La conspiration familiale réorienta donc notre ami sur la voie maritime, comme le char bâché couinait et sautillait vers le port.

A l'instar de Bonaventure, il aimait bien Labourdonnais et ne tarissait pas d'éloges sur les corsaires. Il admirait en eux ce qu'il appelait « le dernier souffle de l'Audace » :

— Ce sont leurs ancêtres qui nous ont révélé le monde ! Des fous – il faut être fou pour se jeter ainsi dans l'océan immense ! – mais des fous de génie, qui nous ont élargi l'esprit, avec l'horizon ! Race en disparition... Vous verrez qu'un jour on fera marcher les bateaux comme je le fais de cette calèche, sans tenir les rênes. Alors l'Homme ne saura plus ce qu'est l'inconnu, la peur, la joie de vaincre cette peur et de se sentir plus humain encore ! L'Homme s'ennuiera. Donc il fera des bêtises, plus encore qu'aujourd'hui. Craignez, amis, le jour où l'Homme n'aura plus rien à conquérir !

On aura remarqué que Morlot aimait les grandes phrases.

Histoire de le relancer, Père avança que ses idoles, tout de même, n'étaient pas de purs esprits et que les corsaires – il tapota sa poche d'un air significatif – n'écumaient pas les mers par simple loisir métaphysique. Morlot s'emballa, théâtral :

– Et alors ! Les généraux ne se paient-ils pas ? N'avons-nous pas volé un obélisque aux Egyptiens, la Joconde aux Italiens et des Vénus aux Grecs ? Mais les corsaires, n'est-ce pas, sont du menu fretin ! Ça ne sait pas baiser les mains des dames et danser le menuet, un corsaire ! Ça ose même dire merde à certains gouverneurs... Alors, on les méprise. Ignorante France, qui méconnaît le sang versé pour elle... Je le disais à Decaen, je lui disais ! Ce ne sont pas ses deux pauvres divisions navales qui tiendront toute la mer des Indes. Je n'ai rien contre Hamelin ni Duperré : ce sont braves et bons chefs qui redressent l'honneur de notre marine depuis la flétrissure de Trafalgar. Mais les frères Surcouf, les Deschiens, La Houssaye, Drieu ou Dutertre n'étaient pas de trop...

Nous arrivions aux faubourgs, il baissa le ton : il ne fallait pas, n'est-ce pas, effrayer les braves gens.

D'ailleurs nous avions trop à voir, désormais. La ville s'était encore étendue depuis l'année dernière, à croire que les affaires n'allaient pas si mal.

Tout nous apparaissait neuf, grandiose, princier : le long mur des Casernes, par dessus lequel s'entendait le cliquetis des soldats à l'exercice, la Chaussée avec sa banque et ses commerces cossus, la place du Gouvernement enfin, face au Trou Fanfaron, plantée de palmiers et bordée de beaux bâtiments en basalte, dont l'imprimerie, fierté de la colonie. L'austérité du Gouvernement, beau palais à étage, s'adoucissait de frises à l'indienne, et l'ensemble donnait à la ville un charme unique, heureux amalgame entre le sérieux d'une capitale et la fraîcheur d'un parc.

Il est vrai que, pas très loin derrière le bazar où grouillait une vie colorée, commençait la campagne. Le Jardin de la Compagnie offrait des ombrages arrangés par l'homme, sous des arbres géants venus du bout du monde. Plus loin, les plaines gardaient un peu des verdures de jadis, quand le fond de la baie était une forêt : arbres et broussailles en bosquets protégeaient de l'ardeur les cases les plus modestes.

On voyait assez peu d'habitations bourgeoises au centre, la place étant prise par les maisons de commerce, immeubles en pierre de taille où suaient, à l'étage, devant des fenêtres trop étroites, des rangées de plumitifs. En bas s'entassaient les marchandises, sucre et café en attente de partir, étoffes de l'Inde, vin de France ou porcelaines de Chine en attente d'être vendus. Au beau temps des corsaires s'ajoutaient à cela les denrées les plus hétéroclites, écume des mers prise sur leurs victimes.

Logeait surtout au Port-Louis une classe moyenne, pratiquement inexistante ailleurs, qui vivait des miettes du grand négoce. On y rencontrait notamment des Blancs de condition modeste et la majorité des Libres de couleur, qui ne trouvaient qu'ici matière à louer leurs services : travailler aux champs était labeur d'esclave. Sur les quais transpiraient, auprès des Noirs de la Colonie, des escouades d'Indiens, maigrement salariés mais engagés volontaires, en leur lointain pays, par des agents recruteurs qui leur avaient sans doute promis la lune.

De la péninsule indienne, du nord cette fois, arrivaient depuis quelques années des musulmans spécialisés en épices et tissus. Le gouverneur venait de les autoriser à construire une mosquée dont on voyait, au-delà du bazar, s'ériger les murs blancs.

A chacun sa place : le général Decaen, ne voulant pas de frottement – générateur d'agitation – avait attribué aux Libres le faubourg ouest de la ville et aux Indiens le faubourg est, les musulmans ayant pour eux un endroit appelé la Plaine Verte, qui se couvrait rapidement de constructions. Au centre s'allongeaient, du fond de la rade à la montagne, et sur l'espace de mille toises seulement, le quartier du port, canaille et sentant le poisson, celui du Gouvernement, bon genre, hanté de Blancs en redingote, et celui de l'église, où se regroupaient les Créoles « blancs des îles », un peu grillés, pas seulement par le soleil.

En montant encore un peu par une rue bombée aux profondes rigoles, on arrivait au Champ de Mars, vaste esplanade où maneuvraient les soldats. Des officiers l'avaient choisi, annonça Morlot, pour y disputer d'amicales courses hippiques.

– Certains sont fort bons ! J'ai gagné deux piastres l'autre jour sur un petit artilleur qui ne payait pourtant pas de mine !

Morlot avait donc un défaut : il jouait.

Le Champ de Mars était un peu plus aéré que l'agglomération, où les constructions trop hautes barraient le peu de vent. Aussi l'avions-nous choisi comme halte et étions-nous là, à déguster l'en-cas préparé par madame Morlot, à l'ombre d'un arbre de l'intendant Poivre, variété de ficus à l'immense ramure, quand notre ami, toujours en éveil, pointa le curieux couple d'une mule et d'un colon à chapeau de paille, l'un semblant aussi pensif que l'autre :

– M'est avis que voici venir mon ami Feillafé...

Quand il prenait ce ton, on pouvait s'attendre à quelque curieux personnage. De fait, Feillafé était l'inventeur de la nauscopie.

Pour ceux qui n'auraient pas ouï parler de cette technique dont l'île de France a été, à ma connaissance, la seule bénéficiaire, je me contenterai de répéter le discours que fit Feillafé, quand il fut parvenu à entraîner quelques sympathisants, dont moi, sur les basses pentes de la montagne des Signaux.

C'était un petit bonhomme au cheveu rare mais long : plus les hommes sont déplumés, moins ils coupent ce qui leur reste. Ces vestiges en broussaille lui faisaient une couronne filasse qui voletait en longues mèches jaunes autour de son couvre-chef, genre de soucoupe en paille achetée à un Chinois. Ses yeux étonnamment bleus ne quittaient pas le ciel. En outre il marmonnait seul, au rythme de sa mule.

On aurait donc pu le prendre pour un illuminé, ce que faisaient les trois quarts de l'île. Mais puisque Morlot l'avait qualifié d'intéressant, nous l'écoutâmes.

— J'ai découvert, voyez-vous, que le firmament, surtout après qu'une pluie l'a lavé, a la propriété de refléter des spectacles très lointains. Avec un peu d'expérience, on peut distinguer des bateaux, à la base des nuages. Et ces bateaux — voyez-vous — ne sont pas là, juste derrière l'horizon, mais à des distances bien plus considérables !

Nous ne voyions rien mais regardâmes tout de même attentivement vers le nord, quand Morlot nous affirma que son ami Feillafé avait annoncé trois jours à l'avance, en mai, le retour de la *Bellone*, capitaine Duperré.

Hélas il n'y avait pas de petit bateau dans les nues. Juste, en rade, deux frégates à nous et une poignée de petits marchands, tout ce qui restait, au Trou Fanfaron, de la glorieuse flotte des îles : Duperré et Hamelin chassaient l'Anglais, vers l'Inde ou vers l'Afrique.

Peut-être est-ce cette preuve de notre pauvreté maritime, plus encore que les jugements de Morlot, qui nous fit particulièrement prêter attention, quand Feillafé, pausant entre chaque mot, ménageant ses effets, nous annonça d'une voix caverneuse :

— Et, pas plus tard que mardi dernier, j'ai vu une frégate britannique accompagnée d'un brick. Tous deux marchaient sur Bourbon...

∼

Corbett, pendant ce temps, tournait tel un fauve autour de l'île ennemie.

Les rapports disaient vrai, qui affirmaient la sauvagerie de la côte : depuis trois jours qu'il rôdait, il n'avait vu en guise de rade que les baies de Saint-Paul et Saint-Denis. Partout ailleurs alternaient de rudes falaises noires où se cognaient les lames et, danger plus sournois, des plages de sable ou de galets face auxquelles l'onde se gonflait d'un coup avant de déferler. Sûrement pas un pays de marins.

La *Néréide* et le *Saphire* avaient repéré quelques débarcadères, fragiles appontements sur pilotis plantés aux endroits où la mer semblait la moins méchante. On imaginait difficilement qu'il y eût des capitaines assez téméraires pour venir s'amarrer à ces choses-là.

Plus terrible encore, franchement déprimant, leur était apparu le Pays Brûlé, vaste pente où bavaient, une ou deux fois l'an, les furoncles du volcan. Cet exutoire du feu central avait fait de grandes coulures noires alternées de vert, là où la végétation richement arrosée avait pris le dessus. En haut trônait un gros bouclier gris, caché par les nuages dès le milieu du jour.

— Et c'est pour conquérir cela que nous allons nous battre ? se demandait – à voix basse – le lieutenant Walters.

Corbett lui avait expliqué que Bourbon-Bonaparte serait le tremplin d'où on bondirait sur l'île de France. Mais Corbett aurait attaqué un caillou pelé, pourvu qu'il y eût dessus un Français à mitrailler.

A sa manière, évidemment, et c'était bien ce qui inquiétait le lieutenant Walters. Les hommes grognaient d'avance : d'habitude, les exploits du chef leur coûtaient plutôt cher.

~

Loin, très loin à l'est-nord-est, une pauvre barcasse ballottait sur les vagues.

A bord, Napoléon Marragon écumait sans rien dire, l'œil vague fixé sur la dernière touque d'eau. Son père, la main sur un gourdin, ne le perdait pas de vue et essayait d'entretenir sa patience par des paroles d'espoir auxquelles il ne croyait plus.

Ils avaient raté l'île de France. Tout était perdu.

XIII

LE BAL DE L'EMPEREUR

Enfin il y eut le bal.

Toute l'île était conviée et on vit, dès la fin de matinée, une chenille de chars, charrettes et calèches, descendre des beaux quartiers vers la capitale.

Père et Morlot, en hommes avertis, nous avaient secoués de bonne heure :

— Les derniers arrivés seront les plus poussiéreux !

En ville, nous nous installâmes confortablement à l'ombre, sur de petits pliants, à une des nombreuses échoppes ouvertes pour la circonstance, où on servait de la citronnade aux voyageurs. Morlot choisit la mieux placée, près de la fontaine aux chevaux : tout le monde ou presque défilerait devant nous.

— Ainsi ces jeunes gens auront-ils une réelle idée des marchandises qu'on leur présentera tout à l'heure, sous des éclairages fallacieux et avec de tels écrans de crème qu'une mère-grand passe pour une vierge !

Et comme son épouse protestait un peu, au nom du genre féminin, il fit mine de s'indigner :

— Voyons, Minouche ! (Car il appelait Minouche cette douce compagne, qui opposait à ses facéties une patience sans faille.) Oseras-tu m'affirmer que la femme, de nos jours, n'est pas le plus artificieux, le plus trompeur des êtres ?

Il semblait parti mais elle leva une main pour parler, telle une écolière, et lui, dressé à ce jeu sans doute, se tut.

– Tu trompettais, hier, que cette nouvelle mode à l'orientale était si transparente que c'en était indécent. Il faudrait savoir : la femme cache-t-elle trop ou montre-t-elle trop ? Je me demande si ce n'est pas vous, pauvres hommes, qui ne savez pas regarder. A moins – et elle eut un sourire d'une terrible malice – que vous ne parliez de nous que pour meubler les conversations ? Ah ! si nous n'étions pas là pour inspirer de bons mots au sexe fort...

Morlot me paraissant défait, je vins à la rescousse :

– ... Des poèmes aussi, Madame !

Elle me toisa, faussement sévère :

– Hum ! Encore un beau parleur ! Fera des malheureuses, celui-là... Ne le mariez pas trop vite, Glénarec : tant que l'esprit l'emporte sur le cœur, on ne gagne que des cocus.

Puis, à ma mère, faussement confuse :

– Pardonnez ma verdeur, chère amie : nous sommes des rustres, dans notre trou perdu.

Dieu merci, Morlot avait récupéré, et il reprit un flambeau que je tenais fort mal. Décidément, les femmes sont espèce difficile à apprivoiser ! Même dans ma maison favorite, sur le port, on m'avait accueilli sans chaleur, avant-hier : la fête amenait trop de messieurs à la capitale, meilleurs payeurs que moi, et la petite Mauricette, ma partenaire habituelle, m'avait regardé de haut. Un gros colon de Souillac l'occupait à temps plein et réglait en bons de caisse. Je ne faisais pas le poids.

– *Alle rodé déhors ! Ena beaucoup femelles !* avait-elle plaisanté, compensant la rudesse du renvoi par un sourire désolé :

– Prochaine fois...

Ouais... Mais le gibier qui traînait les rues était sous haute surveillance et du genre maniéré. Moi, au contraire, j'aurais voulu quelque chose de modeste et sans simagrée, qui simplement calme les appétits du corps. Juste un peu de sérénité dans le tourbillon de toilettes et de parfums qui s'annonçait. Je ne savais pas encore à quel point cette sérénité allait me manquer.

Les Morlot, heureusement, se chargeaient de nous distraire. Tout leur était bon sujet : un charroi plus voyant que les autres déclenchait un discours sur l'être et le paraître, la nouvelle jeune personne au bras de tel gros planteur en lançait un autre sur le pouvoir de l'argent. Minouche donnait la réplique, corrigeant du grain de sel féminin des jugements parfois excessivement colorés de supériorité mâle : nul philosophe n'est parfait.

Ils nous menèrent ainsi en fausses chamailleries jusqu'à la fin d'après-midi, où ils se levèrent en s'embrassant comme du bon pain : c'était le moment d'aller se préparer.

– Tu verras, me souffla mon père, qu'ils vont nous refaire un petit pour l'an prochain...

Il avait été prévu, pour le monde qui arrivait, des sortes de vestiaires où on pouvait, derrière le fragile abri d'un rideau, se faire beau. Chez les messieurs, contrairement à ce qu'on pourrait penser, les choses n'allaient guère plus vite qu'en face, et je dus patienter une bonne demi-heure avant d'entrer dans une loge qui fleurait furieusement la poudre et le patchouli. Étant, malgré tout, prêts en avance, nous allâmes attendre Mère et Minouche chez le marchand de citronnades qui, à mesure que l'heure avançait, ajoutait du rhum à ses rafraîchissements.

– Pour vous fleurir les joues ! affirmait-il.

Certains, visiblement, étaient déjà bouquets.

Enfin ce fut le moment d'entrer. Ni trop tôt, comme les croquants, ni trop tard, comme les m'as-tu-vu. L'orchestre aiguisait ses violons, une rumeur sortait de la grande salle verte, des huissiers en livrée clamaient les noms des nouveaux arrivants, que saluaient, en rang d'oignon, Monsieur le gouverneur et Madame, les autorités militaires, les autorités civiles et même le préfet apostolique, en soutane de fête mais dont l'œil restait verrouillé aux visages de ces dames, tant de tentations diaboliques étant exposées plus bas.

Le général Decaen avait de l'allure. Un peu court de taille, peut-être. Mais la mode était aux petits...

Son épouse était la séduction même. Un peu agitée cepen-

dant, rose d'exaltation, elle jaugeait en experte les efforts de
tenue, entre deux politesses. Elle salua Mère par son nom.
J'en fus époustouflé. J'ai appris par la suite qu'un des cham-
bellans lui soufflait tous ces renseignements, soigneusement
appris sur fiche avant le bal. Je ne sais ce qui est le plus pro-
digieux, de connaître toute l'île, ou de consacrer tant d'énergie à le faire croire. En tout cas Mère fut contente, c'est le
principal.

Nous avions une table joliment placée, en milieu de salle, à
mi-chemin des grands Blancs et de la piétaille. Près de nous
s'installèrent des gens de la rivière des Anguilles, village
proche de Souillac. Père les connaissait, le dialogue s'engagea.
La soirée promettait d'être plaisante. Elle le serait du moins si
l'héritière de nos voisins, une pâle asperge à la longue figure,
cessait de me dévorer des yeux.

Certains, en passant près de nous, jetaient des regards
curieux à Magloire. Il est vrai qu'il y avait peu de métis à cette
fête ou, du moins, que le faible nombre qui s'y trouvait était
constitué de négociants et de petits propriétaires, regroupés
en tribus vers le bas de la salle. Aucun Blanc, hormis mon
père, n'exhibait son bâtard. Ils ne devaient pourtant pas manquer, autour des grands domaines. Décidément, Antoine de
Glénarec, peu bavard mais plus fort en actes que bien des
hâbleurs, était un sacré bonhomme.

Un brouhaha aimable envahissait la salle à mesure que les
habitants des quartiers se reconnaissaient, liaient conversation. Si ceux de l'Ouest se rencontraient souvent, en ville ou
dans leurs maisons « de changement d'air », sur les pentes
fraîches de Beau-Bassin ou Quatre-Bornes, les gens de
l'extrême Nord ou du Sud sauvage, perdus dans leurs campagnes, ne s'étaient parfois pas revus depuis des années. Aussi
beaucoup de retrouvailles s'ouvraient-elles par :

— Tu te souviens d'Untel ?

— Oui...

— Eh bien, il a dévissé l'an dernier, d'une fluxion de poitrine !

Comme le deuil était ancien, cela n'attristait personne, et les condoléances tardives offraient surtout l'occasion de se remémorer le passé, si gai parfois qu'on riait aux éclats. Les défunts ne s'en portaient pas plus mal et les vivants, du coup, repoussaient la camarde : il serait bien temps de s'en soucier le jour du rendez-vous.

D'ailleurs il y avait mieux à faire qu'à penser à sa fin. Il fallait se remplir les yeux, ne rien manquer du spectacle qui alimenterait les commentaires pendant des mois, à l'heure du café, sous les varangues. Comment Unetelle, pire qu'une gourgandine, avait dénudé ses épaules, comment Chose était saoul, comment la fille Machin faisait la dévergondée, comment les bijoux de cette mulâtresse, au bras de l'officier, ajoutaient au vulgaire.

L'aliment de ces entretiens devant essentiellement être critique – édulcoré ici et là par des éloges chaleureux de dames trop vieilles pour être rivales –, la gent féminine affichait un mutisme exemplaire, trop occupée à détailler, scruter, examiner, déceler sous le fard la ride sournoise, sous les voiles la mamelle fatiguée.

Les hommes faisaient tout le bruit, causant affaires – maintenant qu'on avait épuisé la liste des morts et qu'on n'avait pas suffisamment bu pour parler politique – tout en guignant, par-dessus l'épaule de leur interlocuteur, les reins les plus cambrés et les corsages les mieux remplis. La courbe des visages et la couleur des yeux n'attiraient qu'ensuite leur attention, étourdie par tant de femmes.

Les entreprenants déroulaient leurs compliments. Les stratèges, ayant préparé leur campagne, fonçaient sur une demoiselle depuis longtemps repérée, en regrettant déjà de n'avoir pas invité la blonde qui déambulait sous leurs yeux, inconnue et donc plus séduisante. Les timides se taisaient et n'en pensaient pas moins.

J'avouerai honnêtement que je cédai à la fièvre générale.

Quand on est en bonne santé, on peut difficilement rester insensible à tant de longues jupes et de courts bustiers, d'autant que beaucoup étaient joliment habités. C'est une magie des îles que de savoir s'arranger avec peu de chose, un ruban, une manière de rouler ses cheveux sur sa nuque, de tenir la tête droite et la taille un peu cambrée, de regarder les hommes avec ce mélange de réserve et d'audace qui fait la réputation de nos terres australes. Plus d'un capitaine, plus d'un soldat sont devenus de braves planteurs pour les yeux d'une belle.

Morlot, victime comme bien d'autres, appelle cela le charme créole. Mère aussi était charmante, et bien des amateurs en passant dévisageaient cette si jeune dame, entourée de si jeunes chevaliers servants.

Une main me serra l'épaule. C'était Lislet-Geoffroy, que je n'avais pas vu, absorbé que j'étais par mes observations anatomiques, et qui venait de lâcher toute une bande de flatteurs au milieu de la salle pour venir nous saluer.

Magloire se leva d'un coup, tremblant de confusion. Morlot, souriant, remercia son ami d'abandonner si riche compagnie « pour faire honneur à de petites gens ». Lislet sourit :

— Tu sais très bien pourquoi ceux-là me collent aux basques : je suis leur bonne conscience.

Ce disant, il salua de loin une de ces personnes – gros estomac, belles décorations – qui leva en réponse sa coupe à moitié vide.

— Voyez-vous, puisqu'ils ont un Noir libre, cela leur évite de libérer les autres…

Puis il s'inclina vers madame Morlot et Mère, murmurant :

— S'il ne vous déplait point, mesdames, j'aimerais que vous m'accordiez chacune la grâce de quelques danses. Parler à des hypocrites, soit, mais inviter leurs moitiés, c'est chose qui outrepasse mes forces. Or j'aime le bal… En toute honnêteté, bien sûr ! Je jure de n'effleurer que le bout de vos doigts. Vos maris, ces tigres, n'auront rien à vous reprocher !

Elles gloussèrent, firent semblant de réfléchir, donnèrent leur accord. Longtemps après son départ vers la table du gouverneur, dont il était un des invités d'honneur, elles souriaient encore. Magloire en resta pensif. Il osa même lever un front plus audacieux sur la salle, dont le centre maintenant se vidait, avant la première danse.

C'est cet instant que choisirent les du Breuil pour faire leur apparition. Se frotter aux Deschryver avait dû les conduire à ce tape-à-l'œil.

Bel effet : les bavardages, déjà tamisés par l'attente du grand moment, s'arrêtèrent net. Cinq cents visages se tournèrent vers l'entrée.

Le tableau, il faut dire, en valait la peine. Autant les hommes étaient laids, du Breuil boitillant et soufflant, soutenu par deux Noirs, Deschryver puant d'arrogance, son fils constellé de furoncles, autant les femmes rayonnaient. Le vrai chef n'a d'ailleurs pas besoin d'être beau, pourvu que sa femelle le soit...

La robe de madame Deschryver était un peu moulante. C'est du moins ce que murmura Mère à sa voisine. Mais madame du Breuil paraissait une reine et ses filles des anges. Sauf Hélène, plutôt du genre diablesse, dans sa robe au rose pourtant innocent mais qu'elle sculptait, Seigneur, d'une façon qui me noua la gorge.

Je ne fus pas le seul à réagir ainsi : en un clin d'œil, un nuage de mâles de tous âges entoura les derniers arrivés. Et comme les meilleurs capitaines sont ceux qui savent prendre le vent, je vis madame Decaen, d'abord contrariée, s'armer de son plus beau sourire pour venir saluer celles qui rassemblaient tant de suffrages.

Les congratulations finies, cette cohorte défila devant nous sans nous remarquer. Je ne vis des filles que des bas de robes, dont je reconnus les tissus : blanc, rose, bleu. Et ça jouait les modestes chez nous sous la varangue ! Du coup, j'invitai pour la première contredanse l'asperge d'à-côté. A la table des du Breuil, on n'avait visiblement pas besoin de moi.

Magloire se mit également en chasse et nous fûmes plus d'une fois côte à côte, lui avec une fille boulotte et rieuse, moi avec ma longuaille. Les figures me firent croiser Hélène, toujours au bras d'un cavalier différent, et Diane, apparemment poursuivie par un essaim d'officiers, tous plus sémillants les uns que les autres. Elle avait tressé, jusqu'en bas de ses reins, ses cheveux de fleurs de frangipanier. Mais elle s'était maquillée : natte de fillette, œil de femme. La jeune louve de Riche-en-Eau devait s'amuser : elle riait très fort, de toutes ses dents blanches, à chaque fois que je passais près d'elle.

Madame du Breuil et madame Deschryver n'accordaient méthodiquement qu'une danse sur deux, par respect des convenances. A leur table, Antoinette faisait tapisserie, tandis que ces messieurs, flanqués de quelques comparses, discutaient des choses manifestement profondes et graves. Le cours du sucre et du café, sans doute.

∼

Les deux navires, en panne, dansaient face à Sainte-Rose, petit village du Sud-Est doté d'un débarcadère, de deux magasins de pierre et d'une petite batterie.

– Nous attaquerons ici, avait décrété Corbett.

Le lieutenant Samuel Walters se demandait bien quoi.

Mais on ne réplique pas à un chef, surtout quand il a l'œil rouge et la mâchoire crispée.

Il était temps que Corbett fît donner le canon, sinon il allait tuer quelqu'un.

∼

La barque cogna le mur.

La sentinelle du Trou Fanfaron avait bu mais pas assez encore pour ne pas entendre. Elle s'avança baïonnette pointée, au risque de tomber à l'eau.

– Qui vive ? Mot de passe !

Pas de réponse. Mais une main accrocha la pierre et un corps lent se hissa sur le quai.

– De l'eau... A boire...

Le fantassin n'avait, pour se consoler d'être de garde un soir où toute l'île s'amusait, qu'une fiole de vin rouge pipé sur un tonneau, au fond des entrepôts.

Marragon, déjà ivre de fatigue, ivre d'avoir enfin trouvé l'île de France, emboucha de bon cœur le flacon qu'on lui tendait.

POUR UNE VESTE A BOUTONS D'OR

On venait d'annoncer une nouveauté, genre de danse à trois temps conquise avec l'Autriche, quand il se fit un grand vacarme du côté de l'entrée.

Le chambellan, semblait-il, se chamaillait avec quelqu'un.

Il n'eut pas le dessus puisqu'une sorte de mendiant en haillons força le passage dans la salle, criant qu'il voulait voir le général et que c'était urgent.

Celui-ci eut un coup de menton impatient vers les factionnaires alignés contre un mur, plus occupés à étudier les femmes qu'à maintenir l'ordre mais, comme ceux-ci se mettaient en mouvement, une rumeur horrifiée remonta jusqu'à lui. Ce n'était pas un gueux, c'était un naufragé.

Le personnage avança sur la piste vidée. On put le voir de près. Sa peau, brûlée par le soleil, partait en plaques roses de ses épaules, son linge était blanc de sel, il arborait un teint brique et des yeux affolés.

Il chancela, leva un œil rouge vers l'estrade. Reconnaissant le gouverneur, il soupira d'un coup :

– Les Anglais, Excellence... Ils sont à Rodrigues !

Puis s'effondra de tout son long.

– Ivrogne ! cracha un spectateur. Sale ivrogne qu'on va mettre dehors !

Et comme il appelait un Noir pour faire la basse tâche, la voix du général Decaen, qu'on n'avait quasiment entendue de la soirée, s'éleva. Une petite voix, et bien pondérée, mais chacun l'entendit. C'est cela, l'autorité.

— Soignez ce malheureux ! Je le connais. C'est l'agent Marragon, notre homme à Rodrigues. Il n'a pas traversé la mer pour amuser les sots.

Monsieur Decaen monta d'un cran dans mon estime.

Tout le monde commentait déjà la nouvelle. Les Anglais à Rodrigues, c'était autre chose que le blocus ou la prise du Cap. A Rodrigues, ils avaient un pied chez nous !

Pour se faire pardonner, le malfaisant de tout-à-l'heure montrait un zèle exagéré, penché sur le gisant, pinçant le nez — l'haleine semblait redoutable — mais tenant à réconforter lui-même le martyr des Goddams. Derrière lui, une haie de curieux au nombre desquels Deschryver scandait la même question :

— Combien ? Combien sont-ils ?

Alors la foule se fendit et apparut une autre épave, aussi cramée, pelée, fatiguée que la précédente. Et celui-là éructa :

— Des milliers…

Plus question pour l'instant de lancer les walzter que l'Empereur triomphant était allé prendre à Vienne. L'orchestre désemparé grinçait quelques accords. Madame Decaen affichait une tête d'amiral dont la flotte chavire.

Ce n'était pas tout. Jaillit d'un coup, sorti d'on ne sait où, un surprenant individu aussi grillé de peau que ses prédécesseurs mais vêtu, lui, à la tapageuse.

Quoique bien gras du devant, il portait fièrement les restes d'une jeunesse musclée, avait la jambe avantageuse, la moustache conquérante, l'œil vert et caressant. A sa main, un couvre-chef à l'ancienne, orné de plumes et de breloques à grosses pierres jaunes qui tintinnabulaient comme une parure de douairière. La veste, en brocart à ramages, était boutonnée de couronnes anglaises en or et, au flanc, battait un interminable sabre à poignée d'ivoire.

Morlot, bien sûr, connaissait le bonhomme :

— C'est Cassard, à peu près tout ce qui nous reste en matière de corsaires.

Comme nous observions avec effarement ce spécimen des écumeurs de mers, il ajouta, confus :

— Les meilleurs sont partis les premiers...

Le capitaine Cassard, jouissant de l'effet causé par sa personne, rentra le ventre, jeta la mâchoire en avant et apostropha le monde.

— Ça vous surprend, que les Anglais soient là-bas, qu'ils soient ici demain ? Vous vous êtes vus ? Cette allure ! Ramollis, endormis, pansus !

Il balaya l'assemblée d'une main méprisante. Des hommes murmurèrent.

— Ah ! J'entends qu'on réagit ! Tout ne serait-il pas perdu ?

Son regard pivota, s'arrêtant de table en table. L'orchestre était paralysé, personne ne pipait mot. Nous étions tous épinglés comme des mouches.

— Vous souviendrez-vous de ce que vous étiez ? De ce qu'étaient vos ancêtres ? Moi — il cogna sur sa poitrine qui sonna tel un tambour — je suis Normand, je n'ai pas choisi, la mer m'ouvrait les bras. Mais vous, vous êtes venus ici ou vos pères sont venus ici. Ils ont fait le grand saut, ils ont risqué leur peau pour vivre ailleurs et autrement !

Il marqua une pause. Decaen, minéral, laissait venir.

— Ce que je veux dire là, c'est que vous êtes différents. Vous êtes des gens des îles, des gens pas ordinaires. Alors réveillez-vous, tonnerre ! Vous n'êtes quand même pas devenus des paysans, des gratteurs de cailloux ! Montrez qu'il vous reste quelque chose...

Un coup d'œil aux dames l'interrompit sur cette pente fâcheuse. Mais il avait d'autres ressources. C'était un Morlot des sept mers : jamais à court de mots.

— La France est en train de conquérir l'Europe et vous, fer de lance de la France, vous seriez des moutons apeurés ? Foutre donc ! Secouez-vous, armez-vous ! Fichons ces Anglais dehors, merde !

Une vois flûtée mais ferme approuva la tirade :

— Bien causé !

Toutes les têtes pivotèrent vers la table Robillard : Marie-Ombeline faisait encore des siennes.

Cassard trouva dans cet aristocratique soutien la force de se gonfler encore un peu plus, puis il laissa lentement un sourire effacer sa colère. Il reprit, sur un ton plus confiant :

— Je sais que monsieur le gouverneur Decaen recrute des milices. Pour ma part, j'embauche sur mon brick des jeunes gens courageux. Il y aura plus de gloire à gagner que de piastres, quoique... — il tapota les boutons de sa veste d'un air significatif — on trouve parfois son argent de poche. Les volontaires seront les bienvenus !

Puis, avec un regard appuyé pour la table d'honneur :

— Mais je suis trop bavard, et les dames s'impatientent. Voyez si la coïncidence est belle : madame la générale voulait nous enseigner, ce soir, une danse prise à l'ennemi. Valsez donc ! Valsons ! A l'Empereur et à la victoire !

Une ovation salua cette mâle envolée. Il fallait bien effacer la fâcheuse impression produite par les Marragon, un peu oubliés dans leur coin mais qui reprenaient vie rapidement, servis par une robuste constitution et un spectacle tel qu'ils n'en avaient jamais rêvé. Madame Decean, impériale, traversant la salle au bras de son mari, fit découvrir au peuple ébahi la danse des Autrichiens, la plus élégante et troublante des conquêtes impériales. Vingt couples les suivirent. Allez savoir où ils avaient appris.

Craignant de me montrer maladroit, ne voulant pas non plus entraîner dans une étreinte tout de même assez intime une demoiselle sur laquelle je n'avais aucune vue, je restai à ma place. Magloire aussi : on lui avait fait sentir, du côté de sa partenaire, qu'un garçon n'invite pas quatre fois de suite une jeune fille à laquelle il n'est pas fiancé. Mais je vis passer Hélène, tourbillonnante et rieuse : elle aussi avait appris, ou savait de naissance. Son cavalier, une espèce de lieutenant à moustache jaune, bardé de fourragères et de galons dorés, lui débitait des niaiseries auxquelles elle répondait en jetant le cou en arrière, pour mieux être vue à rire. A leur table, ce gom-

meux de fils Deschryver se penchait en conquérant vers Antoinette et Diane, claquait des doigts pour commander à boire ;
sentant mon regard, il me fixa insolemment par-dessus la
piste. Qu'étions-nous à côté de ces matamores ?

Agacé, je vidai quelques verres. Trop, sûrement.

Parce que, quand le corsaire Cassard, après les valses, se
planta sur l'estrade en criant :

– Qui en est ?

Je criai, avec une douzaine d'autres imbéciles :

– Moi !

~

Sur le Champ-de-Mars couvert de Noirs, des tambours
chantaient le pays perdu.

Les gardes nationaux trituraient leurs fusils. Dans un quart
d'heure, le couvre-feu. Ouf ! On les avait assez laissés s'exciter, ceux-là…

XV

MOI, CE HÉROS...

C'est comme cela que je me retrouvai aspirant sur la *Junon*.

Ma seule consolation, après ma sortie héroïque, fut de voir les trois filles du Breuil me lancer un long regard, dont je ne sus s'il était de pitié ou d'amour. Si elles m'avaient hurlé de rester, d'ailleurs, et s'étaient roulées à mes pieds, cela n'aurait rien changé : je m'étais engagé, en public, à porter haut l'honneur de l'île, au risque de n'y jamais revenir.

Le plus dur, en me retournant, fut d'affronter les yeux de ma mère. Ceux-là, je savais ce qu'ils pensaient.

II

LE TEMPS DES PRÉSAGES

I

L'ADIEU AUX BELLES

Cassard, grand seigneur, m'avait laissé repartir en famille.

– La *Junon* a besoin de se refaire une beauté. Sois sur l'île de la Passe dans dix jours. Je t'y prendrai.

Il m'avait regardé, sérieusement, et avait ajouté :

– Ça te laissera le temps de t'arranger avec ta mère.

Mais Mère ne disait rien, Père non plus. Seul Morlot, le soir du bal, avait laissé échapper un commentaire :

– Bien, mon gars !

La foule, pour sa part, avait applaudi. Mais que valent les applaudissements d'une foule ?

Chez lui, loin des oreilles indiscrètes, notre ami s'était montré plus explicite, et moins flatteur :

– Tu as pris une décision totalement stupide : tu vas te battre contre plus fort que toi. Ton capitaine, en outre, me semble le contraire d'un homme du monde. Tu vas crever la faim sur sa barcasse, être couvert de poux (Mère eut un haut-le-cœur) et le scorbut, si vous n'êtes pas coulés, risque de déchausser tes belles dents. Il y a donc des choix plus intelligents. Mais tu vas agir alors que nous attendons, et pour cela je voudrais avoir trente ans de moins. Ton père aussi, peut-être.

Je me retins de sourire. Père rêvant d'action ? Il peut rester des heures sans piper mot et sa seule joie, je crois, est d'arpenter la terre grasse, quand il ne lit pas les philosophes.

Nous redescendîmes sans les du Breuil, retenus par leur

Deschryver, et je chevauchai pour le retour près de la calèche familiale, du pas morose de ceux qui plient sous de lourdes pensées.

En réalité, je bouillais intérieurement.

Mère sortit de son mutisme en préparant mon ballot. Cassard avait dit que tout devait tenir dans un sac gros comme ma tête. Elle en bourra un gros comme celle d'un bœuf.

– Et qu'il vienne me voir, ce fort en gueule, s'il n'est pas content !

Le robinet était ouvert : elle passa sa rogne contre les corsaires, les Anglais et, de manière générale, « tous ces imbéciles qui se battent, comme s'il n'y avait pas assez de dangers sur la mer ». Père également eut droit à quelques piques, du genre :

– Évidemment, les hommes, quand ils n'ont pas une guerre ou une révolution, ça s'ennuie...

A aucun moment elle ne me fit de reproche direct. Elle avait toujours dit qu'elle nous laisserait choisir notre vie et tenait parole.

Les vraies attaques vinrent de Jean-Bertrand qui me traita carrément de faiseur d'épate :

– On a voulu jouer au dur devant les dames, hein ! Et maintenant on est pris ! Et tout le monde subit les caprices de Monsieur ! Ta belle énergie ne pouvait pas se dépenser au profit de Bel-Air ! Mais non ! Monsieur craint de se salir les pieds dans la boue, Monsieur est d'une autre espèce, un libérateur de l'île ! On verra ce que tu diras quand tu auras mangé du rat pendant trois mois !

Pourquoi faut-il qu'on ait des frères aînés ?

Heureusement, il y avait la mer.

Quand l'ambiance à la maison devenait vraiment trop lourde, je sellais Pégase et partais vers la montagne, d'où je contemplais la baie. Ou alors je descendais bavarder avec le lieutenant Lafargue et mon vieil ami Bonaventure. Lafargue roulait des mots guerriers, bombait le torse et faisait péter ses canons. Bonaventure était moins démonstratif, mais le pétillement de ses yeux montrait bien qu'il se réjouissait de voir un jeune gars d'ici « sortir du lagon ». Il connaissait un peu Cassard, « de réputation ». Je ne parvins pas à savoir si celle-ci était bonne ou non.

Ce furent des jours étranges.

J'étais déjà parti, étranger chez moi, le drôle d'oiseau qui a préféré l'inconfort au nid douillet et qu'on regarde de côté, un peu comme un enfant perdu, un peu comme un traître aussi. Pas de nostalgie ni de regret, mais une curieuse honte me forçait à cacher ma jubilation : j'allais ailleurs, je devenais autre.

Difficile de savoir s'il fallait se réjouir ou non. Tous les lendemains étaient possibles. Naufrage, blessure... Peut-être regretterais-je mon audace d'un soir. Mais j'avais si longtemps eu l'impression de végéter et maintenant je vivais. Même mes incertitudes étaient l'essence de la vie. J'aurais exulté s'il n'y avait eu ma mère, qui faisait la sereine mais dont je sentais bien les peurs. Elle ne regardait plus la mer. Peut-être la regarderait-elle trop, après.

Père passait beaucoup de temps aux champs, pour rattraper, disait-il, le temps perdu au Port-Louis. Nabuchodonosor lui donnait du souci :

– Il s'est monté la tête. Je ne sais ce qu'il a : impossible de lui tirer un mot ! Un garçon de confiance, pourtant...

Père arborait une ride de plus, au milieu du front. Je me forçais à penser qu'elle était due à l'esclave indocile.

Magloire restait tranquille, plus massif que jamais, un roc. Il me souriait comme à l'accoutumée, serein depuis qu'il avait revu Lislet-Geoffroy.

Vivette, elle, se répandait en gémissements. J'en perdais mon plaisir, moi qui avais toujours eu l'habitude de prendre ce qu'elle m'offrait, sans grande conversation. Et c'étaient des « pourquoi tu t'en vas », des « to pou mort » et autres jérémiades. Je découvrais avec stupeur qu'elle avait sournoisement pris possession de moi, au fil de nos échauffourées. Tandis que j'explorais son corps, elle tissait sa toile, et ses griffures sur mon dos étaient autant de marques de propriétaire. Il était temps que je m'en dépêtre...

Le dernier jour approcha avec une lourdeur d'orage. Le changement de saison s'annonçait et le firmament lui-même se mettait de la partie, chargeant les après-midi de gros nuages qui venaient crever sur les montagnes Bambous. D'occasionnels arcs-en-ciel, sous les grains, ne ramenaient pas le rire chez nous, où Fidelia mettait la table comme un zombi, ne sortant de sa bouderie que pour d'incompréhensibles récriminations marmonnées dans mon dos, et dont le ton baissait ou montait selon que je la regardais ou pas. Père était toujours occupé, Mère avait les yeux un peu rouges, Jean-Bertrand ne pipait mot ; seul Magloire restait placide.

J'allai enfin présenter mes adieux aux du Breuil. Je leur en voulais, ou je m'en voulais à moi-même, je ne sais, mais ma fièvre de jadis avait disparu et c'est pensif et tendu que je remontai la grande allée de Riche-en-Eau .

On m'attendait. Mère avait-elle fait passer le message par un esclave ? En tout cas ils étaient là, figés sous la varangue comme pour le pinceau d'un portraitiste : Clotilde du Breuil, droite, belle et grave dans une simple robe blanche, debout appuyée au fauteuil de son mari, celui-ci endimanché et rasé propre, les trois filles semées telles des bouquets, Antoinette assise, un livre sur les genoux, Hélène arrangeant un vase, Diane appuyée à la barrière, au bord de l'escalier. Et tous leurs yeux dirigés vers moi.

– Hé, ce n'est pas un enterrement !

J'attendais qu'on abondât un peu dans le sens de ma boutade mais nul ne sourit. Simplement, du Breuil me garda la main longuement et eut ces mots :

– Nous sommes fiers de toi.

On eût dit le dévoilement d'une stèle aux héros disparus.

Le café fut amer. Les filles étaient vêtues de raide et je ne retrouvai chez aucune les sinuosités du bal. Sans maquillage, elles avaient la mine sévère. Antoinette me parla un peu de Bel-Air, Diane de sa vieille Indira, morte tranquillement, comme une bougie s'éteint, Hélène minauda inconsciemment sur la valse sans voir les froncements de sourcils de sa mère.

Personne n'évoqua mon départ. Du Breuil entama la conversation sur ses amis Deschryver, mais une pression de sa femme sur son épaule l'interrompit net.

Je ne m'attardai pas. Nous n'avions rien à nous dire. Ou plutôt, ce que nous aurions pu nous dire était profondément enfoui sous le couvercle des bonnes manières. Mais, au moment de prendre congé, comme je me penchais pour lui baiser les doigts, j'eus la surprise d'entendre madame du Breuil murmurer :

– Venez, qu'on vous embrasse !

Sa joue sentait l'ylang-ylang et le cou était blanc, sous les cheveux souples. Je songeai que les femmes allaient bien me manquer à bord de la *Junon*, et qu'une des quatre du Breuil – car la mère, décidément, restait piquante – aurait pu m'offrir un souvenir pour la route. Hélas on se contenta de me biser de droite et de gauche, le corps chastement en arrière. Je crus tout juste sentir un vague frémissement chez Hélène, lorsque je lui serrai le bras. Trop peu pour que je me sentisse invité à venir faire le chat, la nuit tombée, sous les fenêtres de Riche-en-Eau. Mon chant du départ serait donc pour Vivette, puisqu'on laissait le petit voisin partir à la mort avec huit baisers pour seul viatique.

Je cherchais une phrase d'adieu qui ne fût pas trop mélodramatique – j'étais encore bien vivant, avec mes membres intacts et toutes mes dents – quand Clotilde du Breuil me tendit une sorte de grande écharpe blanche.

– Il fera frais en mer. Mes filles ont brodé cette soie pour vous. Chacune y a mis son petit signe.

Les filles regardaient ailleurs, du Breuil affichait un sourire de beau-père, madame du Breuil m'examinait en silence.

Ce qui fait que je suis reparti tel un nigaud, sans la sentence spirituelle que j'aurais aimé leur laisser en mémoire pour entretenir leurs regrets. Je ne sais même plus si j'ai balbutié un remerciement. On est malin au bal, hein ! Mais au pied du mur… Restait à espérer que je fusse plus vif, quand il s'agirait de se battre.

Sur l'écharpe, il y avait une fleur, un oiseau et un dauphin. Trois attentions, trois messages. Je cherchai longtemps qui avait brodé quoi.

~

Le seize août au matin, Corbett donna l'ordre d'approcher de la côte.

– *Let's squeeze those bastards !*

Samuel Walters haussa les sourcils. L'endroit ne justifiait guère cette agitation guerrière. La marine de Sainte-Rose n'était qu'un méchant débarcadère, au bout d'un roc acéré, sur lequel dansait la lame. En arrière était ménagée une petite plate-forme couronnée en tout et pour tout de sept canons, dont deux seulement d'un calibre dangereux, et de deux petits hangars de pierre. Rien d'autre, sinon la forêt, dont le grand manteau vert était troué ici et là de défrichés. On apercevait, semée parmi cette verdure, une petite douzaine de cabanes en planches, identiques dans leur simplicité : un minuscule toit à quatre pans couvert de bardeaux, une porte, deux fenêtres aux volets vivement peints. Quel exploit y avait-il à attaquer ce poste minuscule ?

Mais Corbett trépignait et sans attendre il dirigea la *Néréide* vers le promontoire, à raser les récifs.

– *My God !* On va toucher…

On ne toucha pas. La falaise plongeait droit sous la mer, dans le bleu. Comment le capitaine le savait-il ? Nulle carte n'indiquait ces fonds, secret militaire des Français.

– Quelqu'un de chez eux aura trahi. Ou alors Corbett est déjà venu.

Il n'en avait jamais rien dit, en tout cas.

Un fracas chassa les questions du lieutenant : comme la frégate, penchée par le vent, frôlait le ponton ennemi, les sept dérisoires canons avaient tiré, balayant le pont offert à leurs gueules. Du rouge éclaboussa les planches. Un rugissement monta des hommes, qui n'était pas de douleur mais de colère lâchée, d'un coup.

— Qu'est-ce qu'il croyait ?

Corbett se tourna vers le jeune homme, haletant :

— *You see ? They shot first !*

Walters resta une seconde paralysé puis hocha la tête.

— *Aye, Sir. They shot first.*

En bas, les cipayes, dont c'était le premier feu, contemplaient sans rien dire deux des leurs, éventrés par la mitraille. Des marins serraient les poings. Ils regardaient la passerelle, pas la côte.

— Faire tuer deux hommes pour exciter les autres... Il faudrait que j'aie l'audace d'arrêter ce fou. Je n'oserai jamais.

On pendait les mutins, dans la Royal Navy.

— *Come on, we plan the attack.*

Si on lui avait demandé son avis, Walters aurait copieusement pilonné la petite batterie puis détruit à distance les magasins avant d'aller faire le beau ailleurs. On n'aurait pas gaspillé un homme ni troué une seule voile.

Mais Corbett gardait en travers de la gorge un affront qu'il n'avait pas encore digéré : puisque Willoughby s'était attiré les compliments des chefs en débarquant de nuit, il fallait faire mieux que Willoughby.

On mit donc à l'eau toutes les chaloupes de la *Néréide* et du *Saphire*, et cent cinquante cipayes, sous le feu ennemi, s'efforcèrent d'inscrire pour la postérité la gloire de leur chef. L'attaque faillit bien échouer : ceux d'en face tiraient peu mais juste, et les fusiliers indiens glissant sur la roche humide perdaient leurs fusils, fixaient avec terreur cette forêt compacte d'où tombait la mort. Cinquante tireurs eussent suffi à les rejeter à l'eau, mais il n'y avait en face qu'une petite vingtaine de défenseurs qui abandonnèrent bientôt ce combat inégal.

Corbett put donc débarquer. Il ne se priva pas de fustiger la mollesse de son corps expéditionnaire, insultant l'officier devant ses troupes.

Comme cela pétaradait encore vers le nord et que des balles ronflaient dans l'air calme, il monta jusqu'au village où il captura un pauvre diable grabataire, sorte de responsable du village, perclus de rhumatismes, qu'il fit arracher à son lit malgré ses plaintes.

— *Make him write*, ordonna Corbett au lieutenant Walters qui parlait français.

Le chef de village fut forcé d'écrire un message à ses compatriotes, où il leur demandait, au prix de sa vie, de déposer les armes et de donner aux Anglais tous les vivres qu'ils voudraient. Il est vrai que le scorbut taquinait les équipages soumis depuis trop de mois au régime maritime, mais tant de vacarme pour une chaloupe de légumes !

Les Français ne s'acquittèrent que d'une partie du contrat : ils livrèrent un gros tas d'herbages et de racines, plus trois douzaines de poules maigres aux longs cous, mais leur milice, réfugiée dans les hauteurs, continua de harceler les cipayes. Pis : le lendemain, un renfort de gardes nationaux venus du bourg voisin, mal armés et en haillons pourtant, étrilla durement le corps de débarquement, laissant trois hommes sur le carreau et en blessant une vingtaine, sans qu'on pût riposter autrement qu'en tiraillant au hasard dans la broussaille.

Corbett écumait. Sa proie lui échappait. Il aurait pendu son prisonnier s'il avait pensé que cela changerait quelque chose. Hélas, les bougres d'en face semblaient aussi entêtés que lui. Ils osaient même canarder la *Néréide*, qu'une balle atteignait parfois, ne pouvant blesser personne à cette distance mais faisant un bruit mou en heurtant le bordé ou les voiles.

Le capitaine anglais crut se rattraper en prenant en chasse, le troisième jour, une goélette imprudemment aventurée en ces eaux : sur mer, la frégate était imbattable. Mais la victime s'échoua sur une plage de gros galets et, de la côte, les damnés miliciens firent un tel feu qu'il fallut renoncer.

Walters s'étonnait de cette résistance : la batterie avait été enclouée, les entrepôts vidés, que restait-il à protéger sinon la forêt et encore la forêt ?

– Et notre honneur, Monsieur ? Que faites-vous de notre honneur ? lui répondit le prisonnier. C'est notre seule richesse…

C'était un homme court, au teint bistre, les jambes tordues d'arthrite, maigre comme on l'est quand on n'a jamais mangé à sa faim.

– Vous comprenez, lieutenant, nous habitons une région isolée, nous sommes pauvres, on nous traite de sauvages. Alors, si nous nous laissons prendre notre amour-propre, que nous restera-t-il ? Votre capitaine aurait dû attaquer une ville riche où les gens ont des biens à préserver, ça aurait été plus facile… Mais c'est une tête dure, n'est-ce pas ?

Walters retint un sourire.

– Je crois, poursuivit le prisonnier, que j'ai déjà vu ce bateau-ci…

Il refusa d'en dire plus. Ce n'est que le lendemain, quand apparut le *Reasonable*, soixante-quatre canons, flagship du commodore Josias Rowley, que le Français, au moment d'être rapatrié, parla :

– Votre bateau l'an dernier a massacré tout l'équipage d'un pauvre marchand arabe, ici même. Vous êtes arrivés avec les couleurs françaises puis vous avez hissé le drapeau britannique et vous avez tiré, d'abord au canon puis au fusil, jusqu'à ce que la mer soit rouge de sang. Il n'y a eu que vingt survivants sur plus de deux cents passagers. Et, Monsieur, il y avait des femmes à bord. Aucune n'a réchappé.

Walters était muet d'horreur. Il y a un an, il était lieutenant sur le *Wasp*, schooner. Corbett avait fâcheuse renommée, mais ça…

– Cela aussi, lieutenant, a donné du cœur à la milice. Qu'est-ce qu'on peut attendre de gens tels que vous ? Je ne dis pas vous, personnellement, mais les vôtres.

– Qu'on lui compte cinq guinées, dit Walters.

Au moins, on aurait payé les légumes.

Le *Reasonable*, qui arrivait droit du Cap, apportait des ordres : rassemblement à Rodrigues. On allait passer aux choses sérieuses.

Le lieutenant Samuel Walters, qui s'était engagé pour le souffle de l'aventure et la beauté de l'uniforme, se sentit infiniment soulagé de naviguer en escorte d'un grand vaisseau.

Tant qu'il serait là, on serait à l'abri des folies.

~

Hervé, je n'ai rien osé te dire, ni faire un signe : qu'auraient pensé les autres ? J'ai eu l'impression pourtant que tout me trahissait, mes regards, mes gestes et même mon silence. Mais si j'avais parlé, ç'aurait été bien pire.

Pourquoi t'es-tu senti obligé de jouer les héros ?

Je déteste la mer, les marins et cette guerre imbécile. Et toi aussi. Tant pis, je serai mariée quand tu rentreras.

Tant pis.

II

L'AIR DU LARGE

Il pleuvait le jour de mon départ. C'était la guerre dans le ciel, entre les premières bouffées chaudes annonciatrices de l'été, et l'air froid qui se défendait par grains et rafales. Pas dans mon âme : j'avais hâte de filer, d'échapper aux regards lourds et aux soupirs. Dix jours d'attente avaient consolidé ma décision. Les autres m'énervaient, désormais, à m'en faire le reproche muet. La meilleure preuve est que je n'étais pas retourné voir Vivette, malgré les mois d'abstinence qui me menaçaient.

La pluie fut mon alliée : elle empêcha qu'on me fit cortège jusqu'au port. Peut-être noya-t-elle aussi les larmes de ma mère. En tout cas celle-ci avait les yeux secs en me tendant mon sac.

— Prends bien garde à toi, mon fils.

Aucune phrase n'est banale dans la bouche d'une maman. Celle-ci m'émut. Elle me rappelait mon premier départ pour le collège au Port-Louis, mes genoux écorchés, le plaisir que j'avais à revenir, après trois mois de riz-morue-pois du Cap et de bagarres dans la cour. Père me sauva de l'attendrissement en me bousculant :

— Ne va pas rater ton bateau, maintenant !

Jean-Bertrand me boudait toujours et eut des paroles d'adieu dont je ne compris que l'esprit : que je n'aille pas, en sus d'autres sottises, me faire mutiler. Je l'embrassai chaleureusement.

— Et toi, profite de mon absence pour penser aux filles ! Il faut que tu donnes des héritiers à Bel-Air, mon vieux, c'est ton rôle d'aîné ! Tu as ce qu'il faut à portée de la main, sur l'autre bord de la rivière...

Je regrettai ma phrase. Et s'il me suivait à la lettre ? Et si, en rentrant, je trouvais une fille du Breuil au bras de Jean-Bertrand ? Ce serait à coup sûr celle que j'aurais choisie...

Il me considéra, méditatif.

— Pourquoi pas ? J'y songerai...

Eh bien, j'aurais de quoi occuper mes pensées à bord de la *Junon*. De quoi apprendre aussi à tourner sept fois ma langue...

Magloire m'accompagnait, vêtu lui aussi d'une grande houppelande sous laquelle il transpirait à grosses gouttes.

— Allons-y, Hervé. J'étouffe !

Mais ce n'était pas fini. Sous la varangue, il y avait les plus anciens de nos Noirs qui m'avaient vu grandir, et au premier rang Fidelia. Elle tint à fourrer dans mon sac un chiffon noué, où elle avait mis un pot de je ne sais quelle cuisine, « *passque to pas connait' qui to pou manzé lor ça bateau-là* ». Elle me donna aussi un onguent pour mes blessures, et un second pour me protéger la peau du soleil :

— *To pas bizin vini noir comma moi...*

Elle souriait sous ses larmes en disant cela. Je me sauvai.

Ma dernière vision d'eux fut ce groupe mêlé des maîtres et des esclaves, serrés sous l'auvent, flous derrière un rideau de pluie, me faisant des signes tandis que je montais à cheval.

A ce moment-là seulement je compris que rien ne serait plus jamais pareil.

Nous descendîmes en silence, Magloire et moi, seuls. La terre chuintait sous le sabot de nos bêtes, on entendait les ondées crépiter en rafales sur les feuilles de canne, de l'eau me coulait dans le cou. C'était un temps à ne pas mettre un chrétien dehors.

Je crus voir une ombre sous les arbres, à l'endroit où notre allée rejoint la route impériale. Une silhouette féminine, pour être précis. Vivette ? Elle n'avait pas ce genre de grande cape. Quand il pleuvait, elle mouillait et apparaissait plus que nue dans sa robe détrempée ; quand il faisait soleil, elle séchait, c'est tout.

J'essayai de voir mieux, mais il n'y avait plus rien. Un jeu de branches m'avait joué un tour, ou alors je prenais mes rêves pour des réalités. Magloire était devant moi, impassible. S'il n'avait rien vu, c'est qu'il n'y avait rien à voir : il avait des yeux d'oiseau de proie. Non, je n'aurais pas droit à l'ultime cri d'amour. Sur cette route boueuse, j'étais déjà en mer.

Bonaventure m'attendait, rigolard, au seuil de sa cabane.

– Bon signe ! Temps de cochon fait dos rond : les grains vont casser les vagues. Tu seras moins secoué, petit !

Sa barcasse était encombrée de ballots cirés.

– Quelques bricoles pour ce vieux Cassard, et aussi ça – il découvrit sous l'avant deux tas de volailles terrorisées, liées ensemble par les pattes. C'est pour les gars de l'île de la Passe, de la part de ton ami Lafargue.

Une détonation se fit entendre, curieusement amortie, comme si on avait tiré dans du coton.

– Tiens, il te salue ! Sacré Lafargue, tout lui est prétexte à faire du bruit... Bon, vous y êtes ? En place ! Magloire, au milieu : tu es le plus lourd. Aide-moi à déraper la barque, Hervé, et étudie bien la manœuvre : les petits se conduisent comme les gros, c'est le même vent !

Avec un grand bambou il nous éloigna du rivage, prenant appui sur un fond invisible mais tout proche sous la surface frémissante. Les gouttes de pluie rebondissaient sur la mer, écrasant le relief des vagues. La brise était incertaine et fit claquer la voile triangulaire, quand Bonaventure, se jugeant suffisamment éloigné, la hissa.

– Tu vois, fiston, c'est par ces temps-là qu'on voit le marin. Faut savoir deviner le rocher dans cette bouillasse, faut sentir quand le vent va tourner... Baissez-vous !

D'un coup de barre il pencha son esquif et la grosse toile trempée de la brigantine nous racla l'échine en passant sur l'autre bord. Un double tourbillon se creusa à l'arrière et soudain je vis défiler, sur notre droite, l'île aux Aigrettes. Nous étions déjà loin.

Mine de rien, je lorgnai vers chez nous. Il n'y avait rien à voir, la pluie cachait tout, les montagnes, la plaine, le rivage. L'île aux Aigrettes elle-même disparut comme nous piquions au nord-est vers la passe, et il n'y eut plus que nous sur ce petit bateau à voile rousse, perdus au cœur d'un monde laiteux, sans oiseau, sans soleil, sans poisson, avec pour seuls bruits le grésillement des gouttes que je finis par ne plus entendre, et parfois un cognement de bois quand une vague plus nerveuse faisait rouler un aviron.

Cela dura une bonne heure : l'île de la Passe était bien plus loin que je ne l'avais imaginé. Nous frôlâmes des rochers que Bonaventure retrouvait je ne sais comment, puis la nuance de l'eau changea d'un coup, tandis que des lames plus longues nous empoignaient, la barque montant en grinçant, puis filant sur la pente dans un chuintement d'eau froissée.

– Le canal ! cria Bonaventure. Vingt, trente brasses de fond ! Les plus grands bateaux du monde peuvent naviguer là. Mais attention ! Ceux qui n'ont pas de bons yeux risquent de se déchirer ! Vous avez vu comme ça plonge ?

De fait, une frontière nette séparait les deux mers, l'eau bleue à l'avant de l'embarcation, l'eau blanche à l'arrière. Une soudaine interruption de l'ondée me permit de distinguer, d'un côté, les ramures du corail où dansaient à moins d'une brasse de la surface des poissons de toutes les couleurs, et de l'autre un grand trou sombre, vide et froid. De loin en loin, de grosses bouées en fer balisaient le récif.

– C'est encore plus profond au milieu du chenal, dit Bonaventure, et là-bas la mer n'a plus de fond. Regardez...

Vert et non plus bleu, le grand large nous faisait face. De longues ondes parallèles venaient briser sur la barrière, en vastes épanchements écumeux, qui glissaient comme du lait. A mesure que la barque avançait je découvris la passe, simple échancrure du récif par où entraient librement les grosses vagues, et, contre la passe, la forme basse, déplumée, de l'île-forteresse.

La houle nous saisit en face de l'entrée, secouant le bateau comme un vulgaire bouchon. L'avant plongeait dans l'eau, le bordé penchait sous la brise, à affleurer la mer. Mais Bonaventure savait son art : n'entrèrent dans l'esquif que les paquets d'embruns soulevés par la proue qui nous giflaient la figure. Je me pris à sucer le sel qui gouttait de mes cheveux.

— Baptême, les enfants ! Baptême ! braillait notre pilote, épanoui, raidissant encore la toile pour qu'on allât plus vite.

L'île de la Passe grossissait devant nous. J'avais peine à croire que des hommes pussent vivre sur ce caillou pelé d'à peine trois cents pas de coté, maigrement verdi par deux ou trois plaques d'herbe et quelques pauvres buissons rongés de sel. Sous le vent, face à la terre donc, s'inclinait une pente rocailleuse, grisâtre, d'où dépassaient les casemates. Le flanc extérieur était surmonté d'un long mur, armé de gros fûts noirs. Tout paraissait désert mais une silhouette, dans une sorte de tour de guet, nous fit un signal.

— Douze canons de trente-six, six canons de vingt-quatre, trois mortiers de soixante livres ! claironna Bonaventure. Tu n'en verras pas de si gros à bord de ton rafiot !

Quand même, je la trouvais décevante, cette île que j'avais tant rêvé de voir. J'imaginais le fort plus massif, les canons plus colossaux encore, et je ne sais quoi d'extraordinaire qui eût dû me couper le souffle.

Le temps se calma d'un coup : nous étions à l'abri du rocher. Bonaventure amena la voile, tandis que la barque glissait sur une eau étale, si limpide qu'on aurait cru voler au-dessus d'un sable blanc semé de coraux, où évoluaient de grands poissons gris. Notre pilote surprit mon regard.

— Ouais, c'est un bon coin... Une poignée de bigorneaux écrasés et tu remplis ton coffre ! Pour l'instant, zone interdite ! Tout ça ne profite qu'à ces emplumés de là-haut qui ne savent pas pêcher. Mais aujourd'hui je suis en mission officielle !

Il prépara une ligne dont il piqua les hameçons sur le plat-bord.

— Bien le diable si le vieux Bonaventure ne leur chipe pas une friture, au retour !

Un débarcadère de bois s'avançait derrière l'île. Bonaventure laissa glisser le bateau.

— Ouvrez l'œil ! Vous allez voir les sentinelles les plus nerveuses de l'océan Indien !

Une douzaine de gaillards jaillirent de la pierraille. Ils étaient à peine vêtus, de caleçons raccourcis et de chemises ouvertes, noirs de soleil sous leurs mouchoirs noués.

— Holà, Bonaventure ! Tu apportes à boire ?

— Mission officielle ! J'ai juste les marchandises que votre capitaine a commandées au lieutenant Lafargue.

— Ah ouiche ! Peut guère espérer qu'il y ait de l'arak dans le lot ! Plutôt des gros pois et de la morue salée... Encore des poules ? Pourrait pas nous filer un mouton, pour changer ? Mais toi, tu as bien une chopine... Non ?

Bonaventure se faisait prier.

— Tout à l'heure. On verra. Faut d'abord que je m'occupe de ce jeune homme.

On me toisait avec curiosité. Je me sentais aussi déguisé qu'à Carvanal, avec mes lourds habits de terrien poissés de mer, devant ces soldats en tenue aérée, bizarres habitants de ce bizarre rocher.

— C't'un volontaire pour notre Marine... Y en a pas un qui voudrait amarrer le bout à l'organeau, des fois ?

Une note de raillerie teinta l'intérêt qu'on me portait. De toute éternité, les hommes de terre et de mer se vouent un mutuel mépris. J'entendis un des artilleurs demander à Bonaventure quel crime avait commis ce garçon de famille pour devoir partir ainsi.

— Vous expliquerai... Attendez-moi ici et veillez ma barque, qu'elle foute pas le camp. Si vous êtes sages, j'y retrouverai bien une bouteille d'eau bénite !

Une ovation salua cette promesse. Bonaventure se hissa

souplement sur le ponton. Je fis de même, m'aidant du bout – la corde – amarré par un nœud savant à l'organeau de fer. A ce rythme, je serais bientôt maître ès-langage maritime.

Après vingt pas de montée, on débouchait sur une petite place de caserne, symboliquement protégée par une balustrade, pavée de corail écrasé, furieusement étouffante, abritée comme elle l'était du vent. A gauche, un bloc de maçonnerie cerné d'un mur épais et clos d'une porte en fer : la poudrière. A droite, un bâtiment à terrasses, mal aéré de fenêtres étroites : les logements. Au centre, un bassin où croupissait une eau verte : la réserve. En fond, couronnant le décor, le chemin de ronde où s'alignaient les culs des canons et des pyramides de boulets noirs de poix.

La seule coquetterie de l'endroit était une maisonnette de bois d'où surgit un pète-sec court sur pattes qui se planta devant Bonaventure et aboya :

– Nom, grade, ord' mission !

Notre ami ne répondit pas mais, avec un calme olympien, sortit d'un portefeuille en toile cirée un papier que l'autre lut avec soin.

– Babylas Bonaventure, civil. Ravitaillement et transbordement de deux volontaires pour le brick *Junon*, capitaine Cassard.

L'œil soupçonneux de l'officier nous scruta tous les trois. Des soldats assis à l'ombre observaient la scène avec une délectation visible.

– Mouais ! Ça ira ! Mais pas de visite aux endroits interdits ! Zone militaire, ici ! Hmm ? Civils... N'aime pas ça ! Lafargue, 'videmment, s'en fout ! Enfin... P'vez décharger !

– Vous êtes bien aimable, répondit Bonaventure.

Quand l'officier fut rentré dans sa boîte, il grommela :

– M'a déjà vu au moins cent fois, ce con, mais il me foutrait au cachot si je ne lui présentais pas à chaque fois un papier qui lui rappelle qui je suis, et pourquoi je suis là.

Une chose me tracassait.

– Dis donc, Bonaventure, je peux te poser une question ?

– Si c'est au sujet de mon prénom, tu peux la ravaler : j'en ai claqué de plus costauds que toi à cause d'une fantaisie de mon salaud de père – qu'il rôtisse en enfer !

– Non, mais il est écrit sur ton papier : deux volontaires ?

– Et alors, sourit Magloire, je n'ai pas le droit de m'amuser, moi aussi ?

~

Clotilde du Breuil contempla sa fille, trempée comme une soupe, qui rentrait tête basse.

Évidemment, il fallait s'y attendre, elle était amoureuse de cet écervelé. Encore heureux si les deux autres n'étaient pas atteintes.

On lui avait suffisamment expliqué, quand elle était jeune, le danger des beaux et brillants garçons qui passent, prennent et s'en vont. Les avoir pour amants, soit – elle caressa un moment cette pensée –, mais ils faisaient des maris déplorables.

Avec un peu de chance, on trouverait des candidats plus solides pour Hélène, Diane et Antoinette : elle avait tendu ses filets au cours du bal, et avait senti l'intérêt de quelques solides héritiers, à commencer par Gaëtan Deschryver qui finirait bien par perdre ses boutons.

L'épisode Glénarec se terminait aussi vite qu'il avait commencé et c'était tant mieux. Car on avait beau dire, ces gens-là n'étaient pas de leur monde.

III

– Tu n'es pas venu à cause de moi ?

Magloire ne mentait jamais.

– Non. Tu m'as juste donné l'idée. Il était temps que je me bouge.

Rien à dire. Il ne venait pas jouer les grands frères. Ça serait bon, quand même, de l'avoir là. Mais…

– Tu seras quoi ?

Bonaventure s'esclaffa :

– Aspirant ! Il n'y a sur la *Junon* que des aspirants et des matelots ! Aspirant pour les gens bien, matelot pour les autres. Ça ne change pas grand-chose, sauf que vous ne virez pas au cabestan et que vous avez droit au vin rouge à la place du casse-poitrine. Sinon, même soupe, même sabre et même part en cas de prise. Seul le capitaine a part double, et son premier lieutenant.

Il prit un ton mystérieux.

– Curieux personnage, ce premier lieutenant, à ce qui se raconte.

Je faisais sans doute une drôle de mine car il jugea bon d'ajouter :

– Mais Cassard ne fouette jamais ses gens, ou alors il faut qu'il y ait faute grave !

Je n'osai pas demander ce qu'était une faute grave.

Un sous-officier somnolent, à l'ombre de la poudrière, nous

autorisa à monter au chemin de ronde. Je m'inquiétai de la torpeur qui semblait paralyser toute la forteresse.

— Je te trouve bien nerveux, ce matin ! ironisa Bonaventure. Regarde donc…

Nous étions au sommet du rempart et la mer à l'infini était vide, au nord jusqu'à l'île aux Cerfs, au sud jusqu'à Souillac.

— On a largement le temps de voir venir l'ennemi. Et qui oserait affronter, à bout portant, des canons de trente-six ? Ça te traverse un brick de part en part ! Jauge un peu les boulets ?

Gros comme deux têtes, et les canons étaient des monstres de cinq mètres de long. Quant aux obusiers, j'aurais pu aisément y glisser les deux jambes.

— Lorsque le bloc de fer envoyé par cet engin te tombe du ciel sur le pont, il ne s'arrête pas avant d'avoir percé ton bateau jusqu'au fond. Mais faut savoir viser, pour placer ses soixante livres sur une frégate lancée à huit nœuds ! Ces bougres-là…

Il baissa le ton.

— Ces bougres-là ne valent pas le dernier canonnier de marine. C'est dans une batterie qui bouge, avec en face un ennemi qui bouge, sur une mer qui bouge, qu'on reconnaît le véritable artisan. Tu verras ! Tu verras ! Si vous rencontrez des ennemis, bien sûr, car la mer est grande. Tiens, remplis-toi les yeux de ton île, en attendant, parce que tu n'es pas près de la revoir.

Le temps s'était dégagé, ouvrant de grands trous de ciel bleu entre les nuages qui fuyaient vers les montagnes Bambous. D'ici, je ne reconnus rien. Il me fallut faire un effort, calculer les distances à partir de la montagne des Créoles pour deviner où étaient Bel-Air, Riche en Eau. La pointe de la Colonie, l'île aux Aigrettes, Mahébourg étaient confondus en une ligne floue, les caps ne se différenciaient plus des creux. C'était loin, très loin, méconnaissable. Un pays étranger.

J'identifiai soudain, par la trouée des montagnes, le Piton du Milieu, et un peu de nostalgie me serra l'âme. Qui sait si, hormis Père et Mère, quelqu'un pensait à moi à cette heure…

Bonaventure me tira le bras au bon moment.

– N'usez pas trop vos yeux à chercher le bercail, les gars, ça vous donnerait de la peine pour vos premiers jours de mer. Admirez plutôt ça !

Plein nord s'étirait, à partir de l'îlot, le récif de corail, large chaussée où venaient se cambrer, s'effondrer, mousser, les grandes vagues roulant sans entrave depuis l'Australie. Plantées sur cette écume s'alignaient l'île aux Vacoas, rocher bas et nu, et l'île aux Fouquets, basculée à l'avant-garde du récif et sur laquelle explosaient les lames en panaches verticaux. Loin au-delà, on distinguait l'île aux Fous et l'île Marianne, autres balises sur l'infinie barrière blanche.

La beauté de l'île de la Passe résidait non pas dans cette roche ingrate encombrée de fortins, mais dans la frontière qu'elle formait entre deux eaux et deux mondes, la sauvagerie du large et la douceur du havre, grande esplanade écumeuse où paressaient, impavides malgré les courants, de gros poissons-perroquets d'un bleu criard.

– Tenez, voici votre carrosse !

Bien au-delà de l'île Marianne, un point blanc tachait la mer. Cassard était au rendez-vous, le sort était jeté.

Il fallut deux bonnes heures avant que le bateau arrivât à notre hauteur, fièrement penché sur l'eau, une belle moustache à l'étrave.

– Marche bien... murmura Bonaventure. Dommage que je n'aie plus vingt ans.

La *Junon* embouqua la passe toutes voiles dessus et arrondit sa route derrière l'îlot, croisant focs et grand-voile de manière à rester en panne, mais prête à repartir immédiatement.

– Équipage de malpropres, mais savent naviguer, apprécia notre ami.

Il tint à faire lui-même une approche spectaculaire, le vent et la mer dans les reins, nous trois glissant tels des marsouins sur le dos de la mer, et empanna vivement à deux paumes du navire. La barque dérapa et vint donner de la hanche, doucement, contre le brick. D'en haut, on hurla d'enthousiasme. Je levai la tête. Le plus curieux échantillonnage d'humanité était penché au bordage.

S'alignaient là des figures de coupeurs de jarrets, d'éventreurs de passants, des gueules redoutables bien qu'un peu édentées, des yeux d'acier, des bouches en coup de sabre. Comme je montais maladroitement à l'échelle de corde, je vis un crâne demi-pelé, fendu d'une cicatrice livide, un cou noirci où se lisait encore la corde du pendu, une orbite vide, creuse et rose, un moignon de bras chaussé d'une moufle noire.

Cette cour des miracles nous fit haie. J'osais à peine respirer.

– N'oubliez pas vos ballots ! cria Bonaventure, d'en bas.

J'eus un ultime regard pour mon ancienne vie qui s'en allait : à demi-voile, maintenant qu'il avait fini sa parade, notre ami s'éloignait, déroulant posément les hameçons de sa ligne. Il l'aurait, sa friture.

– Allez, on rêvera plus tard ! Tout le monde à la manœuvre !

Armé d'un gueuloir en cuivre cabossé par les ans, Cassard houspillait sa tribu. Il était à peine moins clinquant qu'au bal du gouverneur : veste écarlate à tresses dorées, grand chapeau de cuir jauni par le soleil, culotte blanche moulante. Il se tenait jambes écartées, sans appui malgré le roulis, le bassin en avant, statue de la virilité.

Trois ordres secs nous sortirent de la passe. L'artimon à border, les focs à étarquer, la barre un peu au vent, et la *Junon* se dégagea d'un coup de fesse, rasant l'île et les patates de corail.

J'entendis alors un grand éclat de rire venu de la barque, là-bas. D'accord, nous l'avions voulu...

– Tout dessus, cap à l'ouest, on va à Bonaparte !

Un beuglement général accueillit l'ordre. Bonaparte semblait une destination appréciée. Les gars s'agitèrent un moment à raidir tel ou tel cordage, à guetter si la voile gonflait bien, si on ne perdait pas le moindre souffle de vent, puis chacun alla s'installer où bon lui semblait, de préférence à l'ombre, et je retrouvai comme sur l'île de la Passe cette insolite ambiance d'un monde de dormeurs dont les gens ne s'éveillaient que pour une agitation fébrile. La *Junon* était en croisière, il n'y avait rien d'autre à faire qu'à attendre.

Un aspirant nous prit en main. C'était un jeune Corse appelé Gastaldi, bonapartiste en diable, qui nous chanta en mauvais français les louanges de son Empereur, héros des cinq continents et des sept mers. Je retins sur ma langue toute allusion à Trafalgar, non parce que la sagesse m'était venue d'un seul coup, mais parce que les mines patibulaires de nos compagnons de route m'avaient coupé le sifflet.

Mises à part ses transes patriotiques, Gastaldi était un excellent garçon, fort propre comparativement aux autres, poli et pas encore mutilé. Il faut dire qu'il ne naviguait que depuis six mois, ayant été obligé de s'embarquer à la suite de quelque inextricable affaire de femme et d'honneur qu'il nous expliqua à sa manière, et dont il ressortit qu'il avait fait cocu un mari puissant. De cette première conversation je conclus que rien n'était ordinaire chez les Corses, une simple affaire de lit prenant des allures de tragédie antique. Il est vrai qu'avec le grand air que nous chantait l'Empereur depuis quelques années, j'aurais dû m'en douter.

Gastaldi nous apprit, outre ses aventures, les bons usages du bord. Hors bataille et manœuvre spéciale, les aspirants ne se mélangeaient pas à la piétaille et logeaient à l'arrière. Essayaient de loger plutôt, car nous n'avions qu'une couchette pour trois, à occuper chacun à son tour, au rythme des quarts. Nous étions une quinzaine d'aspirants, bons à tout faire, dont seulement quatre recrues parmi tous les volontaires du bal.

— Les autres, ces pleutres, se sont défilés !

Peut-être avaient-ils vu le bateau...

Dans ce nombre, Marragon Junior en personne, le Napoléon de Rodrigues, si rouge, si sot, si lent que tout l'équipage soupçonnait son père de s'en être débarrassé. Lui aussi était censé devenir un homme.

Cassard, auquel notre nouvel ami tressait des lauriers d'amiral, avait affecté aux bordées de jour une majorité de

Blancs, et à celles de nuit une majorité de Noirs – car il y avait nombre d'Africains et de Malgaches parmi les matelots, esclaves en permission spéciale ou carrément en fuite.

– La police ne monte pas à bord, précisa Gastaldi en se curant les ongles d'un air significatif avec un couteau courbe long comme mon avant-bras : on ne demande pas de comptes aux défenseurs de la Patrie !

Tous étaient traités à égalité, en croisière comme au feu, ainsi qu'au moment des récompenses. On avait même vu des nègres se racheter avec leur part de la *Junon*.

La répartition des couleurs s'expliquait par une astuce stratégique : au cours d'une attaque de nuit, les Noirs se verraient moins. Magloire fut donc de l'équipe de nuit. Nous serions peu ensemble. Ce n'était pas plus mal : j'avais besoin de découvrir ce monde sans l'ombre d'un grand frère par-dessus mon épaule.

– Quand vous aurez fini de vomir, termina Gastaldi, vous irez chez le capitaine.

Nous étions frais comme rosée, aussi le dévisageâmes-nous curieusement. Mais dès que le coq du bord nous eut servi la pitance du jour, des pêche-cavales frits au saindoux arrosés d'une eau au goût curieux, la prédiction se réalisa. Les poissons rejoignirent leur milieu naturel et moi un tas de voile déjà souillées apparemment dévolu aux stagiaires, où je croupis pendant deux jours, secoué de nausées dont je pensai qu'elles me feraient trépasser.

Quand, verdâtre et flageolant, je retrouvai un Magloire à peine plus vif, des copains secourables nous donnèrent un peu de biscuit de mer à mâcher, pour réhabituer le ventre. A les entendre, nous ne serions plus jamais malades, sauf malice de la nature.

– Soyez heureux ! On ne sera pas obligés de vous abandonner à Bonaparte !

C'était, disaient-ils, la pire humiliation. Quand on est marin, on fait escale, on ne débarque pas. A fortiori on n'est pas débarqué, surtout pour cause de faibles entrailles. Napoléon Marragon, cramoisi et gaillard, s'empiffrait sans dommage des plus huileuses inventions culinaires de notre cuisinier. Vexant.

Nous arrivions. On me montra l'horizon, je ne vis que brume et nuages.

— Nous voilà rendus !

Les anciens parlaient de femmes, d'auberges et de beuveries. Je me sentis mûri : j'allais atterrir, avec une horde de mâles que craignaient les marche-à-pied.

Finalement, ce n'était pas si terrible de devenir marin.

∼

Allez savoir où est passé ce nigaud. Je regarde la mer, ma mère me regarde. Elle parle de Gaëtan Deschryver, d'invitations à rendre, d'un bal que les Robillard vont donner. Faut-il ruser, faut-il s'amuser ?

Ah ! Hervé, si tu étais resté...

Mais tout aurait-il été plus simple ?

∼

Les Indiens savaient se défendre. A peine la *Néréide* arrivée à Rodrigues, une délégation des cipayes demanda à être reçue par le nouveau commodore.

Josias Rowley n'était pas un Byng. On l'avait envoyé de Capetown pour diriger la seconde phase de l'attaque des îles, plus sérieuse. Marin de l'ancienne école, il était venu pour faire honneur aux couleurs britanniques trop longtemps bafouées. Pas pour les baigner dans le sang.

Il entra dans une colère froide en apprenant l'affaire de Sainte-Rose, mais il n'aurait peut-être pas sévi si des matelots, s'engouffrant dans la brèche, n'avaient à leur tour dénoncé les années de brimades et de brutalité.

Nul ne sut ce qui se dit ensuite à bord du *Reasonable*, mais Corbett n'en revint, pâle et défait, que pour annoncer qu'il était attaché à l'état-major du contre-amiral Bertie, au Cap, où il partirait par le premier bateau.

Samuel Walters se réjouit un peu trop tôt : le lendemain, le commodore décidait que le nouveau commandant de la *Néréide* serait Nesbit Willoughby. Comme il arrive parfois dans les révolutions, on échappait à un fou pour en retrouver un autre.

L'équipage fit grise mine. Ce que désirait sans doute Rowley : on ne donne pas raison à des matelots contre leur chef. Ceux-ci verraient ce qu'on gagne à moucharder son capitaine.

Rowley tint aussi à ce que Corbett soit en grand uniforme sur le pont de sa frégate pour la passation de pouvoir. Et souriant : un peu de discipline ne fait de mal à personne.

Ce fut une belle cérémonie.

IV

LE PREMIER LIEUTENANT

La baie de Saint-Paul, en l'île Bonaparte, est très évasée, ouverte à tous les vents, et on s'y ancre mal, sur fond de sable noir. Cassard ne venait là que pour troquer des tissus, vestiges d'une ancienne prise, contre des vivres : il n'y avait pas volailles, cochons, légumes plus réputés que ceux de cette île bénie aux terres profondes et bien arrosées.

La ville, perchée sur les dunes, n'offrait au regard que quelques façades de bois et deux ou trois magasins de pierre, derrière un débarcadère bancal, rafistolé après chaque tempête. Le reste s'engloutissait sous une végétation exubérante, cocotiers, manguiers, arbres de l'intendant Poivre, tamarins de l'Inde. Cela verdoyait ainsi sur une demi-lieue, au bout de laquelle se dressait en falaise la vraie côte, qui grimpait en rude pente jusqu'à de vertigineuses hauteurs où se profilaient des sommets acérés.

Autant notre île apparaissait douce, voire voluptueuse, autant celle-ci se montrait sauvage. C'était beau à couper le souffle, terriblement vert, incroyablement pointu et creusé d'immenses ravines qui sabraient les montagnes du haut en bas.

Revers de cette splendeur, on voyageait fort mal, à cause de toutes ces pentes et vallées. Même la mer, par l'absence de port, était un obstacle au mouvement. Aussi les gens restaient-ils en place au milieu de leurs terres, passionnés par le monde mais ne le voyant que de loin.

Il n'y avait que deux villes, fort modestes, et Bonaparte traînait une réputation de paysanne chez nos gens du Port-Louis
qui sont, comme chacun sait, de grands dégourdis. Les Bona-
partais — qu'on continuait, par commodité, d'appeler les
Bourbonnais — nous rendaient nos amabilités : on ne trouvait
chez nous, à les entendre, que vils spéculateurs et vantards en
tous genres.

— Une journée d'escale ! Sortirez par bordées. Je veux tout
le monde à bord demain à midi !

Je me retrouvai dans une chaloupe, approchant du rivage
inconnu. Ce n'était pas l'arrivée chez les sauvages de Bornéo
mais tout de même, il planait sur ce débarquement une gentille
atmosphère d'aventure.

Je ne croyais pas si bien dire.

Mes compagnons piquèrent droit sur une baraque en
planches, seul endroit selon eux à mériter visite. Que faire
d'autre sinon les suivre ? C'est là que je reçus mon premier
coup de bouteille, parce qu'un gars de la *Caroline*, capitaine
Ferretier, avait causé un peu fort de tire-pas-droit et de
sabreurs-de-mes-deux, allusions immédiatement prises chez
nous pour insultes mortelles.

Il paraît que ceux de la Caroline se joignirent aux nôtres par
la suite, tandis que je gisais allongé dans mon coin, pour se col-
leter avec des types du pays, puis avec la milice coloniale et
enfin l'infanterie de ligne envoyée en renfort. De l'avis général, ce fut une mémorable escale dont on causerait longtemps.

Je n'en rapportai en ce qui me concerne qu'un œil boursou-
flé et un vigoureux mal de crâne dû aux effets conjugués de la
bouteille reçue et du contenu d'une autre, imprudemment
ingurgité « à titre de médicament ». Je ne me souvenais que
d'une pagaille de cris et de bruits et de la curieuse trajectoire
de bonshommes gesticulants. On m'expliqua par la suite que
les deux équipages réunis s'étaient perfectionnés, avant que la
troupe n'intervînt en force, à un jeu raffiné — le « jet de mili-
cien ».

Pour l'heure on m'avait allongé, héros mutilé, au milieu du

canot. Il y avait pire blessé que moi – un matelot portant au bras un sale trou de couteau – mais mes camarades, après avoir si brillamment joué les garnements, s'adonnaient en ricanant au rôle de brancardiers. Je me demandais, entre deux élancements, combien d'autres ils avaient à leur répertoire.

– Ben t'as de la chance, l'œil est resté dedans !

– Faudrait le lui coller fermé, avec un bandeau.

– T'es fou ? Un peu de saindoux pour amollir la meurtrissure, et c'est bon !

– Encore heureux que la bouteille ait été vide...

– Tu as vu si je l'ai corrigé, ce salaud ?

Arrivé à bord, ils tinrent à me hisser comme un invalide, alors que mes jambes fonctionnaient parfaitement bien, et ils me portèrent en cortège jusqu'au château arrière. Je vis au passage le visage effaré puis hilare de Magloire : je n'avais pas fini d'entendre parler de l'escale de Saint-Paul.

Cassard, du haut de la dunette, se pencha sur moi.

– Rien d'autre ? Pas de ventre ouvert ? Pas de balafre ? Vous êtes à nouveau copains avec les gars de la *Caroline* ? C'est bien. D'ailleurs, ce n'est pas ainsi qu'il faut les battre...

Sa bouche se durcit :

– C'est en prenant de plus gros poissons !

Deux beaux marchands anglais flottaient près de la Caroline. On disait que la cargaison, prudemment rangée à terre dans les hangars, à l'abri des batteries, valait trois millions de livres. Les gars à Ferretier pouvaient causer haut : ils avaient fait leurs preuves.

Des têtes se baissèrent. Cassard laissa bien pénétrer le message puis dit, d'une voix radoucie :

– Parce qu'on n'est pas plus mauvais qu'eux, non ?

Protestations, mais pas de hurlement : il faudrait montrer son savoir-faire autrement qu'aux poings ou à la fiole de rhum.

– Quant à celui-ci...

Le capitaine m'examina un moment.

– L'œil est bien poché. Gueule intéressante... Il doit y avoir deux ou trois filles au Grand-Port qui m'écorcheraient si je le leur rendais borgne. Amenez-le à la grand-chambre, le premier lieutenant s'occupera de lui !

J'entrai, en rasant le plafond, dans le cœur de ce navire que je connaissais mal et qui fleurait le bois et les épices. Un de mes porteurs me souffla à l'oreille :

– T'en as de la chance, toi !

Sans doute. Quand mes porteurs eurent reflué hors de la pièce étroite, m'ayant laissé assis sur une lourde chaise de chêne, une portière s'ouvrit en face de moi. Je crus un instant à quelque tour de ma vue malmenée. Cependant, lorsque le premier lieutenant s'approcha de moi, il me fallut bien constater qu'il avait la chemise gonflée, le visage doux et qu'il sentait bon.

Le premier lieutenant était une lieutenante.

Elle me soigna sans un mot mais avec le sourire. Et je répondis de même, quand à ma sortie, pansé de charpie, d'herbes et d'eau de mer, je fus assailli de questions par mes compagnons.

– Elle est belle, hein ?

– On se ferait tuer pour elle...

Junon, c'était elle. On me raconta qu'elle avait quitté dentelles et mondanités – certains parlaient même d'un château ! – pour ce corsaire mal embouché, guère chanceux, gueulard, hâbleur et pas très beau. La belle et la bête, vieille histoire. Elle faisait d'autant mieux rêver, à bord, qu'il y avait plus de sales trognes que d'Adonis.

On ne lui connaissait aucune autre distraction que la longue attente, et parfois à la nuit tombée une promenade sur la dunette. Elle se montrait peu aux matelots, afin de ne pas échauffer ces esprits frustes. Son ombre passait, c'est tout. Nous avions à bord un ange tutélaire. Le rêve naviguait avec nous.

Je gagnai quant à moi, en ces aventures, un surnom qui me resta : Bel-Œil. Une chance que la bouteille eût tapé assez haut...

~

Ils méditaient sur les cartes.

Le commodore Josias Rowley n'était pas aussi calme qu'il entendait le faire croire : le colonel Keating, toujours aux aguets, avait surpris le frémissement révélateur de son index, comme il désignait Saint-Paul.

Rowley avait à se venger de nombreuses humiliations. Ancien de l'Inde, il avait longtemps été maître des mers. Les corsaires l'avaient agacé, soit, mais depuis le départ des Surcouf, on avait la paix. Et voici que cette insolente *Caroline* leur avait pris deux Indiamen gras comme des pintades. En outre il avait manqué au large de Bonaparte la *Bellone*, belle frégate, quarante canons, capitaine Duperré – un autre fâcheux celui-là qui leur donnerait de la peine.

Or, si Duperré s'était bien abrité derrière les gros canons du Port-Louis, en l'île de France, la *Caroline* se trouvait en rade foraine.

– C'est là qu'il faut frapper. Nous ferons une opération combinée avec le 56ᵉ de ligne et le 2ᵉ d'infanterie de marine. Terre et mer !

Le capitaine Nesbit Willoughby, sur un nuage rose depuis qu'il commandait la *Néréide*, sourit de toutes ses dents : il adorait les débarquements.

V

PATIENCE

J'appris tout en même temps. Ou plutôt mon corps apprit, dans ses os, dans sa chair, dans le balancement de sa carcasse, la mer, le vent, les heures interminables. Le grouillement de la vermine aussi, dont nous nous débarrassions nus sur le pont, à grands seaux d'eau de mer qui nous rongeaient le cuir.

Mes cheveux pâlissaient au soleil, ma peau se boucanait. Magloire virait au charbon. Fidelia, pour sûr, l'aurait grondé si elle l'avait vu. Mais il me semblait autrement heureux ici qu'à Bel-Air. Peut-être parce qu'équipage n'était pas un vain mot et que personne n'aurait pensé à le juger sur sa couleur.

La hiérarchie s'établissait autrement, à la force des poings mais surtout à celle du caractère, qui se vit quand nous eûmes un bon coup de vent, annonciateur des ouragans d'été, en remontant vers la Ligne. Il paraît que nous nous en tirâmes bien, puisque les frères Glénarec furent admis au nombre des Anciens, mangeant le dimanche à midi un repas aussi bon que possible – chaud du moins –, en la grand-chambre, sous les beaux yeux de madame notre premier lieutenant.

La Junon, notre Junon à tous, ne se départait guère de son sourire, même quand Cassard lâchait par inadvertance quelque gras juron. Nous regardions sa bouche, ses cheveux, nous regardions aussi son corsage, quand elle ne nous regardait pas. Nous humions son parfum et, si certains se demandaient toujours comment une si belle fille avait pu s'amouracher d'un Cassard, nous étions heureux de l'avoir avec nous, envoûtant secret, vrai trésor du bateau. Tant qu'elle serait là, la *Junon* ne se laisserait pas prendre.

Elle ne parlait jamais. Certains la disaient muette. Cet autre mystère donnait aux dimanches, dans la grand-chambre, une magie supplémentaire. On en sortait flottant, bizarre, tout ébaubi de retrouver dehors le spectacle familier du pont, désordre et corps affalés.

Hors cela, et quelques rafales de vent pour nous faire l'exercice, rien. Nous marchions cap au nord-nord-ouest, les mêmes étoiles nous servaient de repère à chaque nuit, et chaque matin le soleil se levait sur la même hanche du bateau. Tout juste montait-il de plus en plus haut à mesure que nous approchions de l'équateur, nous obligeant à tendre des toiles au-dessus du pont pour éviter que la poix qui joignait les planches ne fondît.

Longue attente, longue patience. Les coupe-jarrets s'avéraient à l'usage d'assez bonne compagnie. Ils se chamaillaient peu, jouaient aux dés, à la crapette, sculptaient des bouts de bois.

A l'arrière, il y avait pour meubler les heures une petite bibliothèque et les leçons de navigation données par Passarieu, un aspirant chenu qui connaissait les Caraïbes, Sumatra et la Chine. Mais on restait généralement à ne rien faire, ne rien dire, étrangement fascinés par cette mer infinie devant soi, derrière soi, une mer changeante, un jour plate comme une tôle, le lendemain hachée et écumante. Jaillissaient parfois dans de grandes éclaboussures des poissons volants effrayés par notre étrave. J'étais surpris de voir arriver la nuit, au bout de ce qui n'avait été pour moi qu'un long engourdissement où des pensées confuses avaient roulé, sans cesse, comme roulent les vagues.

Deschryver, les dentelles d'Hélène, la récolte du café, tout ce qui avait été le décor de ma vie se fondait derrière moi. Je me forçais bien à avoir quelque remords vis-à-vis de ma mère, mais le cœur ne suivait pas. Je ne regrettais rien, je ne souffrais pas, malgré le sel qui me cuisait l'aine et les aisselles, je ne m'ennuyais pas, malgré l'infini des heures, j'étais bien. Je devenais marin.

Cassard, en guise de distraction, organisa à mi-croisière une chasse aux passagers clandestins qui nous mangeaient trop de grain.

Dans une effroyable pagaille, matelots et aspirants capturèrent, assommèrent, trucidèrent des douzaines de rats gros comme des lapins qui bondissaient de terreur en couinant dans la soute. On n'en prit pas un sur dix mais ce fut une belle rigolade, où plus d'un cogna sur les copains au lieu de taper sur les bêtes.

Le capitaine avait promis un sou pour chaque victime rapportée et le plus habile à s'enrichir fut finalement Marragon le jeune, qui s'agita moins que nous mais sut tout le reste du voyage piéger les rongeurs au lacet, à la trappe, et mille autres ruses. Il les présentait au matin, alignés comme des perdreaux. Ces exploits lui valurent d'être surnommé le Rat, ce qui n'ajouta guère à sa séduction. Un loustic organisa des paris sur le nombre de prises ; des naïfs y perdirent quelques piastres, ignorant que Marragon, intéressé aux bénéfices, trichait sur les résultats : on trouve toujours plus sot que soi.

Ces amusettes nous tinrent jusqu'aux Seychelles qui apparurent un beau matin, semis d'îles basses sur une mer de rêve. Il ne fallait pas s'y fier cependant, et Cassard envoya à la proue trois gars aux bons yeux, chargés de guetter les récifs. J'en fus, quatre heures d'affilée, et je m'usai tant à fixer les vagues étincelantes que je les vis danser toute la nuit suivante devant mes paupières fermées.

Aucun mauvais caillou ne croisant notre route, nous arrivâmes sans encombre à Mahé, grande arête rocheuse rappelant un peu Bonaparte, en miniature. De beaux blocs roux bordaient des plages de sable blanc sur lesquelles s'inclinaient des cocotiers lourds de fruits.

Nous nous serions bien vus, une Junon au bras, vivant d'amour, d'eau pure et de fruits au bord d'une de ces plages. Mais les Junon ici avaient le sein pesant et des grappes de gosses accrochés aux jupons. Quant à leurs compagnons, blancs ou noirs, les matelots à l'unanimité les qualifièrent de négligés. C'est dire s'ils devaient l'être ! Ils puaient du gosier, s'abreuvant d'un aigre vin de palme, et passaient le temps à regarder la mer et à attendre que les cocos fussent mûrs. Il y avait bien quelques colons toniques, mais leur énergie s'exerçait trop sur le dos des gens. L'Éden, à cause peut-être de son abondance, était gâté. Je ne trouvai d'heureux qu'un constructeur de barques. En compagnie d'un vieux Noir, il sciait lui-même ses planches au passe-partout, forgeait ses outils et mettait deux ans à construire une chaloupe. Il avait de l'ouvrage pour deux vies, les capitaines de passage appréciant son talent. Je le regardai travailler un après-midi entier, varlopant, rectifiant des défauts invisibles à mon œil. Pas un instant il ne cessa de siffler.

Mais l'essentiel n'était pas là. Cassard n'avait rien appris de bon. On aurait dit que tous les Anglais de la mer des Indes s'étaient donné rendez-vous ailleurs : pas une frégate, pas un vaisseau, pas le moindre petit brick n'était passé ici depuis des semaines.

— Ça nous épargne nos drapeaux, se réjouissait le chef de la garde nationale.

Car, incapable d'opposer la moindre résistance à qui que ce fût, avec vingt hommes sous les armes il hissait les couleurs de l'arrivant, quel qu'il fût : les Seychelles, d'une semaine à l'autre, étaient britanniques ou françaises, comme elles avaient été avec la même sérénité royalistes, révolutionnaires ou bonapartistes. Cela ne changeait rien à la face du monde, et la mer inlassable continuait à user le sable des plages, au pied des gros rocs roux.

Mais cela ne faisait pas nos affaires : il fallait en découdre, et remplir nos poches.

Où étaient donc ces foutus Goddams ?

~

Deux jours après le départ de la *Junon*, cinq bateaux anglais arrivèrent de nuit devant Saint-Paul, en l'île Bonaparte. A bord, trois cent soixante-huit hommes de troupe, outre les équipages.

La *Néréide* était en première ligne : les talents particuliers de son capitaine allaient trouver emploi.

Samuel Walters avait assisté avec écœurement aux préparatifs : pur marin, il n'aimait pas voir le bateau se transformer en barge à soldats, avec des canots accrochés partout sur le bord, masquant les batteries. Mais il dut avouer reconnaître à son chef une compétence certaine pour les entreprises délicates : en pleine nuit, Willoughby fit approcher la frégate au plus près du rivage, à croire qu'il avait des yeux de chat, et là, juste en arrière des grosses vagues qui gonflaient vers la côte, il mit à l'eau toutes ses embarcations, sans bruit, en vitesse. L'aube n'était pas levée que la *Néréide* rejoignait à pleines voiles les autres navires à l'entrée de la baie. Dans la chaloupe de tête, le colonel Keating se frottait les mains : enfin un peu de distraction.

Quand le jour se leva, le piège était fermé : les troupes de Keating tournaient les batteries tandis que la flotte canonnait la rade. En deux heures tout était joué : la ville était prise, la *Caroline* aussi. On n'avait même pas pu sauver la cargaison des Indiamen, bien rangée dans ses hangars.

Le relief de l'île, une grande barre rocheuse qui plongeait dans la mer, empêcha les Français d'expédier à temps des renforts de Saint-Denis. Les Anglais s'installèrent, pillèrent un peu, détruisirent les canons et furent maîtres chez eux, toute contre-attaque mettant en péril la vie des civils.

Le gouverneur Des Bruslys devint fou. Il vint à cheval de sa capitale, parlementa puis ragea en voyant filer dans les soutes anglaises le beau butin des prises, débarquer les gars de la *Caroline*, tête basse et fers aux pieds, s'agiter surtout les

Noirs, qui croyaient la liberté arrivée puisque les maîtres n'ouvraient plus le caquet. Après quelques ordres contradictoires, il retourna chez lui, laissant le commandant du quartier se débrouiller avec l'envahisseur. On le retrouva le lendemain matin, suicidé dans sa loge : il n'avait pu choisir, entre son devoir qui lui intimait de se battre, et l'humanité qui lui dictait d'éviter une boucherie.

Decaen, à la nouvelle, fit une grande colère. Les Anglais, pour leur part, s'en allèrent tranquillement au bout de trois semaines après avoir détruit toutes les fortifications. Ils se gardèrent en revanche de toucher aux biens civils, témoignant une grande courtoisie envers les colons auxquels ils payèrent tout ce qui fut emporté : c'est ainsi que les lendemains se préparent.

Ce qui fait que quand ils partirent, plus d'un Bourbonnais se dit que l'ogre n'était pas si méchant.

~

J'ai eu très peur en apprenant qu'un corsaire avait été pris à Bonaparte, mais ce n'était pas la *Junon*.

Les Robillard nous ont invités à une sortie campagnarde en leurs jardins. Il y avait là tous ceux qui étaient au bal, y compris les Glénarec.

Jeanne de Glénarec faisait grise mine. Je suis allée vers elle. Nous avons parlé de tout sauf de ses fils en mer, puisque c'est cela qui la mine. Malgré la différence d'âge, nous avons fini par rire comme des amies. Tant pis pour ma mère, qui me dira que j'ai négligé les grandioses pour des gens de petite famille : je préfère l'orgueil à la morgue. Et j'ai apprécié la force de cette petite femme dont le plus précieux trésor est quelque part à l'aventure, et qui n'en dit pas mot. Quel contraste avec certains, dont la bouche est pleine de lamentations parce que les esclaves renchérissent, que le café se vend mal, qu'on n'a reçu aucun bateau de l'Inde depuis deux mois !

Glénarec père, lui, est capable sans paraître s'ennuyer de

rester tout un après-midi assis sous un arbre à ne rien dire. Il nous regarde et c'est terrible. Je serais bien heureuse de savoir ce qui passe dans cette tête si placide d'apparence, mais qui cache, à en croire ce qui se murmure à la maison, un mystère. En tout cas, cet homme-là ne cède pas aux mirages ordinaires. Correctement vêtu sans être pour autant victime de la mode, muet sur les grands sujets du moment comme l'agitation des Noirs et la résistance aux Anglais, il dérange les autres, ces *capors*, ces athlètes en paroles qui font les orateurs pour épater leur monde et se taisent d'un coup, parce que l'œil de Glénarec a croisé le leur. Je commence à comprendre pourquoi on ne l'aime pas.

Mes sœurs ont été insensibles à ces subtilités. Il faut dire que nous étions prises d'assaut par tous les gandins du quartier, à croire que nous sommes les seules filles fréquentables du Sud. Les fils Dufour, François de Robillard, le lieutenant Lafargue en grand habit de pourfendeur, nous ont nourries, éventées, complimentées. Certains se sont même essayés à nous faire rire, mais, Seigneur ! que l'humour des garçons est pesant ! Le plus drôle a été de voir Jean-Bertrand de Glénarec jouer le galant. Il ne savait laquelle d'entre nous viser, chacune l'intimidant apparemment plus que l'autre. J'ai quelque peu conversé avec lui, puisqu'il est le frère d'Hervé. Mais comment peut-on être à ce point différent ? Les silences d'Hervé me fascinaient, le bavardage de Jean-Bertrand m'a saoulée.

J'aimerais tant qu'il rentre.

VI

USURE

Des Seychelles nous sommes remontés, de bancs en récifs, vers les Chagos puis les Maldives. Ces mers dangereuses, assurait notre capitaine, nous donneraient récompense.

Mais rien, sinon une grande éraflure à la coque, sur un caillou qui nous a râpé les nerfs encore plus que le bois.

Chaque escale s'avéra pire que la précédente. Les îles étaient de plus en plus petites, de plus en plus arides, de plus en plus pauvres. Nous n'osions pas penser à chez nous. Aux Chagos, nous ne trouvâmes que des cocos : noix de coco, eau de coco, chou de coco, sève de coco... Même les femmes empestaient l'huile de coco, dont elles s'oignent les cheveux.

Il y avait belle lurette que nous n'avions plus de vivres frais. Nous mangions du poisson salé, du bœuf séché, les biscuits de mer étaient devenus durs comme roche et les tonneaux souillés gâtaient l'eau en quelques jours. J'avais découvert les charançons, les vers et autres bestioles. Je les triais encore dans mon écuelle quand je les voyais. Les anciens les avalaient tout rond, affirmant sans sourire que c'était la seule viande fraîche.

Cet interminable voyage usait tout : le bateau, dont le bois blanchissait, dont les cordages s'effilochaient, et surtout nous, qui perdions le sourire à mesure que les furoncles nous rongeaient les aisselles, que s'irritait la peau qui avait connu trop de sel, trop longtemps.

L'inactivité rampait comme une maladie. Elle nous engluait.

Quand arrivait un coup de vent ou qu'il fallait changer de
bord, c'était toute une guerre pour arracher les matelots à
cette torpeur que par ailleurs ils maudissaient. Affalés çà et là,
ils somnolaient jour et nuit, ne s'éveillant que pour se cha-
mailler méchamment comme des chiens. Nous avions déjà eu
trois mauvais coups de couteau, dont personne heureusement
n'avait péri, mais qui faisaient de sales blessures sous ce climat
étouffant.

Noël avait passé sans que rien changeât. Bientôt cinq mois
de mer et aucune rencontre. Les vieux marins affirmaient que
c'était chose courante, mais les gars embarqués à l'île de
France murmuraient « *qui nous fine gagne li zié mofine* »,
qu'on nous avait jeté le mauvais œil. Même Marragon junior
pleurait son Rodrigues, où sont pourtant les Anglais, c'est
dire !

Seul Angelo le Portugais restait le même. Il était passager
sur un vaisseau qu'un jour les Anglais attaquèrent. Chemise à
jabot, costume de riche : c'était le favori d'une grande dame
dont il charmait les soirées avec sa guitare, et les nuits plus discrètement, tandis que ronflait le mari. Un boulet avait tranché
net ses deux jambes et sa carrière. Cassard l'avait recueilli
alors qu'il jouait pour deux caches d'Inde la semaine, dans un
bordel de Manille, et depuis il ravissait l'équipage avec des
musiques magnifiques, des airs pour marquises qui serraient
dans les gorges nos beuglantes de marins.

Ainsi nous avions deux luxes dans notre misère, la fée du
château arrière et le magicien cul-de-jatte, que nous sortions à
quatre heures, porté comme un seigneur dans sa caisse rem-
bourrée, et qui à l'ombre d'un taud placé au vent pour que ses
notes arrosent tout le navire jouait jusqu'au cœur de la nuit.
Sa guitare sauvait des hommes : tant que ses doigts la cares-
saient, les couteaux restaient au fourreau.

La Junon aussi nous aidait à tenir. Le dimanche venu, nous
la retrouvions, inaltérablement belle, parfumée, souriante et
muette au haut bout de la table des officiers, face à Cassard
qui pour ces jours-là se faisait propre et aimable. Mais on

voyait bien, malgré ses efforts, que notre capitaine souffrait de la longue et inutile chasse. Il perdait de sa superbe, gueulait sans raison, oubliait parfois de boutonner sa chemise. Depuis des semaines ses étonnantes vestes restaient au clou. La chaleur, prétextait-il. Je pensais, moi, que c'était la douleur de cette mer vide et sans proie.

Nous avions croisé des bateaux, pourtant, mais ils n'avaient fait que retourner le fer dans la plaie.

Un trois-mâts américain, en novembre, nous rapporta qu'il avait rencontré à l'est de Ceylan l'*Entreprenant* de monsieur Bouvet, avec une fort belle prise, un gros vaisseau de trois cents tonneaux transportant plus de deux cent trente mille piastres en or et en argent.

Trois semaines après nous poursuivîmes pour rien un marchand anglais, juste pour apprendre qu'il avait déjà été vaincu par la division Duperré qui le renvoyait à Madras avec trois cents prisonniers libérés. Duperré et les siens avaient fait bonne chasse, nous dirent les Britanniques, prenant au moins cinq bateaux dans le golfe du Bengale. Comme nous avions l'air plus misérables qu'eux, ils nous offrirent des vivres : petite vengeance de vaincus. Nous acceptâmes le cadeau sans état d'âme : il y avait longtemps que notre fierté ne se hérissait plus devant semblables détails.

Tout de même, il nous était pénible de voir les autres s'enrichir alors que nous avions les poches et les cales vides, dormant près de fusils qui ne servaient à rien.

Sans doute est-ce pour cela que nous avons attaqué si étourdiment ce gros vaisseau enfin aperçu en janvier, sur la côte de Coromandel...

~

Affolement au Grand-Port : Adélaïde d'Emmerez a disparu !

J'en rirais si ce n'était si dramatique : cette grande fille malingre et timide, cette sauterelle de bénitier a bien trompé son monde.

Elle partageait son temps entre ici et le Port-Louis, où vit une de ses tantes. On la voyait souvent à l'église, rarement au spectacle. Tout le monde prédisait qu'elle finirait, comme on dit, sur la tablette, avec toutes les vieilles filles momifiées dans leur pucelage. Elle était pourtant au bal de l'Empereur, sage dans son coin, peu courtisée parce que peu brillante.

Elle n'a pas dansé, mais certains regards parlent plus que bien de ces phrases banales qu'on se hurle pour couvrir l'orchestre en sautant dans la poussière : tandis que d'autres filles s'usaient la patience à intéresser les gars — j'en connais... —, quelqu'un découvrait sous la terne Adélaïde je ne sais quel trésor. Pas un grand monsieur à particule, non, mais un jeune créole de bonne famille, Jules Dilette, instruit et bien fait, que beaucoup de mères auraient aimé pour gendre.

Hélas, les gens sont compliqués : autant les parents avaient prié pour que leur fille trouvât pièce, autant ils firent les délicats quand leur vœu s'exauça. On pinça le nez, on fit recevoir le prétendant, quand il vint en visite, sur le bord de la varangue, et par une tante gâteuse qui ne le fêta guère. Les yeux gris d'Adélaïde s'assombrirent et, quand elle allait à la chapelle, la rumination remplaçait les extases.

Il est des forces secrètes, même chez les êtres les plus effacés. Adélaïde ne dit rien, même pas à nous à qui elle se confiait pourtant beaucoup. Au fil des semaines, simplement, nous la découvrîmes plus droite, avec sur le visage comme une dureté. La marque du chagrin, pensions-nous : elle se consolait peu à peu. Nous aurions dû nous étonner qu'il n'y eût pas la moindre trace de résignation.

Un beau jour arriva en rade un brick corsaire, un de ces loups des mers peu armés mais rapides. Cela me fit un coup au cœur de voir débarquer des gaillards tannés au regard lointain. On organisa une petite fête pour les officiers, à la maison Robillard. Le lendemain matin, le brick avait filé, Adélaïde aussi.

La famille, tout d'abord, chercha sans rien dire : la pauvre fille, sur le chemin de la folie, ne serait-elle pas devenue une godailleuse à marins ? Avait-elle fondu pour un bel officier comme elle l'avait fait, le temps d'un bal, pour ce garçon de rien, au Port-Louis ? Ce sont choses qui se voient : la fièvre de Dieu, quand elle est excessive, est bien proche de la fièvre du mâle.

Le grand frère chevaucha, en secret, jusqu'à la capitale. La *Créole*, capitaine Dufour ? Bien sûr qu'on connaissait. Le corsaire avait excellente réputation et personne n'imaginait, au Gouvernement, qu'il pût avoir enlevé une demoiselle, de grande ou de petite vertu. Mais tandis qu'on se perdait en conjectures accourut au palais un jeune homme dans tous ses états : Jules Dilette.

— Elle est sur la *Créole*, et la *Créole* est partie ! C'est ma faute !

Son agitation était telle qu'il fallut un moment pour comprendre. Adélaïde, en ses méditations, avait mûri une idée audacieuse : profiter du bateau corsaire pour rejoindre le Port-Louis et, arrivée là, forcer d'une manière ou de l'autre sa famille à accepter son mariage, dût-elle faire scandale.

Mais l'escapade avait tourné au drame : au large du Morne, le brick était tombé nez à nez avec une frégate anglaise des plus vindicatives qui lui avait tout de suite donné la chasse. On avait entendu le canon et vu disparaître les deux bateaux, l'un poursuivant l'autre, vers le nord-est.

Depuis, pas de nouvelles. La famille est dans une angoisse folle. Ce sont aussi d'incessants reproches : pourquoi n'avoir rien dit ? Pourquoi être partie à l'aventure ? Il est tellement plus facile de faire ce genre de remarque après coup.

Mais qui écoutait Adélaïde d'Emmerez ? Même quand elle venait chez nous, nous avions plutôt tendance à lui confier nos propres histoires : elle paraissait si insignifiante, n'est-ce pas. Je comprends maintenant le sourire qu'elle avait eu, quand je lui avais avoué que mon cœur battait pour un corsaire...

Mais bat-il encore ? Le temps est si long.

Je deviendrais folle si je ne pensais pas à autre chose.

La grande fête de Noël a réuni toutes les familles du Sud.

Plusieurs propriétaires ont pour l'occasion prononcé des affranchissements. On veut amadouer les Noirs, qui paraît-il murmurent beaucoup. Ils semblent pourtant bien calmes. Si ma bonne Indira n'était pas morte, elle me dirait ce qu'il en est vraiment : elle savait ce qui était souterrain, elle lisait les regards, les humeurs secrètes. C'est vrai qu'elle était inquiète, les derniers temps. Elle m'avait rapporté que dans les camps des gens échauffaient les esprits.

Père, lui, claironne que tout cela est faiblesse et qu'il faut au contraire serrer la vis aux esclaves. Encore des fadaises apprises chez Deschryver ! Ce qu'il m'énerve quand il se laisse ainsi monter la tête ! Mère s'en moque – son seul souci est d'être belle et cela ne lui laisse pas de temps pour le reste – mais aucune de nous trois n'est d'accord avec cette nouvelle lubie. Les brimades nous révulsent, et nous ne pensons pas qu'il puisse en résulter un meilleur fonctionnement de la propriété et une plus grande sécurité pour nous. La mollesse n'est pas une meilleure solution mais, à mi-chemin, il y a le respect. Hélas, on ne demande guère plus leur avis aux filles chez nous que chez les d'Emmerez. Nous ne sommes bonnes apparemment qu'à nous dandiner dans des robes de soie et à lire des poèmes.

La seule personne qu'on écoute ici est cette brute de Trégouat, pour qui les esclaves ne signifient que reins à fouetter s'ils sont hommes, ou fesses à flatter s'ils sont femmes. Quand je pense que ce grand serin d'Hervé allait se frotter à Yvette Trégouat, cette couche-toi-là...

Elle est venue hier porter quelque chose à son père. C'est vrai qu'elle est belle, avec une sorte de sauvagerie qui doit plaire aux hommes. Je me demande quelle sensation cela fait de... Ô Sainte Vierge ! Est-ce que j'oserai me confesser de cette mauvaise pensée-là ? Bah, d'ici à ce que le lazariste vienne, j'aurai oublié...

Tout de même, j'aimerais qu'Hervé soit ici. Il me regardait comme une femme, lui.

~

Au camp de Riche-en-Eau, Ratsitera avait versé son poison dans la meilleure oreille qui se pût trouver : Dorothée, chambrière de mademoiselle Diane, une pécore plus stupide encore qu'une poule d'Inde mais bavarde à s'en user la langue.

Elle oublia immédiatement qui lui avait soufflé l'information pour la faire sienne, l'enjoliver, la colporter de case en case : les Anglais, quand ils seraient maîtres de l'île, libéreraient les esclaves !

Elle racontait cela avec tant de conviction qu'on eût cru, vraiment, qu'elle venait de rencontrer un Goddam sur la plage.

VII

MITRAILLE

C'était un Marengo, un géant des mers.

– *Ene bateau pas badiné*, soufflèrent les matelots de chez nous, avec un respect pas très loin de la crainte.

Trois batteries alignaient leurs bandes sombres sur un flanc haut comme deux maisons, et il y avait là-dessus assez de toile pour habiller vingt *Junon*.

Mais nous avions la vitesse, l'audace et surtout l'impatience.

En d'autres temps, notre capitaine y aurait peut-être regardé à deux fois. Mais il était urgent de redevenir Cassard-le-Magnifique, et que la *Junon* fût une fois de plus celle qu'on envie, qui dégorge piastres, bois, tissus et armes sur les quais du Port-Louis, refaisant du Trou Fanfaron le souk légendaire où se topent, paume contre paume, des marchés fabuleux.

A condition qu'on emporte le morceau.

Il ne fallut qu'une heure pour réveiller le bateau. Je somnolais moi-même quand Magloire vint me toucher l'épaule :

– Ça y est.

Il souriait, contaminé malgré lui par l'excitation ambiante. Des hommes galopaient dans les coursives, rapportant des brassées de fusils, de piques, de sabres, comme si l'abordage allait être dans cinq minutes. Passarieu, chargé de la sainte-barbe, fort de ses ans et de son expérience, descendait placidement en agitant ses clefs, suivi d'une meute d'artilleurs impatients comme des chiots.

– Mais il est encore à cinq milles, le gros ! On ne sait même pas si on le rattrapera avant la nuit !

N'empêche, ils se bousculaient dans l'échelle, au risque d'être blessés avant la bataille.

Sur le pont, je compris à quel point cette agitation était prématurée : l'ennemi n'était qu'une tour blanche sur la mer, bien loin encore. Cassard se grattait le menton, pensif. Il se dérida en nous voyant.

– Ah, les bitaquois ! (Je ne sais quel âne lui avait répété ce surnom, mais il nous le resservait en toutes occasions, sauf le dimanche à table, où le respect était de rigueur). Qu'est-ce que vous dites de ça ?

Dans la longue-vue, l'autre présentait un arrière trapu, à peine décoré, où s'ouvraient quatre sabords sur des canons de retraite qui paraissaient d'un beau calibre. Magloire se montra aussi perplexe que moi.

– Eh bien…

– Branle-bas de combat ! Tout dessus ! On le chasse !

Le maître de la *Junon* s'était apparemment fait son idée.

– Vous avez vu ? Au cul, sur sa lanterne ! Un drapeau de carnaval ! Siamois, malais, je ne sais pas. Savent même pas charger leurs pièces, si ça se trouve !

Il ne semblait pas y avoir place pour la contradiction. Le capitaine n'était-il pas supposé en savoir plus que nous ?

Sur des rallonges en bout de vergue, des gabiers installaient des pièces de voile que nous n'avions jamais vues : tout dessus, à craquer les mâts ! La *Junon* frétillait du derrière en grimpant sur les lames qu'elle dévalait dans un curieux bruit d'étoffe déchirée. Un grand craquement la secouait toute entière quand, au bas de la pente, elle cognait son étrave à la vague montante.

Cassard se mit à rire.

– Maintenant, les bitaquois, vous allez vraiment vous dessaler !

Puis, fredonnant un couplet insolent pour le roi d'Angleterre, il s'en alla chez lui se parer pour la fête.

On ne le revit pas de deux heures, pendant lesquelles les préparatifs de la bataille ne nous laissèrent guère le loisir de penser. Ainsi est la marine : trop de temps pour réfléchir, ce qui fait que les idées s'effilochent au vent, puis trop peu. Rien d'étonnant si les loups de mer ont parfois le regard vide...

Quand Cassard remonta, les protections avaient été roulées le long du bastingage, les canons étaient chargés et leurs servants, en attendant que ça chauffe, avaient repris leurs parties de crapette. Attendre, encore...

L'apparition du capitaine fut tout un spectacle. Il avait revêtu un costume aussi vieux que lui, relique d'un trois-ponts portugais pris au temps de sa jeunesse glorieuse. Difficile d'imaginer plus voyant que ces brocarts d'or et ce chapeau à plumes. Sous le déguisement, notre homme rutilait comme cet acteur venu nous jouer, un jour, le Cid Campeador.

Son arrivée fut saluée par un beuglement des hommes. Pourtant, derrière le sourire de potentat qui fut fait en réponse, je crus déceler l'ombre d'un désenchantement : Cassard n'était pas dupe de sa comédie.

Peut-être aurait-il fallu renoncer, si le cœur n'y était pas. Mais il n'était plus temps. Tout était joué depuis des lustres, depuis bien avant ce jour où le corsaire, insolent, avait bombé le torse dans un bal de colons, et où je m'étais engagé comme un fou...

Nos regards se croisèrent.

– L'instant de vérité ! ironisa Cassard.

Son rire n'était que de surface. L'âme, au fond, était triste.

Avais-je vraiment été leurré, moi aussi, par ce matamore de foire ? Avais-je cru qu'on sauverait les îles en s'usant la santé à deux mille lieues de là ? Ou bien, tête brûlée que je suis, n'avais-je suivi que mon envie de bouger, de changer ? De me dépêtrer aussi de mes histoires fumeuses, entre une fille avec qui je couchais mais que je n'aimais pas, et des filles dont je ne savais pas si je les aimais, et avec lesquelles je n'avais guère de chance de coucher ? N'avais-je pas suivi mon envie de me jeter à l'eau ?

Trop tard pour reculer. Je saurais au moins ce que je valais.

Magloire ne devait pas être loin de penser comme moi : son visage était de bois et ses mains se crispaient sur la rambarde. Il s'en aperçut, se força à sourire :

— Eh bien, on verra ce que ça donne, d'être à la fois chasseur et gibier…

Cela donna d'abord quatre gros coups de pétard, quand l'autre voulut nous canarder de ses pièces d'arrière. Mais la *Junon* n'est pas large, et Cassard avait eu soin d'approcher de côté : l'ennemi ne pouvait pas bien nous aligner, ou alors il devait infléchir sa route, ce qui lui faisait perdre un peu plus de terrain.

Ce premier fracas ne produisit donc que de beaux jets d'eau, que nos gars saluèrent par des lazzis. Le trois-mâts insista cependant, brûlant sa poudre en vain. On avait affaire à un sot : tout serait-il facile ?

En effet notre ennemi révélait, à mesure que nous l'approchions, une réalité bien peu en rapport avec son apparence. De nombreux sabords de ses trois batteries étaient dégarnis, et n'apparaissaient sur le pont ou en bas que des lascars basanés, en pleine surexcitation depuis que la *Junon* avait hissé, au mâtereau arrière, notre drapeau de guerre grand comme une demi-voile. Les couleurs françaises, visiblement, leur faisaient de l'effet. Ce dur aussi avait joué la comédie, mais il semblait se dégonfler tandis que notre capitaine, sous sa veste de rastaquouère, prenait les dimensions de son personnage.

Et le canon tonna pour de bon.

Une bordée de chez eux, une de chez nous. Puis une seconde : nous rechargions plus vite. Leurs boulets ralentirent notre course en cassant quelques espars, les nôtres leur martelèrent rudement la panse. Des éclats de bois volèrent : vieille baille, moins solide qu'il n'y semblait. Sans doute quelque rafiot mangé aux vers, vendu pour neuf à un roitelet naïf.

— En avant la musique ! hurla Cassard. Bordez-moi ces pékins !

La rafale suivante grêla notre flanc, fit cent trous bleus dans les voiles, allongea une poignée de gars sur le pont. Ces premiers morts ne me semblèrent pas très différents des dormeurs habituels. Je notai juste des positions bizarres. Ni peur ni pitié : cette guerre me semblait aussi irréelle que le costume de Cassard.

Déjà nous étions contre l'autre, dont nos canonniers bombardèrent une dernière fois à cœur joie les sabords. Ceux d'en face, piètres guerriers, abandonnaient leurs pièces. Les deux bateaux s'effleurèrent, une poignée de gars bondirent, sans qu'aucun ordre eût été donné. Un abordage à l'ancienne, sabre au poing, pistolet fumant. Dix cordages nous ligotèrent au vaisseau. Nos matelots, sales comme des pirates et au moins aussi mal embouchés, entraient par les sabords dans le ventre de l'ennemi, telles des fourmis dans un scarabée mort. On entendait beaucoup de cris, peu de coups de feu.

J'allais m'élancer : quelque chose me disait que cette bataille allait se terminer avant que j'eusse vraiment senti l'odeur de la poudre.

Mais la main de Cassard effleura la mienne :

– Je crois bien que je suis hypothéqué...

La mitraille de tout à l'heure n'avait pas touché que de la piétaille : le beau pourpoint du capitaine était poissé de sang.

~

Deux divisions sont rentrées coup sur coup au Port-Louis, se jouant du blocus anglais. Monsieur Duperré et monsieur Dorval de Guy sont arrivés sur la *Bellone* et la *Manche* avec chacun deux prises. Quelques jours plus tard, c'était la *Vénus*, commandant Hamelin. Et voici que l'*Entreprenant*, de Pierre Bouvet, vient de toucher ici avec un gros trois-mâts de l'Inde plein d'or et d'argent.

Mais aucune nouvelle des corsaires. Ni de la *Junon*, ni d'aucun autre bateau. On l'aurait vue du côté des Chagos, loin, très loin au nord, il y a des semaines.

Personne ne semble s'en soucier. Père, que j'essayais de

mener sur le sujet l'autre jour, s'est beaucoup excité sur la prise de Bouvet, qui va permettre au gouverneur Decaen, paraît-il, de battre monnaie. Des corsaires, il n'a dit que méchancetés : à l'entendre, la marine régulière est la seule qui sache nous défendre, et les armements privés sont autant d'entreprises de banditisme qui se vendent au plus offrant et hissent la voile quand ça se gâte.

Gaëtan Deschryver, qui ne passe pas de semaine sans venir chauffer nos fauteuils, n'était pas de son avis. Il a chaleureusement défendu la course. Je lui ai souri, par gratitude. Il en a conclu que ses affaires étaient en bonne voie : il me parle désormais comme si je lui appartenais déjà. Il fait sa cour comme un buffle, sans subtilité mais avec beaucoup d'obstination. Si je ne refusais pas fermement, je serais déjà couverte de cadeaux. Mais moi, je ne me vends pas au plus offrant...

La belle moralité de Père ne s'étend pas à ses filles. Je sais ce qu'il voudrait : marier sa fortune à celle de Deschryver et devenir, par le nom et les piastres, un second Robillard. Ce qu'en pense l'intéressée semble assez secondaire. Mère suit le vent : pourvu que nous soyons richement casées... Mes sœurs sont de meilleures alliées : quand le Gaëtan débarque, elles le saoulent de caquetages et de frivolités, le lissent dans le sens de la plume, comme s'il était un demi-dieu descendu des riches terres. Je le vois hésiter, parfois, devant ces deux pâmées : je me fais, moi, si revêche... Mais à Moka on a dû, pour je ne sais quelle raison, jeter le dévolu sur moi et il revient à chaque fois dûment chapitré, tête basse, et m'assiège. Il fait alors tant d'efforts qu'il devient parfois touchant et que je me surprends, moi, la renfrognée, à sourire.

Pourquoi moi ? Je ne suis ni plus riche, ni plus belle... Je crains de savoir : Deschryver père ne supporte pas qu'on lui résiste. Il fouette ses esclaves pour un simple regard. Nous devons l'agacer toutes les trois mais moi plus encore que mes sœurs. Je suis à l'opposé de sa volaille blonde, la sois-belle-et-couche-toi. Trop indépendante, mal élevée donc.

S'il y avait mariage, il me materait par fils interposé. Plus que cela peut-être : j'ai bien vu comme il me regardait. On peut aussi penser à des choses, par fils interposé.

Ah, si les filles pouvaient hisser la voile !

~

Dorothée, à la nuit tombée, recevait dans sa case en paille quelques hommes, et surtout beaucoup de femmes.

Les mâles ne retinrent pas grand-chose de ses bavardages : ils ne venaient pas pour le plaisir des oreilles.

Mais les jeunes et vieilles, ravies d'en remonter aux rouleurs de muscles du camp, colportèrent la grande nouvelle : le salut ne viendrait pas d'une révolte ou de ces petites indisciplines dont s'enorgueillissent les fortes têtes. Le salut viendrait du dehors.

La rumeur s'étendit à Bel-Air, où elle fit grand effet. Balthazar, le forgeron, ne parut pas autrement surpris. Il parlait toujours aussi peu mais hocha la tête quand l'information se chuchota autour du feu, à la veillée.

Les Noirs se mirent à regarder la mer d'un autre œil. Même les gâtés, les presque affranchis, même les chambrières, les mieux traitées pourtant, se prirent à rêver. Les douceurs du maître ne valaient pas ce trésor qui pointait à l'horizon : la liberté.

Fidelia vint à apprendre, parmi les dernières. On craignait les réactions de cette grosse femme aux principes rigides, capable de calotter n'importe quel homme s'il parlait de travers. Une fille lui annonça la chose avec toutes les précautions oratoires. On avait entendu dire que, il paraissait...

– *Ferme to la bouce !* cria Fidelia dès qu'elle eut compris.

Mais en se hâtant vers la grand-case pour tout raconter, elle ruminait de sombres pensées :

– *Zoiseau paille-en-queue pé crié, mauvais temps n'a pas loin...*

VIII

TRIPAILLE

Les derniers hommes se ruaient à l'assaut en beuglant. On semblait peu résister à bord du gros vaisseau. Cassard n'avait rien dit, pour ne pas briser l'élan des siens. Il se tenait droit, bras ballants, stupéfié.

— Je suis hypothéqué...

Le sans suintait de son plastron doré.

Magloire et moi, nous le descendîmes le plus doucement possible, chacun sous une épaule.

C'est alors que la Junon se mit à hurler.

Elle avait dû attendre tout le temps du combat au pied de l'escalier, car elle se rua sur nous, souillant ses belles mains, son beau linge, au contact du blessé.

— Il est mort ! Sauvez-le !

Puis, théâtrale, échevelée, hagarde :

— Prenez tout, prenez le bateau, prenez-moi ! Mais pour l'amour du ciel, sauvez-le !

Les manières de Cassard, visiblement, avaient déteint.

Nous nous serions attardés au spectacle de cette jolie femme demi-dépoitraillée dans son affolement, si nous n'avions été nous-mêmes apeurés par l'état du capitaine. S'il mourait, que deviendrions-nous, apprentis que nous étions, sur l'océan immense ?

Heureusement, sa coquetterie avait sauvé le bougre. Les fils d'or et le drap épais de sa veste avaient freiné les lingots de

métal, la graisse avait fait le reste : Cassard, malgré ses geigne-
ments, n'était pas percé jusqu'à la tripe. Bien poivré tout de
même, vingt bouts de fer certains gros comme la phalange du
pouce enfoncés dans son lard, des taches noires sous la chair
blanche qui saignait comme cochon.

L'affaire n'en était pas moins sérieuse : on mourait vite d'un
boulet, assez rapidement d'une balle, mais rien n'empêchait
de périr à petit feu de vingt écorchures si l'infection s'y mettait. Or nous étions dans une des mers les plus chaudes de la
planète, bien loin de chez nous, dotés pour tout médecin d'un
ancien infirmier de comptoir à nègres, expert à arracher les
dents mais fort inquiétant pour tout le reste. La belle Junon ne
se lamentait pas pour rien.

Là-haut, on entendait une bacchanale. L'ennemi avait
apparemment hissé le drapeau blanc.

Nous l'apprîmes plus tard : c'était un marchand déguisé en
guerrier, qui allait de Sumatra à Calcutta. Son allure suffisait à
effrayer les pirates de la Sonde, mais le capitaine avait changé
de visage en reconnaissant nos couleurs : Duperré et Hamelin
avaient, semble-t-il, laissé un tel souvenir en ces eaux que tout
le monde tremblait devant le drapeau français. D'où la facile
reddition du géant, qui n'avait tiré que pour l'honneur.

Tant mieux pour nous qui faisions belle prise, mais tout de
même, naviguer cinq mois à la poursuite de l'aventure et
n'avoir même pas l'occasion, quand elle se présentait, de tirer
un seul coup de pistolet ! Pour tout exploit, j'avais à appliquer
sur la panse perforée du sieur Cassard les morceaux de charpie que Magloire me tendait.

Car, pour calmer la presque veuve, mon frère avait pris les
choses en main :

— On va vous le soigner, votre homme ! Et pour rien,
Madame.

Magloire, sans conteste, sait parler noblement. La Junon
l'aurait embrassé pour cette belle tirade, si l'heure n'avait été
si grave. Je donnerais beaucoup pour qu'une femme, un jour,
me regarde comme alors elle le regarda.

Il s'avéra bien utile d'avoir eu des esclaves et d'avoir habité, comme nous, au fin fond des campagnes. Ceux des villes, les Deschryver et consorts, ont à leur portée, parfois même à demeure, quelque médicastre payé au pourcentage qui tire les gens du trou à coups de purges et de saignées. Chez nous, on se débrouille, et comme un Noir coûte plus qu'une charrette et tout son attelage, on fait bigrement attention aux fièvres en tous genres et à ces sales blessures provoquées par une pioche ou un sabre à canne, aux champs, avec la terre qui se colle dessus.

Aussi mon frère renvoya-t-il l'infirmier à ce qu'il connaissait, l'amputation à la scie des marins ordinaires, et se pencha-t-il, avec moi comme assistant, sur ce tas de chair gémissante qu'était le capitaine.

Cassard se révéla un grand enfant douillet et plaintif. Il est vrai qu'il fallait cisailler ici et là pour aller repêcher, au milieu de la viande, tel ou tel éclat égaré. Le vinaigre que par ailleurs je versais généreusement sur les plaies devait picoter un peu. Mais il y avait un tel contraste entre le reître fort en gueule du Port-Louis et le grand blessé de la *Junon* que je ne pus m'empêcher de sourire.

Je fus bien étonné de voir que, son affolement passé, la dame souriait aussi. Le vrai capitaine, finalement, c'était peut-être elle.

Toute une robe passa en charpie et nous vidâmes, pour faire bonne mesure, une gargoulette de tord-boyaux sur le héros recousu. Cassard, qui jouait au mort depuis un moment, brailla comme un écorché.

– Il faut laisser cela à l'air et à la lumière, décréta Magloire.

La Junon hocha respectueusement la tête, retournée dans son silence depuis qu'il n'y avait plus catastrophe. Et je vis, pour la première fois peut-être, une vraie fierté sur le visage de mon frère.

Sur le pont, les hommes étaient trop surexcités pour avoir remarqué la longue absence de leur chef. Des ballots de soieries avaient été éventrés et certains s'en étaient drapés, se déguisant en houris, un diadème sur le front, la cuisse poilue avancée dans une fente du tissu. Un tonneau de je ne sais quel breuvage avait été mis en perce et des gars fortement imbibés glissaient doucement vers l'horizontale. Il n'y avait que les morts, allongés à plat pont vers l'avant, pour être hors de la fête.

— Viens, il y a des garces !

Un collègue aspirant, rouge d'émotion, m'appelait de la prise. On avait mis des planches entre notre bastingage et leurs sabords et je traversai comme un bourgeois, curieux de voir, sinon de goûter.

Leur entrepont sentait encore plus la saleté, la sueur et le matelot rance que le nôtre, ce qui n'est pas peu dire. Canons mal entretenus, désordre général : rien d'étonnant à ce qu'ils eussent baissé pavillon. Chez nous, au moins, on respectait ses armes.

Il y avait en cale toute une cargaison de soieries, d'épices et de bois rares des Moluques et de Bornéo, et dans le château arrière une trentaine de filles, futures favorites pour maharadjahs.

Le capitaine ennemi, qui les avait payées à prix d'or, gémissait de les voir nouer leurs bras aux cous de nos gaillards. Il faut dire que le matelot français connaît la manière douce et que ces demoiselles, achetées comme des pouliches, n'étaient pas peu flattées de l'hommage direct que l'on faisait à leurs charmes. Quelques chastes exceptions, impressionnées par la trogne des envahisseurs, avaient choisi de tomber en pâmoison. On les laissait en paix, ces absences étant largement compensées par quelques luronnes qui ne criaient que pour attirer l'homme. Des couples s'en allaient vers les coins sombres, revenaient, se faisaient et se défaisaient au gré des fantaisies, sans simagrées ni excessive perte de temps, chacun sachant que la rigolade durerait peu.

J'avoue que je me serais pris au jeu si quelqu'une de ces personnes s'était avérée libre. Mais il y avait fort attroupement et je me souciais peu de passer après certains des nôtres, de crainte de contracter quelque démangeaison, si ce n'est pis.

Pour la seconde fois en une heure, je contemplai donc, sans y toucher, la femelle consentante.

Cela me fit brutalement ressouvenir du Grand-Port, où j'avais laissé une autre couche-toi-là et trois ou quatre beautés d'un genre supérieur. Je sortis à toute allure : il était préférable que j'aille respirer le grand air...

Je m'agitai tout le reste de la journée pour organiser le transbordement de la cargaison. Il n'était pas question de nous encombrer de notre énorme prise, qui faisait d'ailleurs eau par toutes ses jointures. Ce serait bien assez rude tâche que de rentrer chez nous en pleine saison des ouragans, avec un capitaine grabataire.

A la nuit tombée, le meilleur étant chez nous, je rappelai tout le monde et ordonnai qu'on coupât les amarres. Les hommes obéirent sans rechigner, comblés qu'ils étaient d'arak et de caresses. Quelques-uns durent être embarqués au palan comme des paquets de linge : ils avaient fumé du chanvre, qui leur rendait l'œil vitreux et les idées molles. A chacun ses extases. Celle-ci, au moins, ne risque pas de donner la vérole. On jeta cependant à la mer tout ce qu'on put trouver de cette denrée : nous aurions désormais besoin de têtes claires.

Les filles chantèrent une sorte d'adieu ou d'au-revoir, je ne sais. En tout cas, je fis infléchir la route dans la nuit pour nous éloigner du vaisseau : si nous ne nous dépêtrions pas tout de suite de ce lupanar flottant, nous étions fichus.

Magloire ne réapparut que tard dans la soirée, ayant passé tout son temps au chevet de Cassard.

– Il dort tranquillement, me dit-il.

Il faisait trop sombre pour que je pusse deviner si Cassard dormait depuis longtemps, et si mon frère s'était contenté de rester assis, toutes ces heures, face à la belle et grande blonde.

∼

La *Néréide* avait-elle gagné au change ?

Nesbit Willoughby n'était guère moins dérangé que Robert

Corbett. Ses exploits à bord de l'Otter lui avaient valu une réputation d'invulnérabilité, mais la gloire des grands chefs se bâtit souvent sur le sacrifice de leurs hommes : Willoughby voulait que les siens fussent à la fois les meilleurs marins, les meilleurs artilleurs et les meilleurs fusiliers, capables d'autant briller à terre qu'à bord de leur frégate. Et comme rares sont ceux qui peuvent exceller en tout, les reins des hommes s'ornaient des striures parallèles du chat à neuf queues.

Samuel Walters s'était promis, dés qu'il pourrait rencontrer le commodore Rowley, de solliciter une mutation pour un bateau normal. Pas question de déposer une demande écrite à l'escale de Rodrigues : si Willoughby tombait là-dessus, c'était la fin de tout.

En attendant, il fallait bien s'accommoder de la situation et apprendre comme les autres à tirer au mousquet.

~

On parle d'un nouveau départ de la division Duperré, et la *Junon* n'est toujours pas rentrée.

De plus en plus de gens disent qu'ils ont eu un malheur. Je n'ose plus aller jusqu'à Bel-Air. La pauvre Jeanne fait pitié à voir mais le plus triste est le père, qui se mine de reproches et erre par les chemins comme une âme en peine. C'est Jean-Bertrand qui fait marcher la propriété.

Heureusement, ils ont cette grosse Fidelia qui jure contre vents et marées que les garçons vont bien. Elle aurait senti, dit-elle, s'ils avaient été blessés. On la croit un peu : ce n'est pas la première fois qu'elle fait des annonces semblables et jamais elle ne s'est trompée. Mais comment empêcher une mère de s'inquiéter, quand deux de ses fils sont sur la mer, on ne sait où, depuis plus de sept mois ?

Nous n'avons même pas eu un ouragan pour nous changer les idées. Juste de lourdes pluies d'été qui nous ont bloqués dans un lac de boue et forcés à ruminer plus encore de noires pensées.

Gaëtan Deschryver s'est laissé immobiliser ici, volontairement je pense, par un de ces mauvais temps et a passé douze jours à la maison. Il en a profité pour pousser ses affaires. Il n'a toujours pas renoncé à moi. Il complimente mes sœurs, à sa manière pesante, mais c'est surtout pour me viser, par rebond. Le pauvre s'échine à trouver des conversations qui m'intéressent, mais le mot piastre y revient trop souvent. Comment peut-on habiter si près de la ville et ne jamais aller au théâtre, ne connaître aucun peintre, aucun poète ? Le nom de Voltaire ne lui dit rien, en revanche il est intarissable sur les victoires de notre empereur. J'ai subi un après-midi entier le récit de la campagne d'Égypte. Il n'a pas oublié une pyramide ni un mamelouk. Exaltant !

Il paraît que son père a projeté de nous faire une longue visite à la fin de la mauvaise saison, flanqué de sa fausse blonde. En renfort ?

Ma petite, tu devrais mieux écouter les causeries militaires de Gaëtan : tu y apprendrais peut-être comment résister à un siège...

IX

RETOUR

Curieusement, la *Junon*, qui nous avait semblée fringante tant que Cassard était debout, se révéla malade au lendemain de sa blessure.

Ne voyons pas là quelque magique sympathie entre le bateau et son capitaine mais l'effet d'une longue négligence : Cassard ne voulait pas ausculter les membrures de son brick, comme il ne voulait sans doute pas regarder son ventre dans la glace. Il est tellement plus simple de camoufler tout cela sous du drap à fil d'or.

Nous ne découvrîmes donc la vérité qu'après la bataille, quand nous visitâmes le bateau à la recherche de voies d'eau : notre victime nous avait tout de même assené quelques bons boulets. Mais ils n'avaient pas fait moitié de mal que n'en avaient fait les vers, sournoisement, depuis des années : la *Junon* était pourrie jusqu'à l'os.

Nous tînmes conseil dans la grand-chambre. La belle Junon était là aussi, au haut de la table, à droite de la chaise vide de notre capitaine. D'avis général, il fut résolu de ne pas fatiguer le malade avec ces soucis supplémentaires, et de confier à une sorte de triumvirat la direction des affaires, chaque officier élu se chargeant d'une bordée et toutes les décisions graves devant être prises en commun.

A notre grande surprise nous fûmes désignés, Magloire et moi, conjointement au vieux Passarieu : les gars de l'île de France, apparemment, avaient fait bonne impression. Je pense surtout que nos confrères appréciaient nos efforts pour sauver le capitaine : chacun imaginait confusément que s'il vivait nous nous en tirerions.

Car la situation était critique : le bateau était réellement mal en point et tous étaient d'avis qu'il ne résisterait ni à un gros coup de vent, ni à une autre bataille. Il fallait donc redescendre tout doucement vers le bercail, en priant Dieu qu'il ne nous fît pas croiser un ouragan, dont la saison au sud n'était pas terminée, ni un *man-of-war* britannique.

Cassard, pour sa part, se laissait aller. Ses blessures cicatrisaient pourtant bien, mais l'amour-propre était atteint. Nous l'avions vu nu, gémissant, vaincu. La belle Junon aussi.

Je ne sais ce qui le martyrisait le plus de la mitraille siamoise, dont quelques éclats voyageaient encore dans sa chair, des aspirants devenus capitaines, ou des soins maternels dont l'entourait sa blonde. Elle était de plus en plus la patronne, le gavait de purées, oignait ses plaies avec des décoctions d'épices, mais créait un écran entre lui et nous, l'empêchant d'aborder les sujets qui lui fatigueraient la tête. Ainsi il ne savait pas vraiment où nous allions, ce que nous faisions, comment se portait le bateau. Cassard le magnifique gisait au fond de sa cabine comme un gros légume, couvert de cataplasmes, anéanti. Et la Junon trônait.

Nous sûmes sa vraie histoire, bien éloignée des légendes que nous supposions. Elle avait été séduite, puis quasiment enlevée de la métairie normande où elle croupissait : une chaloupe, la nuit, des hommes en armes, un marin encore beau, éloquent, cousu d'or. Cela parle plus à une fille que le paysan crotteux auquel elle est promise.

Cassard l'avait habillée en garçon puis assignée à demeure dans le château arrière, lequel n'était guère grand mais mais avait tout de même plus de charme que sa masure. Ça sentait l'homme mal lavé, c'est-à-dire pas moins fort que le cochon et la bouse de vache. Elle s'était adaptée.

Elle s'était longtemps crue sotte, n'ayant pas d'instruction, et s'était tue en présence des gens. Depuis l'affaire du marchand siamois, elle avait découvert que les plus forts causeurs peuvent parfois être nigauds et elle prenait une subtile revanche sur son séducteur : c'était elle, maintenant, qui l'avait en otage.

J'appris tout cela par Magloire. Allez savoir pourquoi il avait droit à des confidences. Parce qu'il était métis, peut-être, et lui aussi marqué de naissance. Ou parce qu'il savait si bien écouter, avec sa belle figure d'homme sage. Ou parce qu'il se vêtait simplement et ne criait jamais...

Le passage de la Ligne nous causa du souci. La frégate fatigua beaucoup dans les grains et il fallut mettre quatre hommes aux pompes presque en permanence : nous embarquions cinq barils d'eau par quart.

– Je vais crever, gémissait Cassard dans la cabine obscure.

Les hommes se mirent à murmurer. On leur cachait quelque chose. Le capitaine était mourant, ou alors on le séquestrait pour prendre sa part ou avoir la femelle. Notre nouvelle mode de les secouer, de leur faire réparer voiles et cordages, de modifier sans cesse route et réglages, ne leur plaisait guère. Certains, tout farauds depuis qu'ils avaient fait une prise, seraient bien remontés sur l'Inde pour une autre empoignade. D'autres voulaient qu'on partageât dès maintenant le butin. Le manque de femmes enfin, après une trop brève récréation, excitait corps et cervelles : il était temps que tout cela se terminât.

Hélas, nous eûmes la malchance de tomber sur une queue d'ouragan au large de Saint-Brandon, qui nous malmena et accentua les voies d'eau. La mer grouillait, ce qui dans la gradation de chez nous veut dire qu'elle était plus que forte et moins que bouillante. C'était bien assez pour la *Junon*. Le bateau avait une mauvaise manière d'enfourner dans la lame, qui faisait penser à chaque fois qu'il allait continuer tranquillement son voyage vers les grands fonds.

L'équipage était couleur du temps, ce qui n'arrangeait rien. Les mines d'un seul coup redevenues patibulaires orientaient de sales regards vers le château arrière. Il n'y avait même plus Angelo pour adoucir les mœurs, les paquets de mer l'ayant obligé à émigrer dans l'entrepont. Tout allait mal.

J'étais de quart, maugréant contre ma stupidité qui m'avait embarqué en cette galère, quand Magloire jaillit dans mon dos.

Il resta un moment, campé ferme comme s'il était né marin, dardant un œil sévère sur le bateau, les hommes qui couraient mollement pour raidir un cordage, amarrer un espar, parer au pire. Puis à ma grande surprise je l'entendis débiter un long et abominable juron avant de disparaître.

Je ne sais pas ce qui se passa en bas dans les minutes qui suivirent. Mais peu de temps après je vis émerger Cassard, sanglé dans la veste rouge à boutons d'or qu'il avait mise pour le bal. Un lourd chapeau de tempête en peau de bœuf vissé sur son crâne masquait sa pâleur. Dans le flou des embruns, il était imposant.

L'effet fut remarquable. Un homme, dix hommes, cinquante se plantèrent au pied de la passerelle, bouche bée. La foule grossissait à mesure qu'on avertissait ceux d'en bas. Pas de tempête, pas de roulis qui tiennent : il y avait plus formidable.

Vite requinqué par le vent, Cassard se redressa progressivement comme un ballon qu'on regonfle. Il prit tout son temps, se racla la gorge, cracha élégamment au vent puis gueula :

— Alors, fainéants, qu'est-ce qu'on attend pour hisser la misaine ?

C'était la pire décision à prendre par cette mer mais une ovation salua l'ordre : nous étions guéris.

Mystère de la navigation, la *Junon* tint bon malgré l'excès de toile, et même s'offrit belle allure, penchée dans la piaule, toutes ses voiles basses dessus.

— C'est pas encore ce coup-ci qu'ils nous auront, grommelait Cassard.

Sa résurrection n'était pas moins spectaculaire que celle du bateau. Oubliées, les blessures qui suintaient obstinément depuis des semaines, oubliés les gémissements. Cassard-le-Grand était de retour.

La vie normale reprit. Au premier dimanche, à table, notre capitaine, nous remercia chaleureusement :

— Les bitaquois, vous aurez ma part pour m'avoir sauvé la vie !

Magloire attendit une seconde, juste le temps de lui laisser regretter son offre. Gestes de prince, poches de manant : sans sa part, comment Cassard radouberait-il le brick ? Puis il répondit, majestueux :

— Nous avons déjà été largement récompensés, capitaine.

Les autres pensèrent que Magloire, flatteur, faisait allusion à la santé recouvrée de notre homme. Ou qu'il remerciait le sort de lui avoir permis de commander pour un temps un si fier bateau. Mais je crus voir, moi, comme un frémissement des belles mains de la Junon, posées comme deux oiseaux sages sur la nappe blanche.

~

Mauvais air sur nous !

Nous n'avons que des malheurs depuis quelques semaines. L'ouragan qui vient de nous toucher n'a que momentanément dispersé la croisière anglaise. En paiement, il a coulé au cap Malheureux une grosse barque et les dix hommes qui y étaient, puis il a déplumé toutes les cases entre Grand Gaube et Poudre d'Or.

Mais le pire est la nouvelle qui nous est arrivée des Seychelles : on a retrouvé les cadavres secs et décharnés d'Adélaïde d'Emmerez et du corsaire Dufour sur l'îlot d'Agalega. Ils y ont apparemment fait naufrage après cette terrible poursuite de la frégate anglaise. Personne n'a survécu : il n'y a pas une goutte d'eau sur l'île.

C'est le père, Jean Dufour, qui les a découverts. Il y avait près du corps de son fils une bouteille avec ce message : « Je suis le seul responsable de la mort d'Adélaïde d'Emmerez, puisque c'est moi qui ai proposé le voyage. Mais je jure devant Dieu qui va me recevoir que cet ange de bonté et de vertu fut toujours respecté par moi. » Jules Dilette, le fiancé, n'a pas survécu : il est mort de chagrin, en mer, sur le bateau de Dufour.

Cette triste affaire nous a atterrés. Je me force à penser que l'audace ne tue pas à chaque fois, qu'on peut désobéir sans être punie. Mais comment se défendre contre le ciel gris ? Nous n'avons rien qui puisse soutenir un espoir : pas de renfort, le blocus se resserre, Duperré est reparti, le sucre ne se vend pas, le café non plus, les vivres manquent. Dans certains quartiers moins gâtés que le nôtre, où les légumes poussent mal, c'est la disette. Personne ne se soucie de nous. Nous sommes orphelins.

Et Hervé qui ne rentre pas...

~

En son palais du Port-Louis, le gouverneur Decaen affichait devant les visiteurs la mine la plus confiante. N'avait-on pas fait de grasses prises ? N'avait-on pas piqué l'Anglais jusque devant Madras ?

Mais quand les gens avaient tourné le dos, rassurés pour un temps, le général comptabilisait ses forces avec inquiétude : les divisions Hamelin et Duperré ne servaient à rien si elles restaient bloquées au port et, d'un autre côté, quand elles partaient, on était sans défense. L'amiral-duc Decrès, ministre de la marine, restait sourd à toutes les demandes de renforts, malgré les belles promesses de l'Empereur. Peut-être celui-ci était-il trop occupé à changer de femme ?

Toujours est-il que les îles souffraient. Il y avait dix mille hommes en armes, mais que vaudraient au feu les miliciens qui constituaient la moitié de cet effectif ? Decaen commençait à comprendre le pauvre Des Bruslys, qu'il avait pourtant traité de sot et de lâche : que faire quand on est dos au mur ? Se suicider, sûrement pas, ce n'était pas son genre. Mais quelle solution, quelle riposte, quel salut ?

~

Dans une imprimerie du Cap, le commodore Josias Rowley salissait ses belles mains sur une macule encore fraîche : un feuillet fort bien écrit par un émigré français, qui promettait toutes sortes de bonnes choses aux habitants des îles de France et de Bourbon dès qu'ils seraient citoyens de Sa Très Gracieuse Majesté britannique. Entre un tyran ingrat et la liberté de commerce, de pensée et de religion, il n'y avait pas à hésiter.

— *Nice job*, complimenta le commodore.

Il n'aimait guère ces méthodes sournoises, mais quand on n'a pas assez de navires, il faut faire arme de tout.

L'essentiel serait maintenant de déposer cette belle littérature où il le fallait.

Un homme, évidemment, s'imposait pour ce genre de mission : Nesbit Willoughby, ce renard. Corbett serait fou de rage mais tant mieux : il ne serait que plus efficace quand on le lâcherait à son tour, sa pénitence achevée.

— Tirez-m'en dix mille ! ordonna Josias Rowley.

Il huma une dernière fois l'odeur de l'encre, si étrange à ses narines de marin, et sortit en souriant : il y avait de beaux jours, tout de même. La saison froide qui commençait le verrait peut-être entrer dans l'Histoire.

L'Usurpateur avait beau parader à Vienne, la vieille Angleterre allait lui montrer qu'elle avait encore des dents !

～

Ratsitera, le cocher des du Breuil, possédait un trésor. Il lui avait fallu des semaines de ruse pour se l'approprier. Il avait dû aussi menacer sa femme, pour qu'elle ne criât pas d'horreur quand il avait rapporté son butin, une nuit.

Il savait ce qu'il fallait faire. Il avait d'abord inondé d'huile un linge, bien emballé l'objet, puis serré le tout dans une natte en vacoa tressé.

Ainsi la petite carabine de monsieur du Breuil, que tout le monde croyait perdue, attendrait-elle tranquillement, enterrée dans le sol de la case, le jour du grand réveil.

X

BERCAIL

L'ineffable Feillafé nous avait-il devinés dans ses nuages ?

Toujours est-il qu'un petit aviso de la division Hamelin, l'*Estafette*, vint à notre rencontre, en vue du Port-Louis.

– Pas croisé de Goddam ?

– Non…

Ils grouillaient autour de l'île, nous dit le capitaine, comme singes autour d'un bananier. Malgré cela, Duperré, avec trois frégates, s'était glissé hors du filet et avait recommencé à leur faire du mal : l'*Estafette* allait renforcer le poste de Jacotet, dans le Sud, où on avait abrité de justesse une de ses prises.

– C'est une guerre sournoise. Chacun cherche à mordre la queue de l'autre. Mais il faudra bien qu'on s'affronte en face, un jour… Et vous ? On vous croyait perdus !

Cassard n'attendait que cette question.

– Perdue, la *Junon* ? Vous ne nous connaissez pas !

Les grandes éraflures de la bataille étant bien visibles du côté de l'autre, on ne manqua pas de nous questionner. Mais notre chef ne distilla que de vagues réponses : on n'allait quand même pas tout raconter à ses sous-fifres !

L'*Estafette* s'éloigna vers sa mission, nous laissant à nos interrogations : quelle île allions-nous retrouver ?

Je voyais grossir le bercail, le cœur livré à des sentiments divers. Chez nous… Certains matelots, même ceux qui n'étaient pas d'ici, manifestaient une grosse joie, célébraient d'avance les femmes, la mangeaille, les cabanes à boire de Pointe-au-Sable. D'autres, comme Magloire et moi, se taisaient. Le pays où nous étions nés s'annonçait comme une terre étrange, où nos cannes, nos allées, nos varangues se noyaient dans une brume. Vu de la mer, tout était différent. Nous aussi, sans doute.

Nous fûmes vite remis dans l'ambiance.

Sur le quai du Trou Fanfaron où la *Junon* appuya sa coque fatiguée, nous attendaient les argousins de la douane qui voulurent nous empêcher de descendre, et le gros Deschryver, engoncé dans son arrogance sur le siège en cuir blanc d'une calèche de luxe.

Les gars, Gastaldi en tête, forcèrent le barrage des douaniers, le verbe haut, prêts à donner du poing. Mais je vis Cassard caler devant Deschryver.

— C'est dans cet état, Monsieur, que vous ramenez mon bateau ?

Ainsi j'appris que nous nous étions battus pour cet aigrefin. Cassard était donc marionnette à plus d'un titre, manipulé par sa forfanterie, manipulé par Deschryver et, au moins le temps de sa convalescence, par Junon elle-même. Les grands hommes sont bien faibles.

De sa belle calèche, Deschryver prit le temps de bien nous détailler. Nous étions dépenaillés, maigres, noirs comme moricauds, une bande de vauriens.

— Cassard, vous décompterez de vos parts les réparations du brick : vous l'avez bien mal mené.

Derrière nous, des matelots grognèrent. Mais personne n'osait élever la voix : Noirs et Blancs savaient trop bien ce qu'on risque à se rebiffer contre un puissant. Et la manière dont le capitaine se laissait malmener nous désorientait.

C'est alors que Magloire s'avança tranquillement vers la belle voiture, tâta le cuir souple des rênes, flatta en connaisseur la croupe du cheval, fixa enfin Deschryver bien en face :

— Si vous voulez nos prises, il faudra venir les chercher, comme nous il y a deux mois, sabre au poing. L'état de la *Junon* est votre fait : il y a des années qu'elle n'a jamais été radoubée. Poursuivez-nous, si vous voulez. Nous témoignerons tous que nous avons failli couler, pas par faute de l'ennemi mais parce que ce bateau se disloquait sous nos pieds. Vous n'aurez pas un sou de nos parts, monsieur le parvenu qui joue au grand Blanc, et je vous dis merde.

Puis il s'en retourna vers nous.

Deschryver resta un moment immobile. Le fouet frémit un peu dans sa main. Il s'en serait servi, peut-être, s'il n'avait vu nos mines farouches : nous l'aurions tué. Alors il cravacha son cheval et fila à grand train, dans un nuage de poussière blanche.

Magloire ne le regarda même pas s'éloigner. Nous prenant, Cassard et moi, par les épaules, il dit :

— Je ne me suis jamais fait autant plaisir de toute ma vie. Allons boire, les amis, c'est moi qui paie !

Nous n'eûmes pas d'ennui, on nous donna l'autorisation de débarquer et vendre la cargaison de notre prise, et le gouverneur général en personne félicita Cassard pour ses exploits. Ce seraient peut-être les derniers : la *Junon* était bonne pour la casse, et il ne fallait pas espérer que quiconque, dans la situation actuelle, armât un nouveau corsaire.

— Bah, je vivrai sur mes rentes ! pérora le capitaine.

Mais cela sonnait faux.

— C'est maintenant, commenta Magloire, qu'il aura besoin de sa Junon.

Je le regardai intensément, avide de savoir ce qui s'était vraiment passé en ces dernières semaines. Il sentit cette curiosité et sourit :

— Elle a beaucoup de qualités et peut le rendre heureux.

Comme je ne le lâchais pas, il éclata de rire :

— La belle et la bête, c'est déjà un beau conte. La blonde et le Noir, mon vieux, c'est du délire ! On a l'imagination fiévreuse, hein, petit frère ?

Puis il entonna un air à virer :

> *Chantons pour passer le temps*
> *Les amours d'une fille de quinze ans*
> *Aussitôt qu'elle fut promise,*

Elle prit l'habit de matelot,
Pour s'embarquer sur le vaisseau...
Vire, vire donc !
Sans ça t'auras rien dans ton bidon !

Il chantait réellement faux et je n'insistai pas pour savoir la suite : huit mois de mer m'avaient appris les vertus du silence.

Mon expérience m'avait fortifié dans d'autres domaines sans doute : j'encaissai dignement le coup suivant, rudement porté pourtant par la grosse Laura, chez qui nous avions tenu à faire escale avant de retourner chez nous.

— *Ayo maman, bann' capor fine arrivé ! To fine vine noir comma moi, mo garçon !*

Noir comme elle ? Elle cherchait le compliment. C'était une quarteronne, blanche pour n'importe quel étranger, noire pour tous ceux de l'île de France. Elle se vengeait de son sort en faisant cracher leurs piastres aux gros marchands du Port-Louis, en échange de quelques minutes au lit avec ses jeunes recrues, noires et métisses. Pas de Blanche chez elle, non parce que c'était interdit mais parce que ces messieurs n'en voulaient pas : le plaisir avait couleur de miel.

A nous voir débarquer, les aspirants de la *Junon*, impatients et confus, empêtrés, ne sachant plus parler aux femmes, la matrone rit, nous confia à ses pensionnaires les plus douces, toute contente de compter les roupies que nous offrions à poignées.

— *Profitez, les gars, n'a pas côte z'autes qui z'autes pou rié !*

Comme la remarque semblait s'adresser à nous, je la questionnai.

— *To connais... Z'espèce Blanc Moka qui péna goût : z'aute vine guette ti filles côte toi.*

Le Blanc fade de Moka ? Deschryver fils, évidemment !

Dans mon ancienne vie, j'aurais hurlé de rage. Là, je répondis calmement :

— Sans importance. Je ne mange pas dans l'écuelle des chiens. Viens plutôt, Mauricette !

Et, presque aussi impérial que Magloire après la bataille, je crochai par le bras ma favorite gloussante, à qui j'allai montrer ce que valaient les corsaires de l'Empereur.

On venait chasser sur mes terres ? Belle affaire ! L'île ne manquait pas de filles. Et même, s'il le fallait, je me contenterais de celles de madame Laura. Après huit mois de mer, j'étais capable de me passer des plaisirs de la conversation.

En revanche, j'aurais bien aimé m'occuper, pour la drôlerie du geste, de la jeune et blonde madame Deschryver...

~

Cela faisait des jours que Nesbit Willoughby laissait la *Néréide* rôder comme un loup, à l'ouest de l'île de France.

Dès la fin des ouragans, la croisière anglaise – un vaisseau et trois frégates – avait repris ses patrouilles, empêchant l'île Bonaparte d'envoyer du ravitaillement à sa voisine. Tribord amures, bâbord amures, sans cesse. Pas une proie à se mettre sous la dent : les transports ennemis restaient parqués en rade. Et voici que les trois frégates de Duperré, ces insolentes, étaient sorties sans encombre du Port-Louis, s'offrant même le luxe d'une nouvelle prise !

Willoughby écumait : après le coup de Saint-Paul, il espérait plus d'action. Mais Lord Minto et l'amiral Drury, respectivement gouverneur général et chef de la flotte des Indes, ne parvenaient pas à s'entendre sur la stratégie, ce qui obligeait à se débrouiller avec ce dont on disposait au Cap : trop peu d'hommes et de navires pour risquer une attaque en masse. En attendant, il fallait donc louvoyer au large, avec tout ce que cela sous-entend comme manœuvres pour les hommes, et comme agacement pour leur capitaine.

Au matin de ce 1er mai, enfin, on signala une voile venant du nord, trop loin hélas pour qu'on pût l'intercepter avant qu'elle fût au port. Mais la vigie peu après vit un bateau plus petit qui se hâtait vers le sud, rasant la côte pour n'être pas pris.

– Laissez-le aller, dit Willoughby. Cette brebis égarée nous mènera peut-être à une bergerie ?

Patience récompensée : en fin d'après-midi, la *Néréide*, qui avait suivi sa proie de fort loin, à-demi cachée par l'horizon, arrivait en face d'un minuscule mouillage, à Jacotet, sur la côte sud, où les rusés insulaires connaissaient un chenal juste assez gros pour qu'on pût y entrer un navire. C'était d'ailleurs chose faite : à la lunette, Willoughby reconnut, ancré tout près du bord, l'*Océan*, la récente prise de Duperré.

Pas question d'attaquer avec la frégate : il y avait des canons sur la côte, et sous l'eau bien trop de coraux. Mais Willoughby ne désirait rien tant que ce genre de situation, où il faudrait extraire comme une molaire un bateau enchâssé à son mouillage, avec pour seules ressources son astuce et ses mousquets.

– *Boats at sea !*

La nuit tombait. On réitérerait Saint-Paul.

Ce ne fut pas tout à fait pareil. L'aviso l'*Estafette* avait de bonnes sentinelles. Elles firent un tel tintamarre, en entendant les chaloupes arriver, qu'en un instant la petite baie s'embrasa : les gardes ne dormaient que d'un œil et avaient poudre sèche et bonnes balles. Des Anglais boulèrent sur la plage. Les survivants furent cependant assez nombreux – vivement tancés par Willoughby lui-même – pour franchir le barrage, prendre les canons, les enclouer, faire quelques prisonniers. Mais ils durent se retirer sans avoir capturé ni l'*Estafette*, ni l'*Océan*.

La consolation de Willoughby fut de montrer ses plus belles manières à son principal prisonnier, le commandant du district de la Savane, accouru vainement pour défendre ses terres. Après lui avoir bien bourré le crâne avec l'Angleterre, sa générosité et le paradis que deviendrait l'île dès qu'elle serait prise, on relâcha le bonhomme en échange de vivres.

La *Néréide* pourvoyeuse de légumes !

XI

QUESTIONS

Mauvaises nouvelles. Monsieur de Céré est mort. A soixante-treize ans, c'est chose à laquelle on peut s'attendre mais j'ai eu de la peine en l'apprenant. Nous l'avions rencontré il y a deux ans chez les Robillard, et j'avais trouvé passionnant ce bon grand-père qui avait tant vu et tant vécu. Il avait été perdu par ses parents, s'était battu en Inde, avait été l'ami du grand Poivre. J'ai l'impression qu'avec ce témoin d'un autre temps toute une époque disparaît, pas moins querelleuse que la nôtre mais qui m'avait toujours semblé nimbée, dans les récits des vieux, d'un charme que nous ne connaissons plus.

Nous avons appris en même temps l'affaire du poste Jacotet. L'ennemi a été repoussé, soit, mais ce débarquement prouve à quel point il se sent sûr de lui. Le jour où il y aura dix frégates à la place d'une seule, que ferons-nous ?

Dans cet état d'esprit, comment accueillir sereinement la nouvelle que la *Junon* est rentrée et qu'Hervé est vivant ? Je ne sais que penser. C'est un étranger qui nous revient. On dit qu'il a pris de bien rudes manières. J'ai changé aussi. S'il vient ici, qu'est-ce que je lui dirai, moi qui l'ai tant appelé ?

J'espère au moins que je ne rougirai pas.

III

LE TEMPS DES ORAGES

I

ESCARMOUCHES

Je repartirais, si je pouvais repartir. S'il n'y avait pas ma mère, je repartirais.

Plus rien ne me rattache ici. Jean-Bertrand est devenu un parfait colon, Magloire l'aide à tenir le domaine, qu'est-ce que j'ai à faire ?

Même la chasse ne m'intéresse plus. Tirer une pauvre bête paraît bien dérisoire quand on a tiré sur des hommes et que des hommes vous ont tiré dessus.

Quant aux filles... Fidelia m'a jeté la nouvelle au visage, le jour de mon arrivée :

– *Vivette fine piqué par mousse zone !*

Piquée par la mouche jaune ? Un ventre de six mois ! Je me suis réjoui d'avoir voyagé si longtemps : on m'aurait regardé de travers, sinon, et allez savoir si la belle Vivette n'aurait pas cherché le père le plus solvable...

Quant aux du Breuil, je ne veux pas aller chez elles. Pour tomber sur ces visqueux de Deschryver, merci ! On dit que le père a juré de se venger et de nous chasser de l'île. Le fils, comme un roquet, aboie plus fort encore. Ils se retiennent chez les du Breuil, qui ont quand même assez de manières pour ne pas laisser insulter leurs voisins, mais ils ne laissent pas passer un mois sans venir l'un ou l'autre, histoire de bien nous assiéger sans doute. Et quand ce n'est pas Gaëtan, ce sont les fils Dufour qui s'en vont chauffer les fauteuils à Riche-en-Eau.

Camarades de collège mais plus huppés que nous. Ça doit causer dans notre dos, depuis que nous nous sommes mêlés à la canaille. On verra ce que tout ce beau monde donnera le jour où il y aura bataille.

Car il y aura bataille. Il ne se passe de mois sans escarmouche. Une frégate, la *Néréide*, est particulièrement hargneuse. Elle a attaqué Jacotet le lendemain de notre arrivée, puis Mapou, puis Baie du Cap. La semaine dernière, c'est le *Sirius*, quarante canons, qui a tenté de débarquer avec sept canots à Saint-Martin. Tous ces accrochages sont bien proches de nous et me font penser que l'ennemi tâte nos défenses, en préparatifs à une affaire plus sérieuse.

J'ai eu des nouvelles de la *Junon*. La pauvre pourrit à quai, vidée par Deschryver de tout ce qui était récupérable. L'équipage s'est dispersé. Certains grillent follement leurs piastres et devront se vendre à n'importe qui, avant peu, pour avoir à manger. D'autres ont acheté deux arpents de terre et jouent les paysans ; on les reverra bientôt sur la mer. Napoléon Marragon est retourné chez lui. Entre les primes de rats et sa part de prise, il y sera puissant : cela promet de belles empoignades avec son père. Passarieu ne décolle pas de chez la grosse Laura, qui lui fait des tarifs. Un planteur s'est entiché d'Angelo, qui est devenu attraction à Solitude. Gastaldi a sauté sur le premier rafiot : sa Corse lui manque. Quand il y sera rentré, il aura envie, comme d'habitude, de repartir…

Quant à Cassard, il s'est installé avec sa Junon à la baie du Tombeau, et passe son temps à observer la mer. Il paraît qu'il s'ennuie royalement. Comme quoi on peut avoir la plus belle blonde à soi et regarder ailleurs. M'est avis quand même qu'il devrait mieux s'occuper de sa compagne, maintenant qu'elle n'est plus camouflée en lieutenant. Il y a des amateurs, dans ce pays, pour les jeunes dames aux yeux pensifs.

A ce sujet, je me suis arrangé pour croiser, mine de rien, le chemin de madame Deschryver. Elle aime, quand elle est par ici, parcourir en calèche, tandis que son mari pérore, le peu de bonne route qu'il y a entre Riche-en-Eau et Mahébourg. Elle s'y laisse admirer des soldats. Lafargue, toujours pétant la flamme, lui roule ses compliments d'artilleur, dont elle glousse très fort. Moi, je la rencontre comme par hasard à la croisée, où de grands arbres font une ombre propice. Elle a été effarouchée, la première fois, de se trouver ainsi nez à nez avec l'ennemi, mais je l'apprivoise.

Elle se fait appeler Jeanne, comme ma mère, mais se nomme Jacquotte. Et elle est à peu près aussi sotte que Deschryver est riche. Si je n'avais tant envie de cocufier ce cuistre, je fuirais au galop. Mais il faut poursuivre : il ne sera pas dit qu'un ancien de la *Junon* a plié devant l'adversité.

∼

L'affaire sérieuse était en cours, mais pas à l'île de France.

Le blocus avait été levé, fort discrètement, dans la nuit du 6 juillet, et le lendemain matin, la *Néréide* avait rejoint toute une flotte devant la cible du jour : Bonaparte.

Il y avait là les meilleures frégates de la mer des Indes : la *Boadicea*, la *Magicienne*, le *Sirius*, l'*Iphigenia*, et le brick *Staunch*, chargé des liaisons. Lord Minto s'était enfin décidé à envoyer de sérieux renforts, et environ quatre mille hommes, dont moitié d'Indiens, s'entassaient à bord des navires.

Du château arrière de la *Boadicea*, le commodore Rowley faisait les honneurs du paysage à deux civils qu'il traitait comme si on avait été dans un salon de Buckingham Palace.

– *This is Saint-Denis, your capital.*

Robert Townsend Farquahr, ex-employé du Civil Service au Bengale, et le docteur Charles Telfair, son assistant, n'osaient trop adhérer aux convictions de leur hôte : ils avaient été d'avance nommés gouverneur et gouverneur adjoint de l'île Bonaparte, dont on avait déjà décidé qu'elle se renommerait Bourbon, soit.

Mais tout de même, il restait à la conquérir.

~

J'ai vu ce nigaud d'Hervé à la croisée de la route royale. Il contait fleurette à la Deschryver, cette roulure !

Mon pauvre garçon, tu es manifestement abonné aux filles de rien...

C'est décidé : j'irai au bal avec les Dufour pour la prochaine fête de l'Empereur. Et ils verront tous ce dont est capable une fille du Sud, quand elle a envie de tourner les têtes !

Ils avaient d'excellentes cartes de l'île, un plan de Saint-Denis où étaient indiquées toutes les batteries, et l'effectif des troupes par quartiers et régiments.

Le futur gouverneur Farquhar ne chercha pas à savoir comment on avait obtenu ces renseignements : il lui répugnait de penser que sur l'île dont il serait le chef, si on la prenait, se trouvaient des judas – et si bien placés. Car ce n'étaient pas de pauvres Noirs qui pouvaient donner le nombre exact des tirailleurs créoles du quartier Saint-Paul, ou décrire en détail l'uniforme vert des lignards, les vestes blanches à revers bleus de la milice nègre.

– S'ils ont trahi un maître, ils peuvent en trahir un autre...

Robert Townsend Farquhar, qui avait déjà emmagasiné au Bengale une assez belle expérience de la félonie et du parjure, se promit d'être vigilant quand le moment serait venu. En attendant, il s'accouda au bordé de la *Boadicea* pour ne rien perdre du spectacle.

En face de lui s'ouvrait le grand amphithéâtre de Saint-Denis, encadré à droite par un gros cap qui plongeait en falaise dans la mer, à gauche par de grasses plaines couvertes de cultures. Un plafond de nuages, au fond, masquait les hauts sommets, tronquant l'île.

Cette géographie avait une grande importance stratégique. Le gros cap avait terriblement ralenti les renforts français quand on avait attaqué Saint-Paul. Il n'y avait pas raison de supposer qu'il en serait différemment cette fois. Or, la moitié des troupes de l'île était au sud de Saint-Paul, ce qui réduisait les ennemis potentiels à deux mille hommes. Qu'on coupe la plaine qui séparait Saint-Denis du littoral est, où se trouvaient ces fâcheux tirailleurs de Saint-Benoît et Sainte-Rose, et on n'aurait en face de soi que les neuf cents hommes de Saint-Denis. Contre quatre mille fusiliers et cipayes, ils n'avaient aucune chance.

La guerre, songea Farquhar, est un problème d'arithmétique. Cela le chagrinait quand même que les beaux officiers qui l'entouraient et avaient tant l'honneur à la bouche eussent à ce point regardé la copie du voisin...

A bord de la *Néréide*, Nesbit Willoughby n'avait pas ces scrupules. Même dans un combat inégal, on peut se couvrir de gloire quand on est en première ligne. La frégate s'était donc portée en avant, reconnaissant la côte de près, essuyant quelques tirs de batteries françaises. Puis le capitaine était venu au rapport, fier comme Artaban : les points de débarquement correspondaient bien aux renseignements, on pouvait y aller.

En milieu d'après-midi, la *Néréide*, la *Boadicea* et l'*Iphigenia* se présentaient devant le petit village mal défendu de Sainte-Marie, et malgré la forte mer y débarquaient quatre cent cinquante hommes : la route de l'est était coupée. Une heure plus tard, le *Sirius* et la *Magicienne* mettaient leurs troupes à terre, au pied de l'immense falaise du nord, là où personne ne les attendait : la route de l'ouest était prise.

Dès lors, le jeu était fait. Le pauvre colonel de Sainte-Suzanne, successeur du non moins malheureux Des Bruslys, avait beau galoper à droite et à gauche, il ne pouvait pas, à quatre contre un, tenir sur trois fronts : les Anglais avançaient sur la ville par l'est, dévalaient de la montagne au nord, bombardaient les batteries depuis la mer. A six heures du soir, le 8 juillet, Bonaparte capitulait.

Mais même dans cette conquête facile, l'arithmétique avait

gardé ses droits : il y avait quatre fois plus de morts chez les attaquants que chez les défenseurs. Les tirailleurs créoles étaient de bons fusils.

Le lieutenant Samuel Walters garda de l'aventure un souvenir nauséeux : il n'aimait pas du tout la façon dont Willoughby avait lancé les chaloupes dans les déferlantes, où trois d'entre elles s'étaient brisées. Ni ces cadavres de noyés que le ressac avait ramenés jusqu'à la frégate.

Il allait pourtant en voir bien d'autres.

III

L'ATTENTE

Le gouverneur Decaen avait beau sortir et ressortir son éternel discours, les mots sonnaient bien creux. L'Empereur avait donné des ordres mais les chantiers ne suivaient pas : il fallait trop d'arbres pour faire un bateau, et trop de bateaux pour assurer le blocus continental.

— Levez toutes les réserves de la milice ! Doublez les entraînements ! ordonna le gouverneur.

Et on brûla de la poudre, et on croisa la baïonnette, sans conviction, la tristesse dans l'âme. L'île de France était seule, et elle sentait la fin.

~

Nous ne fléchirons pas.

Je connais certains gros qui craignent pour leur maison, leur récolte, leur fortune. Il faut les entendre : « Et si les Anglais bombardent ? S'ils mettent le feu ? »

On devrait peut-être descendre à genoux jusqu'au rivage et leur baiser les mains ? L'amusant est que ces ramollis sont souvent ceux qui en temps ordinaire se montrent les plus sévères avec leurs Noirs. C'est tellement plus facile, n'est-ce pas, de jouer l'important devant un pauvre bougre qui sera pendu, s'il ose lever le poing...

Pour l'heure, ils les gâtent, leurs Noirs : depuis des semaines circule une rumeur du double front, résurgence des vieilles histoires du marronnage. Il se murmure que les esclaves, déjà chapitrés, sont prêts à se soulever contre leurs maîtres dès que les Anglais attaqueront. Plus d'un, qui avait le fouet facile, fait dans sa culotte. Ça doit rigoler, dans certains camps : miraculeusement, la soupe est devenue plus grasse et les commandeurs moins hargneux.

Notre Sud n'est pas épargné : Fidelia, tout affolée, nous a rapporté qu'il se colportait des choses, le soir à la veillée. Père a ri devant elle mais, dès qu'elle fut partie, nous a recommandé d'ouvrir l'œil. Personne n'a rien remarqué d'extraordinaire depuis : on nous jobarde avec des fantômes.

Les choses sérieuses se passent au large. Le blocus a repris depuis que Bonaparte est tombée. Amusant : tout le monde l'appelait Bourbon quand elle était à nous, tant est fort le poids des habitudes. Maintenant qu'elle est anglaise, chacun s'acharne à l'appeler Bonaparte, comme si cela pouvait changer quelque chose. Bravoure en paroles, tu ne coûtes pas cher.

Il ne reste au Port-Louis que la division Hamelin, à elle seule en charge de notre défense. Trois frégates et une corvette, c'est bien maigre. Ici, rien. Il est vrai qu'à cette saison il est plus facile d'entrer au Grand-Port que d'en sortir, mais tout de même…

Cassard nous a rendu visite. Il fallait voir les yeux des Noirs à l'arrivée du personnage ! Toujours aussi fort en gueule, mais il nous a avoué qu'il s'embête à mourir. Alors il promène son inoccupation chez les anciens de la *Junon*.

– Je serais ressorti ! jure-t-il. Mais ils ont désarmé le bateau !

Je l'ai emmené chez Bonaventure. Ils ont trouvé beaucoup de choses à se dire, beaucoup de fioles à vider aussi. Leur philosophie ne diffère que sur quelques vétilles, telles que la nécessité de garder ou non la trinquette par gros temps. Ils se chamaillent là-dessus des heures. Bonaventure, marin à l'ancienne, a un faible pour les voiles carrées, Cassard préfère les focs. A chacun ses modes. Sinon, ils se rejoignent sur l'essentiel :

– Tous ces gars d'aujourd'hui n'ont plus de couilles ! Pas toi, mon petit gars, mais ces marins de théâtre, ces beaux soldats de toutes les couleurs. De notre temps ! De notre temps on serait sorti les canons pleins jusqu'à la gueule de boulets ramés, et on t'aurait foutu en l'air toute cette canaille d'Anglais qui vient nous emmerder !

Quand ils avaient fini de gagner la guerre, ils se chantaient quelques fleurons du répertoire, à qui entonnerait le plus scabreux. Lafargue, dont l'esprit curieux faisait moisson de tout, venait avec moi écouter ces refrains où défilaient – ho, hisse et ho ! – le cul à Margot, les morpions du gabier et la vérole de Londres. Le tout à deux voix, comme à la messe.

– Et votre beau lieutenant, capitaine ? osai-je demander un jour.

– La Junon ? Sais-tu qu'elle me prenait de haut depuis qu'elle m'avait vu mourant ? Et c'était : Je veux une robe, emmène-moi au théâtre, achète-moi des parfums… Jusqu'au jour où j'ai vu traîner par chez moi un beau petit moustachu avec des gants beurre frais. Rarement un garçon a couru si vite, petit. Faut dire que le tromblon à Cassard, ça fait du bruit ! Et qu'est-ce que tu crois qu'elle fait, au lieu de s'excuser ? Elle hurle ! Je suis un sauvage, un malappris ! Moi qui l'ai tirée de la bouse !

Il ménagea un silence, la lippe plissée, le front bas, image de l'incompris. Puis nous toisa tour à tour, goguenard.

– Comment croyez-vous que j'ai agi ? Je lui ai claqué le bec, comme il faut ! Puis je lui ai mis un petit en chantier. Rien de tel qu'un peu de distraction pour faire taire les femmes. Aujourd'hui, elle chantonne en se tenant le ventre. Comme quoi il suffit de peu de chose…

Je me demande s'il ne serait pas judicieux, un jour, de consulter cet expert : en matière féminine, je crains de rester longtemps aspirant.

Non que mes manœuvres avec la Deschryver soient stériles. Mais cette conquête trop molle me laisse sans envie. Je préfère encore les putains de chez Laura.

J'ai aussi croisé Diane du Breuil, l'autre jour en allant vers le bourg. Elle m'a salué d'un petit signe de tête, sans plus. Évidemment, depuis qu'on est courtisé par la haute, on ne cause plus aux crotteux. Je l'ai complimentée en retour sur sa tenue et son teint de rose, si bellement qu'elle a rougi. On n'est peut-être pas riche mais on sait parler aux dames, nous autres.

La conversation en est restée là. J'aurais sans doute dû poursuivre, mais elles m'agacent trop, avec leur Deschryver. Et puis, depuis la *Junon*, j'ai perdu l'habitude des grandes conversations. Trois phrases me sortent d'un coup, comme une bordée, et me voilà muet pour un quart d'heure.

– Tu es fâché ? s'inquiète ma mère.

Non, mais je rêve. A quoi ? Je me demande : nous n'avons pas d'avenir, ni d'ailleurs, c'est bouché de partout.

Pour ne pas baisser les bras, quand même, comme n'importe quel parvenu, Magloire et moi nous sommes ralliés à Lafargue, qui a vu grossir sa petite milice depuis que la menace approche.

Fini le temps où il n'avait que des Noirs paresse et des fruits secs pour jouer aux soldats. Aux entraînements, il n'est pas rare que je retrouve Christian de Robillard, ou Alain Dufour, ou encore le petit d'Emmerez qui bout de se venger sur les Anglais de la mort de sa sœur. Un peu grandioses, les recrues : ça vient avec sa carabine de chasse, sur son cheval anglais, et avec un ou deux serviteurs porteurs de ravitaillement et de linge propre au cas où l'exercice serait salissant. Cela mis à part, ce sont de braves gars sincèrement décidés à en découdre. L'espèce étant rare, il n'y a aucune raison de les bouder, pour le seul motif qu'ils sont un peu aristocrates : tant d'autres se défilent...

Nos viriles assemblées font grand bruit. Nous tirons au canon, à l'arquebuse et au fusil. Ceux de l'île de la Passe nous répondent. Ceux de la pointe du Diable font de même. La mer blanchit sous les boulets croisés et, quand nous rentrons chez nous, nous nous sentons plus forts. Toute cette poudre brûlée sert au moins à cela. Les Anglais oseront-ils se heurter à nous ?

Je les vois plutôt tenter encore une de leurs sournoiseries, à Mapou ou Rivière Noire, avec leur *Néréide*...

~

Plus l'avenir menace et plus Deschryver colle à mon père. Une vraie sangsue ! Il se réjouit d'habiter à Moka, loin à l'intérieur des terres, et nous plaint d'être exposés.

– Vous devriez vendre, a-t-il osé dire à Père.

Heureusement, il reste dans le sang des du Breuil quelques souvenirs des ancêtres qui étaient chevaliers du Roi. Père a répondu le plus dignement possible qu'il affronterait les événements tels qu'ils se présenteraient, que Riche-en-Eau est sa terre et qu'il restera là. L'autre a protesté :

– Ce que j'en disais, c'est pour la sécurité de vos filles !

Lâche ! J'ai vu Père pâlir. Il imaginait sans doute des hordes de barbares déferlant sur le Sud. Pour une fois, je ne suis pas restée à ma place :

– Personne n'a rapporté d'atteinte à la pudeur des dames, ni de brutalité dans l'île Bonaparte. Il paraît même que les Anglais se sont montrés courtois. Ils ont soigné les blessés, se sont contentés d'emmener les soldats des troupes régulières, et l'île continue à vivre comme par le passé.

Deschryver m'a regardée de travers.

– Où avez-vous entendu cela, Mademoiselle ? Un Anglais vous a peut-être renseignée ?

– Un racontar en vaut un autre, Monsieur. Permettez-moi de préférer ceux qui nous soutiennent le moral !

Et, avec une belle révérence de jeune fille modèle, je l'ai planté là.

Quand il a été parti, tout le monde est venu me sermonner. J'avais offensé un ami de la famille qui ne pensait qu'à notre salut.

– Il faut savoir tenir sa langue, dit ma mère. Nous avons d'autres moyens pour convaincre les hommes...

– Eh bien tant pis ! Je ne supporte pas qu'on convoite

Riche-en-Eau, je ne supporte pas qu'on vienne nous dicter ce que nous avons à faire, je ne supporte pas qu'on s'imagine pouvoir tout acheter parce qu'on est cousu de piastres : l'île, les gens, et moi par-dessus le marché !

Je crois bien que j'avais des larmes aux yeux parce que Mère, très doucement, m'a prise dans ses bras et m'a murmuré :

— Tu sais, ma chérie, personne ne t'oblige à épouser qui que ce soit...

J'ai essayé de sourire : l'idée de devenir la créature de Gaëtan Deschryver était trop drôle. Quoiqu'une fille décidée pourrait le modeler comme elle voudrait : il leur manque juste du répondant, à ceux-là.

Colère, chagrin et rire, tout est bien à cette image. Dieu qu'il est difficile de devenir une femme, dans un pays en guerre. Ce n'est déjà pas simple par temps de paix...

Pourtant, le ciel est toujours aussi bleu au-dessus de la baie, et la montagne des Créoles toujours aussi verte.

— Il n'y aura pas bal cette année, à cause de la prise de Bonaparte, a soupiré Mère.

A chacune ses misères, maman...

~

Ils étaient repartis de Bourbon, la tête farcie des recommandations du grand chef. Rowley restait à Saint-Paul avec la *Boadicea* : il fallait assurer la sécurité de la nouvelle conquête. Tous les autres bateaux, l'*Iphigenia*, le *Sirius*, la *Magicienne*, la *Néréide*, le *Staunch*, fonçaient sur l'île de France : l'issue était proche.

Il n'y avait pas suffisamment de troupes, cependant, pour qu'on pût lancer un assaut en règle : lord Minto avait singulièrement manqué d'audace, et l'indispensable garnison de Bourbon ne laissait aux frégates que quelques centaines de fusiliers, trop peu pour inquiéter une île défendue par — disait-on — dix mille hommes.

Mais on pouvait lui donner un bon coup d'aiguillon.

Tel était du moins le point de vue du capitaine Willoughby, que rien n'agaçait plus que d'être un sous-fifre dans cette histoire :

– *Under that spineless Pym !*

Pym, du *Sirius*, était son *senior officer*, et on ne plaisante pas avec l'ancienneté, dans la Navy. Jaune des fièvres contractées à Calcutta et de l'alcool ingurgité pour les soigner, il ressemblait à une courge et était à peu près aussi nerveux.

Quel ennui, songeait Willoughby, qu'âge rime si souvent avec prudence !

Quel ennui, songeait le lieutenant Samuel Walters, que le capitaine ne se soit pas plus abîmé la figure quand ce mousquet lui a pété au nez, l'autre jour. Malgré cet accident et le beau pansement qui en avait résulté, les exercices de tir succédaient aux corvées sans discontinuer. Par comparaison avec le nouveau boss, Corbett était un pur poète.

Le grand inconvénient de la vie militaire est qu'il faut subir des chefs.

Devant l'île de France, Willoughby eut une nouvelle occasion de ronchonner : la flotte se sépara en deux, l'*Iphigenia* et la *Magicienne* allant librement patrouiller au large du Port-Louis. Le *Sirius* restait avec la *Néréide* et le *Staunch*.

– Avec ce pot-de-colle dans le dos, qu'est-ce que je vais pouvoir faire ? se disait le capitaine, qui aurait bien eu envie de tenter une descente du côté de Souillac.

A bord du *Sirius*, Pym, qui avait eu écho de ces impatiences, tapotait, en se donnant des airs, une carte du Grand-Port. Quand on vient de remporter une facile victoire et qu'on a aux basques une sorte de chien fou, il arrive qu'on se sente des audaces de jeune homme.

IV

L'ÎLE DE LA PASSE

La mer était trop mauvaise le 10 août pour tenter quoi que ce fût, et Pym fit tirer des bords au large du Grand-Port sans donner d'explication, à la rage de Willoughby.

Le 13 août au soir, le temps lui semblant plus favorable, il lança en avant le *Sirius* et le *Staunch*, qui mouillèrent trois chaloupes à deux encablures de l'île de la Passe. La garnison française devait fêter par avance l'anniversaire de l'Empereur car personne ne vit ni n'entendit rien. Quand le petit capitaine pète-sec, entendant des bruits bizarres, sortit de sa maison, il tomba nez à nez avec un Anglais souriant qui lui promena sa baïonnette sous le nez.

– Sorry, Sir... Vous, prisonnier ! Hands up !

La mésaventure était d'autant plus honteuse qu'on n'avait pas eu le temps de détruire le précieux livre des signaux qui indiquait le code des pavillons, changé tous les trois mois : toute la messagerie secrète de l'île de France était aux mains de l'ennemi.

Pym, à l'aube, débarqua en triomphateur. Sans un seul coup de feu, sans perdre un homme, il avait pris une des plus redoutables forteresses françaises : canons, mortiers, poudre, tout était à lui. Il ne lui déplaisait pas non plus d'avoir battu Willoughby dans sa spécialité : les débarquements de nuit n'étaient pas un monopole.

Aussi reçut-il son subordonné avec un sourire magnanime, quand la *Néréide* vint enfin s'ancrer à l'abri de l'îlot.

– Gardez cet endroit avec votre frégate et le *Staunch*. Je cours chercher les autres.

Avec un peu de chance, on pouvait prendre toute l'île, ou du moins s'établir solidement dans le Sud. L'essentiel était d'agir vite, avant que la division Duperré, en mer depuis cinq mois, ne revînt. Il n'y avait pas grand-chose à craindre de Hamelin, auquel des jours seraient nécessaires pour appareiller du Port-Louis.

– Quand il arrivera, nous serons bien installés pour l'attendre !

Willoughby, boudeur, cherchait à assombrir le tableau :

– Mais si Decaen nous envoie son armée par la terre ?

Pym se permit un sourire désinvolte :

– Eh bien, nous menacerons de bombarder les villages ! Vous avez vu comment ça a marché, à Saint-Paul ? Regardez à la longue-vue ces grosses maisons et ces belles allées. Les gens qui sont là-bas, croyez-moi, tiennent à leurs biens. Ce seront nos meilleurs alliés.

Le timide Pym osa même une boutade, tant il était fier de lui :

– Et attention, Willoughby, ne laissez pas quelque aventurier, à la faveur de la nuit, vous reprendre votre île !

Nesbit Willoughby ne rit pas, pas du tout. C'était pourtant une fine plaisanterie.

~

Ça y est.

Le canon d'alerte nous a éveillés à l'aube : les Anglais sont sur l'île de la Passe.

Lafargue est dans tous ses états : c'est comme si on lui avait volé sa propre artillerie. Bonaventure ricane. Évidemment, avec le crétin qu'on avait posté là-bas...

– Leur aurais botté le cul, moi, à tous ces fainéants ! Faut voir s'ils auraient pas monté la garde ! Se faire prendre comme ça, avec l'artillerie qu'ils ont...

Rien ne sert de pérorer, il est trop tard. L'ennemi dispose maintenant d'un bon appui pour nous approcher encore. M'est avis que nous sommes la deuxième étape.

La réaction du Sud m'a fait plaisir. Tout les propriétaires ont envoyé des gens, même du Breuil : Goulven Trégouat est descendu avec son long fusil à sangliers, à la tête de vingt Noirs armés de sabres à cannes. Il m'a regardé d'un sale air. Je me demande...

De chez nous, tout le monde est venu, sous les ordres de Jean-Bertrand. Sauf Nabuchodonosor, préposé aux affaires courantes, en fait trop engourdi pour être un bon soldat, et Balthazar, curieusement introuvable. J'ai du mal à croire qu'un forgeron ait pu fuir au seul son du canon. Les sornettes colportées par Fidelia auraient-elles quelque fondement ?

Père est monté vers Moka et les Plaines Wilhems pour lever des volontaires. Lui aussi m'a surpris. Dès l'alarme, ce matin, je l'ai vu fringant, l'œil vif, lui d'habitude si rêveur. Pour un peu, il aurait chantonné. Mère aussi avait remarqué, et le regardait d'un drôle d'air. Il n'est pas parti, il s'est envolé, comme un garnement qui aurait chipé de la confiture. C'était plutôt drôle à observer. En voici un au moins que la guerre n'abat pas.

Nous nous sommes formés par petites escouades mobiles, prêts à intervenir là où il le faudra. On m'a affecté, avec une demi-douzaine de Blancs et quinze Noirs, à un quart de lieue vers le nord, du côté du Vieux Grand Port, où s'étaient jadis installés les Hollandais. Lafargue m'a demandé de jeter un coup d'œil à la batterie de la Reine, désaffectée depuis vingt ans. Si une pièce ou l'autre me semble encore utilisable, il m'enverra quelques-uns de ses artilleurs. Pour l'heure, il garde tout son monde : l'heure est grave.

Trégouat, avec les Noirs de Riche-en-Eau, marchait dans la même direction : il remonte jusqu'à la pointe du Diable, où il ne me semble pas qu'il se passera grand-chose. Nous avons fait route ensemble mais il n'a pas desserré les dents. C'est sûr, cette gourde de Vivette a parlé. Et alors, ce n'est pas moi qui l'ai engrossée, non ?

~

Encore ignorant des derniers événements, Deschryver père dressait, à Moka, de subtils plans de campagne.

Sa remarque sur Riche-en-Eau avait été une imprudence. La fille l'avait mouché, c'était sa faute. Il lui garderait son bon souvenir.

– Je me demande si Gaëtan est à la hauteur... Ça ne se courtise pas, ce genre de femelle, ça se mate !

S'il avait eu vingt ans de moins...

Peut-être fallait-il changer son fusil d'épaule : du Breuil avait trois filles et si celle-là, qui paraissait la plus vulnérable, se montrait trop coriace, Gaëtan n'avait qu'à en choisir une autre. Chaque femme a ses faiblesses, que diable ! Il suffit d'être patient, comme à la chasse, et de bien viser. Deschryver pensait que rien n'est impossible pour qui a suffisamment de volonté et surtout suffisamment d'argent. On récupérerait cent fois la mise quand Riche-en-Eau s'appellerait Deschryver.

Il n'est pas facile hélas de conquérir le monde quand on est mal suivi. Deschryver comprenait la douleur de l'Empereur, en peine d'héritier. Gaëtan faisait le hargneux mais ne savait pas mordre. Quant à Jacquotte, elle ne s'intéressait à rien qu'à être belle. Elle gémissait un peu, d'ailleurs, ces derniers temps ; il allait falloir penser à sa nouvelle garde-robe.

Ah ! s'il avait eu avec lui un gaillard comme ces Glénarec. Mais il les avait en face. Plus pour longtemps ! Avec ce qu'il venait de recevoir de Paris, par un forceur de blocus, il avait de quoi leur clouer définitivement le bec.

~

Bonaventure jurait par tous les diables : sa barque du dimanche, ex-canot de commandement d'un brigantin depuis longtemps coulé, avait disparu. Un bijou, en teck, avec des dames de nage en bronze et quatre grands avirons de course, un lévrier des mers, inutile pour sa pêche mais qu'il gardait précieusement, souvenir de temps plus fastes.

Parti, volé ! Il voyait le sillon de la quille jusqu'aux rochers du bord, et des traces de bois épluché, là où ces forbans avaient raclé la coque. Rien à l'horizon : la barque devait être cachée quelque part, peut-être sur l'île aux Aigrettes, en attendant la nuit.

Un jour normal, Bonaventure aurait demandé au lieutenant Lafargue une poignée de ses gars. Mais on ne va quand même pas déranger les défenseurs de la Nation pour un canot volé, le jour où l'ennemi est là !

~

Trégouat parti, le chevalier du Breuil avait commencé à trembler. Pas pour lui. Non qu'il se sentît au-dessus de la mort mais il lui revenait, des jeunes années où il avait rêvé d'exploits, des bouffées de courage. On ferait face. Pourvu qu'ils ne brûlent pas Riche-en-Eau, c'était tout.

Et qu'ils ne touchent ni à Clotilde ni aux filles.

C'était cela, sa grande crainte. Sous la grosse graisse, derrière les yeux en fente, se cachait une tendresse insoupçonnée pour ses seuls trésors : les siens, sa terre.

Mahébourg, du coup, suscitait chez lui des angoisses aussi démesurées que ses espoirs de jadis. Les Anglais, c'était sûr, frapperaient d'abord la ville. Et Riche-en-Eau était juste derrière.

Il n'imaginait pas que Mahébourg, de la baie, ne différait guère de Vieux Grand Port, voire de Belle Vue : quelques constructions noyées dans la verdure, est-ce que c'était une ville ? Mais il y avait la batterie et ce jeune Lafargue qui ferait tout, c'est sûr, pour qu'on le remarquât. Il s'attirerait des représailles. Or Norbert du Breuil, de sa varangue, voyait dans un alignement presque exact la pointe de la Colonie, où étaient les canons français, et l'île de la Passe, où étaient ceux des Anglais. La disparition momentanée d'une des frégates accentuait ses frayeurs : elle s'en était allée, évidemment, chercher du renfort !

— Clotilde !

Son épouse, qui s'acharnait vainement sur un point de broderie, dans une dérisoire démonstration de calme, leva une tête surprise : il y avait des années que son mari ne l'appelait plus que madame du Breuil, ou ma chère.

— Oui ?

— Clotilde, vous allez avec les filles vous réfugier au Bois des Amourettes. Vous y serez plus en sécurité. Il y a quinze canons et deux mortiers à la pointe du Diable, ils n'oseront pas s'y attaquer.

Clotilde du Breuil se leva.

— Les filles ! Préparez vos ballots pour une semaine, faites emballer des vivres : pique-nique !

Trois têtes surprises apparurent à la porte.

— Pique-nique ?

— Considérez cela comme une sortie champêtre, il vaudra mieux ! N'emmenez pas de servante, il y a trop peu de place au Bois des Amourettes.

Antoinette sourit : elle aimait la petite maison sous les arbres. Ça devait être bien fleuri en cette saison, avec toute l'exubérance d'un parc sans jardinier. Hélène fit la grimace : on ne s'amusait guère ici, alors là-bas... Diane avait déjà rentré la tête : si on devait compter sur ses étourdies de sœurs pour organiser le départ, on serait encore là demain.

— Ratsitera vous conduira dans le grand char, conclut Clotilde du Breuil. Allez ! On bouge !

Puis, s'approchant du fauteuil de son mari, elle passa ses mains dans les cheveux raréfiés, sur le visage dont les traits s'étaient tant alourdis depuis ces années, mais qui restait celui d'un homme dont, tout de même, elle avait fait la conquête.

— Quant à moi, je reste !

C'était définitif. Norbert du Breuil se laissa, un moment, à regretter le temps gâché en calculs, en transactions immobilières, en achats d'esclaves, alors qu'il avait eu la jeunesse et une si belle femme. Comme s'il retrouvait un trésor, il saisit la main qu'elle lui offrait, .

Diane sourit de les voir réunis comme deux adolescents. Mais elle dut conduire le chariot : Ratsitera était introuvable.

— Il a dû rejoindre les volontaires, supposa du Breuil. C'est un garçon qui a toujours aimé se battre.

V

LA POINTE DU DIABLE

Un bref coup de sifflet donna l'alarme à bord de la *Néréide*. Mais quelques soldats seulement armèrent leurs mousquets : il n'y avait rien à craindre d'un canot arrivant en plein jour avec deux hommes à bord. D'ailleurs ceux-ci faisaient de grands signes de paix.

— *Slaves*, siffla Willoughby en posant sa lunette.

Si les esclaves de l'île de France se mettaient à arriver, on était frais.

Un quart d'heure plus tard, il retrouvait le sourire. Cet empoté de Walters avait au moins la qualité de parler français, et il avait tiré une précieuse information des arrivants :

— Ce sont effectivement deux esclaves. Ils disent qu'ils sont très maltraités par leurs maîtres et sont prêts, en échange de la liberté, à nous donner des renseignements.

Willoughby haussa les épaules.

— Promettez-leur tout ce qu'ils veulent, pourvu qu'ils parlent !

Ratsitera, ex-cocher de Norbert du Breuil, et Balthazar, ex-forgeron d'Antoine de Glénarec, racontèrent tout ce qu'ils savaient.

Il n'en fallait pas plus pour que la marmite Willoughby explosât. Il avait tenu plutôt longtemps : deux jours entiers. C'est beaucoup, pour un capitaine frustré. Mais, ce soir du 16 août, il fonça sur Walters.

– Have the men ready : we land tomorrow morning !

– We land ?

Willoughby s'impatienta. Oui, débarquer ! Non, il n'était pas devenu fou ! Il n'avait pas l'intention de prendre l'île de France à lui tout seul. Mais avec cent cinquante bons tireurs sur quatre chaloupes, il pourrait juger des défenses françaises. Cela serait utile, le grand jour.

Et la *Néréide* ? Amputée des quatre-vingts hommes mis en garnison sur l'île de la Passe et du corps de débarquement, elle n'aurait plus à bord que la moitié de son effectif...

– Who could attack the boats ?

Il est vrai que la *Néréide* et le *Staunch*, ancrés au ras de l'île de la Passe, étaient sous la protection de ses formidables canons. De la terre, rien ne pouvait être tenté, et les sentinelles scrutaient le large avec attention, pas comme ces Français ramollis : on était à l'abri de toute mauvaise surprise.

Rien ne s'opposait donc à ce que le lieutenant Samuel Walters, en charge d'une partie des troupes, se trouvât le lendemain, avant le jour, dans une chaloupe pointée sur la terre. Un Willoughby radieux menait la troupe dans le rapide canot volé par les Noirs, en compagnie de l'un d'eux, qui indiquait la route. On devait atterrir à l'anse Jonchée, à mi-chemin entre le Vieux Grand Port et la pointe du Diable. Il ne s'agissait pas de se tromper.

Mais Ratsitera connaissait son affaire : il avait plus d'une fois hanté ces lieux, de nuit. Son rêve était de voler un jour un bateau et, avec des compagnons décidés, de rallier Madagascar. Jamais il n'avait trouvé d'hommes assez audacieux. Ce ne serait plus nécessaire : grâce à ses nouveaux alliés, tout allait changer. Les maîtres iraient en prison et ceux qui faisaient produire la terre en seraient les colons. On aurait peut-être même l'occasion, dans la pagaille des premiers jours, de se venger un peu : ce n'était pas par hasard que Ratsitera avait conseillé aux Anglais de débarquer à deux pas du Bois des Amourettes...

L'atterrissage fut une plaisanterie. Pas un coup de feu, personne ne les avait vus. Les hommes découvrirent avec ravissement une plage de gros galets et une petite plaine littorale envahie de buissons, au pied de la montagne. L'air fleurait bon et des nuées d'oiseaux saluaient le matin. Une partie de plaisir, vraiment.

Willoughby posta Walters sur la petite route qui passait là – et qui selon les renseignements reliait Mahébourg à Flacq – avec pour mission de stopper tout renfort venant du sud, puis il se dirigea au pas de charge dans l'autre sens, afin de surprendre la pointe du Diable avant le jour.

Le lieutenant, lui, posta ses gens de part et d'autre de la chaussée, sous les buissons, et s'allongea lui-même dans l'herbe odorante, un fusil couché contre sa joue. Il avait beau se défendre de tout compliment vis-à-vis de Willoughby, qui était une tête folle – laisser la *Néréide* avec seulement cent vingt hommes à bord, sous le commandement d'un malheureux second lieutenant ! –, cette guerre au pays des parfums et des fleurs s'annonçait comme bien plaisante.

Ratsitera vint lui gâter sa joie. Venant se fourrer près de lui, trop près, il souffla :

– Avancez ! C'est mieux là-bas !

Walters aurait volontiers fait le sourd, le nez dans le gazon à écouter les tourterelles, mais le Noir insista. Le lieutenant détestait qu'on lui parlât à la figure, surtout avec une telle haleine.

– *All right, let's go ahead*, se résigna-t-il à ordonner.

Devant, c'était mieux en effet. L'étroite plaine s'élargissait un peu, laissant place à un petit village, ou plutôt à un semis d'habitations modestes, dispersées dans des jardins que bordaient des bambous nains. Ces sortes de cottages tropicaux feraient d'excellents fortins contre une attaque venue de Mahébourg, à condition qu'on réglât d'abord la question de leurs habitants.

Walters n'avait aucune envie d'affronter ce genre de problème. Faire le coup de feu contre une bande de soldats, soit. Mais quelle attitude avoir envers des civils ? Cet imbécile de Noir l'avait mené trop loin.

Il allait ordonner un repli quand un spectacle surprenant figea son bras en l'air : Ratsitera marchait, sûr de lui, sans se cacher, vers une des maisons, coquette construction ornée de bois sculpté. Arrivé là, il tenta d'ouvrir la porte. Elle était fermée. Alors, d'un grand coup de pied, il défonça le battant et entra.

Il y eut presque simultanément des cris et un coup de feu.

Walters fonça, baïonnette basse, suivi par ses hommes.

Quand il pénétra dans la maison, un curieux tableau l'attendait. Le Noir, le dos à une cloison, serrait en grimaçant son mollet qui saignait. Face à lui se tenaient trois fort belles jeunes filles figées comme des statues. L'une d'elles avait en main un pistolet encore fumant et un autre tout chargé.

Sa voix vibrait d'énervement quand elle ordonna :

– Posez votre arme ou je tire !

Le lieutenant Walters déposa le plus lentement possible son fusil à ses pieds.

– A votre place, j'y réfléchirais à deux fois : j'ai derrière moi vingt cipayes qui vous réduiront en charpie si vous me trucidez.

Il essaya de se souvenir des bals de Southampton, et en cette circonstance très particulière déploya toute la séduction dont il se sentait capable.

– Vous feriez mieux de me donner cela : la guerre n'est pas affaire de demoiselles. Surtout si charmantes...

On était troublé, semblait-il, de l'entendre parler français avec si peu d'accent. Mais le pistolet resta pointé sur lui.

Il sentait dans son dos haleter ses hommes. Les yeux verts de la jeune fille croisèrent les siens. Ses voisines n'avaient pas l'air moins décidées, l'une armée d'un grand couteau de cuisine, l'autre d'un manche de pioche.

– Il ne vous sera fait aucun mal, je vous le promets, sur mon honneur.

Elle hésitait. Il insista, avançant d'un pas, la main tendue.

– Je vous en supplie. Évitez un malheur...

Elle tourna les yeux de droite et de gauche, consultant les

deux autres. Puis elle lui tendit l'arme, avec un sourire comme jamais Southampton ne lui en avait prodigué.

– Antoinette, Hélène et Diane du Breuil, vos prisonnières, Monsieur. Jusqu'à ce qu'on vous ait chassés d'ici !

Walters saisit le pistolet par le canon, gauchement, désarçonné par ce regard qui se moquait de lui. Il y eut un bref silence, puis on entendit à la porte le cliquetis des fusils qui se reposaient, les troupiers qui murmuraient, qui se bousculaient pour mieux voir ces beautés.

C'est alors que Ratsitera, pas si gravement blessé sans doute, se rua vers les filles avec une sorte de cri de guerre.

Il ne fit pas deux pas. Walters, au passage, lui assena sur le crâne un bon coup du pistolet de sa prisonnière qui l'envoya net sur le plancher.

– Il y a un fameux moment que je rêvais de faire ça, murmura le lieutenant.

Puis, essuyant l'arme avec un mouchoir de batiste brodé par sa mère, il la rendit à sa propriétaire :

– Gardez ceci, Mademoiselle, pour votre défense personnelle. Puis-je cependant vous assurer que nous ne partirons pas de sitôt ? Il y a de trop exquises habitantes en cette île pour que nous nous en laissions chasser.

Sur cette réplique distinguée, il sortit dans le soleil, doublement ravi d'avoir appris le français et de s'être embarqué dans une aussi intéressante campagne.

~

Antoine de Glénarec n'avait guère fait de recrues.

Certains lui avaient répondu que le général Vandermaësen, bras droit de Decaen, se rendait au Grand-Port avec toute une armée.

– A quoi bon risquer nos peaux ? Les soldats sont là pour ça !

D'autres affirmaient se tenir en réserve pour riposter à une attaque vers Port-Louis : il fallait être du Sud pour imaginer qu'une descente au Grand-Port pût être autre chose qu'une diversion !

D'autres encore, pour ne pas venir, prétextaient la récolte du café, le manque de poudre, la discipline des Noirs.

Finalement le colon n'avait derrière lui qu'une demi-douzaine d'hommes quand il arriva aux Pailles, chez Morlot, passablement démoralisé.

Son ami l'entraîna vivement dans son cabinet de travail.

— Je sais pourquoi ils ne veulent pas te suivre. Deschryver a fait circuler ça...

C'était la copie d'un vieux jugement de 1782, complété en 1801 par un rapport de la police de Fouché. On y lisait que le nommé Antoine Féral, faux-saunier récidiviste, condamné à vingt ans de galères, évadé, était soupçonné de s'être embarqué sur la *Belle-Poule* à destination des Caraïbes, d'où il était reparti vers Gorée, et de là sur le *Triton* en route pour les Indes. Comme il avait changé de nom à chaque fois, il était difficile d'affirmer à quelle escale il était descendu, mais on le suspectait fortement d'avoir atterri à l'île de France.

Quelqu'un avait écrit, en bas du papier : « Demandez à Antoine, dit de Glénarec, arrivé chez nous en 1783, d'où il vient, ce qu'il faisait avant de venir, quel bateau il a pris, et les preuves de son identité... »

Le colon resta effondré. Morlot n'eut pas besoin d'un autre aveu.

— Voilà, mon pauvre, où on cherche à t'atteindre. Tu comprends maintenant pourquoi les gens te tournent le dos ? Tu dessers même notre cause en cherchant à recruter : plus d'un a dû saisir l'occasion pour se dérober. Tous les prétextes sont bons pour ne pas se battre.

Glénarec secoua la tête.

— Tout ce temps consacré à bâtir... J'ai tout fait de mes mains depuis vingt-huit ans que je suis à Bel-Air. J'ai acheté la terre à crédit, je l'ai défrichée, j'ai creusé des canaux, construit ma maison... Et maintenant...

Il se redressa, furieux :

— Et celui-là qui m'accuse ! Tu sais d'où il sort, le Deschryver ? Tu sais comment il s'est enrichi ?

— Tais-toi ! lui intima Morlot. Tu aggraverais ton cas. On n'accuse pas sans preuve. Il en a, lui, c'est tout ce qui compte.

La tête retomba, vaincue. Morlot resta un moment silencieux puis, posant sa main sur l'épaule de son ami, murmura :

— Je sais ce que tu penses. Tu te reproches de m'avoir menti ou, du moins, de ne pas m'avoir dit toute la vérité. Mais depuis le début, Antoine, je sais bien que tu n'es pas un nobliau de province. Riche, avec des ancêtres croisés, ou bâtards de Charlemagne, tu aurais pu te permettre ton suprême détachement. Mais petit nom, petite fortune et modestie ne collent pas ensemble. Tu étais trop, ou trop peu. Les grands « monsieur de » n'ont rien à conquérir : ils sont arrivés. Mais les autres, qui sont nés avec des miettes, consacreront toute leur force, toute leur rogne à parvenir. Non, tu n'as jamais eu les dents assez longues, mon vieux, pour être un Antoine de Glénarec...

Morlot sourit.

— Mais quelle importance ? Pour moi, tu as toujours été Antoine, l'homme de cœur. Glénarec ou Féral, je m'en contrefous...

Et comme Antoine restait prostré, son ami ajouta :

— Tiens, regarde Lislet-Geoffroy ! Il porte un nom fabriqué de toutes pièces et il n'est même pas blanc, en plus ! Tu crois que ça le dérange ? Au contraire, il est content : c'est lui, l'ancêtre !

Lentement, l'ex-contrebandier releva la tête.

— Tu as sans doute raison. J'ai peut-être eu tort de dissimuler. Mais tu sais comme vont les choses. Si j'étais entré ici sous mon vrai nom, on m'aurait repris. Et vingt ans de galère, pour avoir touché au monopole d'un roi décapité depuis... Il est vrai que les têtes peuvent tomber, les monopoles restent : on doit emprisonner les faux-sauniers aujourd'hui comme hier... Après, une fois les choses engagées, comment faire marche arrière ? Comment mettre sous le chapeau de Féral ce que Glénarec a bâti ?

Il se leva.

— Il faudra bien que je le fasse, désormais…

A la porte, il se retourna vers son ami.

— Mais maudit soit celui qui m'y oblige : que penseront mes fils, que pensera ma femme ?

~

Deschryver enfourcha son cheval en chantonnant. Il venait d'apprendre que les Anglais avaient débarqué. Décidément, beaucoup de fruits étaient mûrs en cette belle saison.

— Vous ne partez pas en calèche, père ?

— Non… Un peu de cheval me fera du bien.

— Puis-je vous accompagner ?

— Désolé, mais j'ai besoin de paix. A ce soir, veux-tu ?

L'affaire était trop délicate pour qu'on eût besoin d'un nigaud dans ses jambes. Gaëtan se renfrognait. Son père, pour couper court, dit :

— Il faut bien quelqu'un pour veiller sur la maison et Jacquotte. Qui sait ce qui peut se passer…

Deschryver n'avait pas fait dix pas sur la route de Mahébourg qu'il pensait déjà à autre chose. Il eût pourtant été bien inspiré de se retourner : son fils épanoui grimpait curieusement vite les marches du perron.

VI

VIEUX GRAND-PORT

Ils sont à anse Jonchée ! Ils sont à la pointe du Diable ! Ils sont au bois des Amourettes !

Je ne sais quelle nouvelle a été la plus désagréable du débarquement, de l'attaque de nos batteries ou de la menace sur mes voisines. Si j'étais soldat sous l'uniforme comme Lafargue, je dirais les canons. Mais un ancien corsaire n'a pas à cacher son inclination pour la gent féminine. D'ailleurs Cassard, dans nos parages depuis que le canon y tonne, n'a fait qu'un bond :

– On massacre nos femmes ! En avant !

C'était peut-être un peu exagéré, mais la manière du personnage nous donna un coup de fouet : sans attendre que la troupe régulière de Vandermaësen se mette en marche, nous sommes partis à bon pas sur la route de Flacq. Deux créoles dégourdis, du genre voleurs de mangues, s'étaient procuré je ne sais comment des tambours – ou plutôt, je savais comment mais préférais ne pas approfondir – et Cassard entonna quelques refrains bien enlevés, appris dit-il auprès d'un volontaire de Valmy. Cela avait des allures de volontaire pour la taverne mais, pourvu que l'air donne de la jambe au soldat, on se moque des paroles.

A ce train nous ne mîmes qu'une heure pour rallier les Treize Cantons, point où je jugeai prudent de faire taire mon monde, charger les fusils et croiser les baïonnettes. Nous avions entendu peu auparavant des détonations du côté de la pointe du Diable et je redoutais le pire.

Il n'y avait ni habit bleu, ni habit rouge à Vieux Grand Port. Quelques habitants déambulaient ici et là, ramassant par paquets des feuilles imprimées.

– *Bann Anglais ? Nous fine trouve éne-deux… Zaute fine jette ça papier-là.*

Le papier en question, frappé de la couronne d'Angleterre, portait des inepties du genre : « Avec nous, vous ne souffrirez plus la misère abjecte et l'asservissement auxquels vous soumettent l'usurpateur et ses sbires. Vous serez heureux, libres et riches ! »

Le défaut de cette stratégie était que bien peu, parmi les destinataires, savaient lire. Ils gardaient ces billets pour un usage tout à fait différent dont les Goddams auraient rougi.

– Fera de la bourre pour nos fusils ! rugit Cassard, qui avait retrouvé sa fibre glorieuse.

J'étais moins flambard. Qui sait ce que nous allions trouver au Bois des Amourettes ?

– *Z'aute fine tire, par là…* nous avait dit quelqu'un.

On était en droit d'être pessimiste.

Il n'y avait qu'un quart d'heure de marche, mais je menai une approche prudente, les hommes bondissant de fourré en fourré sur les bords de la route.

Les premières maisons apparurent.

Pas âme qui vive.

J'imaginais derrière les volets les fusiliers indiens qui attendaient que nous soyons plus près pour nous tirer comme des lapins.

– Faites le tour !

Cinq hommes à droite, dix hommes à gauche. Mais j'en avais trop peu. Que faisait donc Vandermaësen ?

Cassard, haussant les épaules, me signala que rien ne bougeait. J'avançai un peu. Le pavillon des du Breuil montra son toit. Encore quelques pas. Je vis le jardin désert, la façade. La porte était défoncée.

Je hurlai. Ces sauvages étaient peut-être encore là-dedans, occupés à je ne sais quelle horreur.

La haie de bambous s'ouvrit sous ma ruée, me griffant méchamment les joues. Ce qui restait de la porte acheva de tomber tandis que, la baïonnette basse, je fonçais dans le salon...

Diane, Hélène et Antoinette, fardées et pomponnées comme aux plus grands jours, étaient assises dans des fauteuils d'osier, face à une table basse.

– Oh, Hervé, dit Diane. Tu arrives juste pour le café ! C'est un plaisir, vraiment, que d'être envahies et délivrées par de si fougueux jeunes hommes !

J'eus vraiment l'impression qu'elle se payait ma tête.

~

Il n'y eut ce jour-là que trois morts : le commandant de la pointe du Diable et deux de ses artilleurs, qui s'étaient entêtés à défendre leurs canons contre un ennemi bien supérieur en nombre et arrivé dans leur dos, pour ne pas dire dans leurs couchettes. Une escouade de colons et de Noirs, campée un peu plus loin, accourut trop tard. Il fut aisé de la contenir.

Willoughby, frétillant de joie, s'offrit le luxe d'un tir à blanc, signal de victoire pour la *Néréide*, puis donna l'ordre d'obturer la lumière des pièces avec de gros clous apportés tout exprès. On fit ensuite sauter la poudrière, ce qui provoqua un beau bruit. Après cela, l'escouade du nord menée par un grand escogriffe à immense fusil commençant à se faire méchante, le capitaine se retira tranquillement vers l'anse Jonchée où Samuel Walters l'attendait, singulièrement exalté, et il donna le signal du départ.

Willoughby se réjouit de voir son lieutenant partager si vivement son goût pour les coups audacieux. Demain serait un encore plus beau jour.

En revanche, il y avait au fond d'une chaloupe le pilote noir, un pansement au mollet, un autre sur le crâne.

– Blessé par un habitant, commenta sobrement Walters.

Willoughby leva un sourcil.

– Et vous le ramenez à bord ? Mais nous n'avons plus besoin de lui, je connais le chemin. Fichez-moi ça à terre, nous avons assez de ventres à nourrir !

Les cipayes ne mirent aucun ménagement à débarquer Ratsitera : l'ennemi de leur lieutenant était leur ennemi.

Nesbit Willoughby monta dans son beau canot en teck et ils s'éloignèrent du bord. Juste à temps : une troupe assez nombreuse apparaissait au détour du chemin, les arrosant d'une fusillade nourrie, mais à trop grande distance pour produire autre chose que de petits jets d'eau.

« *Wonderful life !* » songea le chef du corps expéditionnaire. Il relut le papier que lui avait lancé cet homme du haut d'un rocher, au passage du Petit Sable. Un homme grand, lourd et bien habillé, sur un magnifique cheval.

« État des défenses et troupes de l'Isle de France. »

Il y en avait deux pages, schémas à l'appui.

– Nous tenons l'île, et je tiens celui-là : un mot de trop et je dis tout. Il doit bien rester un Français patriote, sur cette île, pour lui faire payer sa trahison.

Le capitaine fredonna tout le temps du retour : rien n'est aussi plaisant que de maîtriser les événements et les gens.

∼

Deschryver aussi chantonnait en rentrant. Il avait donné un sérieux gage de bonne volonté. Demain, si les Anglais revenaient – et il n'y avait pas de raison pour qu'ils ne revinssent pas –, il se ferait connaître.

Il n'avait pas conscience de trahir. Il anticipait juste sur l'inéluctable. L'île de France serait un peu plus vite conquise, c'est tout. Peut-être, grâce à lui, y aurait-il moins de morts.

L'essentiel en tout cas serait d'avoir une bonne avance sur les autres, au moment de toucher les dividendes. Car que peut le plus puissant des envahisseurs s'il n'a pas des bras pour cultiver la canne, le café, les légumes ? L'Anglais aurait besoin de gens décidés pour gérer les terres. Il aurait même besoin d'esclaves.

Deschryver ne croyait absolument pas à cette fable qui disait que les Noirs seraient affranchis. Demain serait comme aujourd'hui, et les maîtres resteraient les maîtres, sauf qu'on travaillerait pour des couronnes en or au lieu de le faire pour des assignats.

C'était du simple bons sens que de choisir le métal...

∽

Ratsitera le cocher ne chantait pas, lui.

Il avait même gémi plus fort qu'il ne fallait, quand les soldats l'avaient traîné à terre. Et gémi encore, avec les marques de la plus profonde douleur, quand les autres soldats, ceux de Vandermaësen accourus à la hâte, l'avaient découvert.

– Qui est celui-là ? Qu'est-ce qu'il a ? C'est un homme d'ici ?

Par chance, personne ne le connaissait. Il put donc affirmer sans risque d'être démenti qu'il appartenait à monsieur Ithier, de Bel-Air, plus au nord, et qu'il avait été surpris par l'ennemi derrière la Pointe du Diable. Il y retournait d'ailleurs, de ce pas.

– Mais tu ne peux pas marcher ! s'étonna un sergent.

Si, il le pouvait, et d'autant plus vite qu'il lui semblait reconnaître, à la tête d'une patrouille qui approchait, la silhouette d'Hervé de Glénarec.

Il s'éloigna en clopinant.

– N'empêche, il y a des bougres courageux, commenta un soldat.

Encore plus taraudé par la peur que par sa blessure, Ratsitera cherchait en se hâtant comment se tirer de cette sale affaire.

L'idéal, bien sûr, aurait été que les filles du Breuil ne pussent pas parler...

VII

TRÊVE

L'état de guerre me donnait certains droits. A la nuit tombante, je toquai aux volets des demoiselles du Breuil.

— Pardonnez-moi, mais étant donné les circonstances, je pense qu'il est sage que mes hommes bivouaquent aux alentours. Ne vous en offusquez pas, s'il vous plaît : c'est pour votre sécurité.

On gloussa à mon nez. Puis la porte s'ouvrit.

— Pardonnez-nous, mais si votre service le permet, monsieur l'officier — vous êtes bien officier, n'est-ce pas ? —, nous aimerions vous convier à partager notre modeste repas. Ne vous en offusquez pas, s'il vous plaît : c'est pour que vous ne mourriez pas de faim.

Diane, évidemment ! Mais le sourire était désarmant et elle était bien belle à la lueur des bougeoirs. J'entrai : que faire d'autre ?

Ce fut un charmant dîner. Je regrettai simplement qu'elles disent tant de bien de ce lieutenant anglais. Elles avaient toutes trois pour cet ennemi des minauderies qu'elles n'avaient jamais eues pour Deschryver junior, ni même pour les fils Dufour. Je n'osai leur faire remarquer que c'était là discours bien peu patriotique : n'avaient-elles pas été parmi les premières à défendre cette île les armes à la main ?

— Il faut nous comprendre, soupira Hélène. Nous voyons si peu de monde...

Sa bretelle glissa un peu, dans le même temps. J'aurai été bien cruel de faire le grognon.

Avouons-le, j'étais content de les retrouver. J'en aurais béni la guerre, si elle ne nous annonçait de si sombres lendemains. Je fus surtout ravi d'apprendre que le Deschryver n'était guère avancé en affaires, l'une le trouvant guère beau, l'autre, guère intéressant, la troisième, trop porté sur les chevaux et les chiens.

— Cela trahit une peur des gens. Son père l'aura trop vissé...

Le contraste était bien agréable entre le docte discours d'Antoinette et les ombres que modelaient les chandelles sur sa robe du soir. Elle avait ôté ses lunettes, qui ne servaient à rien en cette obscurité, et son regard un peu vaporeux me souriait. Aucune des trois ne manquait d'agréments, et c'était bien ce qui m'embarrassait. Je ne voulais rien rater, mais à vouloir tout prendre...

Mon euphorie fut brisée par un coup de feu dehors.

Je bondis à la porte et me heurtai à Cassard, bedonnant, débraillé, la pétoire fumante à la main.

— Sais pas ce que c'était... En tout cas rien d'amical. Peut-être un rôdeur qui voulait piller une maison et faire endosser ça par les Anglais ? Tu l'aurais vu bondir ! Un cabri ! Je lui ai tiré au ras des oreilles et le gaillard a dû faire dans son froc, s'il avait un froc. Oh... S'cusez-moi, Mesdemoiselles, dit-il enfin, pointant son gros nez curieux pour mieux voir les filles.

Je dus le pousser dehors, puis sortir moi-même. Le charme était rompu, le devoir se rappelait à moi.

Malgré cette alerte, la nuit fut calme. Je ne sais pas si elles dormirent. Moi, je restai longtemps les yeux ouverts à regarder leur maison, contemplant en pensée le doux visage d'Antoinette, le beau corps d'Hélène, les yeux vifs de Diane.

L'idéal, bien sûr, eût été que toutes ces qualités soient unies en une seule, ce qui m'aurait évité des hésitations... Mais je commençais à avoir ma préférence.

~

Antoine, qui n'était plus qu'Antoine, aussi perdu en ce jour néfaste qu'au temps de sa jeunesse quand il fuyait la mort, arriva fort tard à Bel-Air. Il avait expédié ses recrues à Vandermaësen puis était reparti chez lui, prétextant un malaise. Ses compagnons n'avaient nullement commenté : ils savaient.

Le retour à la maison fut un calvaire. Que diraient-ils ? Que penseraient Magloire, Hervé et surtout Jean-Bertrand d'un père tricheur et criminel, en rupture de galères ? Et Jeanne ?

Quand elle l'aperçut, à sa mine elle lui conseilla :

— Viens, Fidelia t'a préparé une bonne soupe épaisse, ça te remontera. Veux-tu qu'on te chauffe un bain ?

Puis elle vit qu'il avait froid au cœur, que ce n'étaient pas la longue route ni l'air vif de la montagne qui l'avaient tant fatigué.

— Il n'est rien arrivé à Hervé ?

L'angoisse faisait trembler sa voix.

— Non... Pas à ma connaissance. Il n'est pas là ?

— Pas rentré depuis ce matin. Mais je suppose... — elle sourit — qu'il s'occupe de la protection rapprochée des demoiselles du Breuil, puisqu'elles ont eu la belle idée de se réfugier au Bois des Amourettes !

Comme il restait sombre, elle se pencha vers lui, plus attentive.

— C'est donc autre chose... C'est arrivé, n'est-ce pas ?

— Quoi donc ?

— Toi. Ton histoire, ton secret. Quelqu'un a parlé ?

Il la saisit à l'épaule, affolé.

— Qui t'a raconté ? Comment sais-tu ?

Il se trouva désemparé. Chaque mot l'enferrait plus que l'autre.

Alors elle le prit dans ses bras comme un enfant et lui baisa le front, là où les cheveux se clairsemaient depuis quelques années, le grand front soucieux de cet homme qui avait si rarement peur.

— Il y a bien longtemps que je sais, avant même la naissance de Jean-Bertrand. Une bonne amie, tu vois, m'avait pondu ça à l'oreille. Il y a toujours une bonne amie pour te dévoiler ce que tu n'as pas à savoir. Ne cherche pas qui : il y a bien longtemps que je l'ai envoyée faire ses confidences à d'autres.

Il la regardait, hagard.

— Tu ne veux pas savoir ce que je lui ai répondu, il y a... disons, vingt-quatre ans ? Je lui ai dit qu'il m'importait peu que tu aies volé du sel, vu que la mer en est pleine. Que tu étais mon homme et que tu le resterais tant que tu voudrais de moi.

Elle se planta devant lui, poings aux hanches, aussi faussement courroucée que quand elle rétablissait l'ordre chez ses fils chamailleurs.

— Tu croyais peut-être que je t'avais épousé pour ta particule ? On me prend pour une gourgandine ou quoi ? Moi, j'ai choisi mon mari, je ne me suis pas vendue. Et que les gabelous viennent essayer de le prendre, ils verront !

Il retrouvait le moral.

— Jeanne, ma Jeanne...

Elle lui caressait les cheveux, serrait sa tête contre son ventre comme quand il écoutait les mouvements de ses fils, grondant encore sur son élan :

— Qu'ils y viennent, non mais...

Elle s'interrompit soudain : Magloire et Jean-Bertrand, intrigués par le bruit, se tenaient à la porte. Lâchant le père qui se prostra à nouveau, elle vint au devant d'eux.

— Mes enfants, j'ai à vous révéler un secret que nous avons gardé trop longtemps. Votre père est un gibier de potence, qui a volé le Roi et aurait dû crever aux galères. Au lieu de cela il est venu ici où il vous a conçus, vous et votre frère. Il ne s'appelle pas Glénarec mais Féral, et c'est le nom que vous porterez désormais. Si l'un d'entre vous a quelque chose à y redire, cette porte est ouverte.

Les deux garçons restaient sans voix, leurs yeux roulant du père, appuyé sur les coudes, vaincu, nuque offerte, à la mère, qui se tenait bien droite, la bouche serrée, l'œil en feu.

– J'oubliais, ajouta Jeanne. Je me suis renseignée, il y a long-temps déjà : Féral, en vieux français, cela veut dire « sauvage ».

∼

Samuel, Hervé... Deux beaux garçons ma foi, en une seule journée. J'ai failli tirer sur le premier, j'ai peut-être blessé l'autre avec mon ironie. Pourquoi est-ce que je ne peux pas être simple, et douce ? Pourquoi est-ce que cette ambiance de coups de feu, d'attaques et de débarquements m'enflamme bien plus que les pique-niques chez madame de Robillard ?

J'ai beaucoup aimé Hervé en officier zélé. Il est resté notre Hervé, qui venait étudier avec nous, mais il y a quelque chose en plus : une solidité nouvelle, et puis ces silences où on sent qu'il remue des pensées d'homme. Il a traversé le monde, il s'est enrichi.

Le petit Anglais n'est pas mal non plus. Il fallait le voir ce matin tournoyer de l'une à l'autre comme papillon au prin-temps ! Excellentes manières. Bons réflexes aussi. Il a étendu Ratsitera fort bellement.

A ce sujet, nous sommes restées curieusement muettes, peut-être pour ne pas nous avouer les intentions réelles de notre ex-fidèle cocher. Il avait envie de nous tuer, si ce n'est pis, comme dirait Mère. Car il y a pis que la mort, paraît-il, pour une jeune fille de bonne famille.

Pauvre Ratsitera. Il a dû devenir fou. Ou alors il mijotait cela depuis toujours, ce qui est une plus grande souffrance. Tout ce temps passé à faire semblant... Mais pourquoi aussi était-il avec les Anglais ? Prisonnier ? Voulait-il nous préve-nir ? Je n'y comprends rien. Il faudra que j'interroge Samuel demain matin, s'il revient.

Il reviendra, c'est sûr. J'espère simplement qu'il ne tom-bera pas nez à nez avec Hervé : ces deux nigauds seraient capables de s'entretuer.

Et alors que deviendrions-nous, trois filles abandonnées, sans nos preux chevaliers ?

VIII

GRANDE RIVIÈRE SUD-EST

A l'aube du lendemain, Nesbit Willoughby débarqua de nouveau à la tête d'une troupe plus ardente que jamais. Le lieutenant Samuel Walters n'était pas le moins enthousiaste.

Comme la veille, son chef l'assigna à une fonction de verrou au sud, tandis que lui-même retournerait vers la Pointe du Diable et la dépasserait, dans une tentative pour prendre la batterie de la Grande Rivière Sud-Est.

Le jeune lieutenant retrouva le Bois des Amourettes et ses charmantes hôtesses, déjà habillées, coiffées et maquillées. Il avait aimé le délicieux négligé de la veille, il fut ébloui par le raffinement de ce matin.

En lui offrant ses doigts à baiser, Hélène soupira :

— Vos ennemis sortent d'ici. Hervé de Glénarec, qui doit être quelque chose comme lieutenant dans la milice, a fait reculer sa troupe de cinq cents pas afin d'éviter un affrontement dans notre jardin. C'est courtois de sa part, vous ne trouvez pas ?

Visiblement, elle était ravie de la situation. Par les volets grands ouverts, elle guettait les cipayes qui s'étaient mollement postés ici et là, peu convaincus par cette guerre en dentelle où s'échangeaient tant de sourires et si peu de coups.

— Vous nous mijotez quoi, pour aujourd'hui ?

Celle-là, c'était Antoinette. Il les avait un peu confondues, hier, mais elles étaient finalement très différentes l'une de l'autre. Hélène était la tentation, Antoinette le rêve, Diane la vivacité. Trois facettes de la féminité, dont elles jouaient à plaisir. Il eut le sentiment d'être la proie, et elles les conquérantes. Le pire est qu'il trouvait ça drôle.

– Eh bien, ce matin...

Il s'arrêta net. La rêveuse Antoinette était-elle en train de lui tirer les vers du nez ? Les trois regards trop candides tournés vers lui le confirmèrent dans ses soupçons.

– Ce matin, nous allons faire mieux qu'hier.

Comme elles se taisaient, il ajouta :

– Nous sommes des envahisseurs, ne l'oubliez pas !

Il se sentit soudain très, très maladroit. Elles le dévisageaient. Il était l'ennemi. Le lieutenant d'en face, cet Hervé qu'elles semblaient bien connaître, avait de la chance. Laquelle d'entre elles était amoureuse de lui ? L'œil d'Hélène brillait quand elle en avait parlé, il avait bien vu. Mais les deux autres souriaient aussi. Est-ce que ça n'aurait pas été plus simple d'arriver en marchand, en allié ? Si les rois avaient moins d'agressivité à revendre...

– Oui, songea-t-il, mais tu serais encore à Southampton, s'il n'y avait pas eu la guerre, et tu aurais peut-être épousé Winnifred Guthrie.

Un frisson le saisit à cette pensée. Il avait au moins échappé à ça. Aussi offrit-il, comme la veille, sa révérence la plus distinguée aux trois jeunes filles :

– Pardonnez-moi, je suis obligé d'aller au combat. Je repasserai par chez vous, si j'ai la chance de n'être pas blessé...

Un peu trop mélodramatique. Elles eurent quand même un léger élan de pitié, tout de suite réprimé. Il jugea sage de s'en tenir là et sortit.

– Puis-je vous recommander de rester chez vous et de fermer vos volets ? On risque de réellement tirer, vous savez...

Il ne croyait pas si bien dire. Une heure après, Willoughby revenait : il avait été bloqué sur la route de la Grande Rivière Sud-Est par l'échalas d'hier, dont l'immense fusil lui avait aligné net trois gars dans la poussière.

– *Let's attack on the south !*

Mais ils furent durement étrillés à l'entrée de Vieux Grand Port où les attendaient les troupes de Vandermaësen et la milice. Beaucoup de balles se perdirent dans l'azur, mais une demi-douzaine de soldats, de part et d'autre, restèrent sur le carreau.

En fin de matinée, commençant à manquer de cartouches, Willoughby décrocha en bon ordre, se promettant de revenir. Samuel Walters, fort gêné, traversa le Bois des Amourettes dans l'autre sens, à la tête de ses troupes, si près de son chef qu'il n'osa même pas tourner la tête vers la maisonnette aux volets clos. Il se persuada, en guise de consolation, qu'on se réjouissait à l'intérieur de ne pas le voir blessé.

Il passa une nuit fort troublée sur une frégate qu'il n'aimait plus autant. On avait beau dire, il y avait de belles escales.

~

Comme la veille, Deschryver fit seller son cheval et s'en alla vers le théâtre des événements, par la montagne pour ne pas être vu.

Et comme la veille, son fils fonça dans la maison dès qu'il eut disparu.

Gaëtan Deschryver, enfant longtemps brimé, avait découvert avec délices qu'il n'y avait rien de plus agréable que de se faire dorloter, tripoter, et le reste, par une femme plus âgée que soi dotée d'une grosse poitrine.

~

Ainsi en fut-il pendant deux jours encore. Chaque matin, les Anglais débarquaient, à l'anse Jonchée ou à l'anse du Grand-Sable, de l'autre côté de la pointe du Diable. Les Français les empêchaient d'aller jusqu'à la Grande Rivière, au nord, et au-delà de l'entrée du Vieux Grand Port, au sud.

On se tirait un peu dessus à ces sortes de frontières, mais sans grande conviction. Les Anglais distribuaient des kilos de paperasse à leur gloire – que personne ne lisait –, ne pillaient ni ne brisaient rien dans la zone occupée, et payaient en belles et bonnes piastres les légumes et volailles qu'ils réquisitionnaient. On échangeait en ces occasions force sourires et politesses. C'était la plus belle des guerres.

Seul le général Decaen, en son Port-Louis, rageait contre Hamelin, dont les navires désarmés tardaient à appareiller. Est-ce qu'on en aurait bientôt fini avec cette poudre, ces voiles, tout ce bazar à embarquer ? Et Vandermaësen, qu'est-ce qu'il fabriquait ?

Willoughby aussi avait ses soucis. Il avait perdu deux hommes de plus. Un canonnier, fâcheusement occis par une balle perdue, et un sergent, qui avait déserté pour filer avec une donzelle. L'ennui des guerres trop indolentes est qu'on fraternise avec les populations civiles. Le capitaine avait découvert avec horreur que le lieutenant Walters, lui aussi, cultivait un tendre secret : trois filles belles comme le jour dans une cabane en planches.

Il avait été le dernier averti, évidemment. Il les avait vues : une calamité, la plaie du soldat. Tous les cipayes de Walters étaient en adoration et le lieutenant lui-même, cette grande nouille, avait des roseurs d'adolescent.

Du coup, le chef fit redoubler les manœuvres, marches et contre-marches. On ne traversa plus le Bois des Amourettes qu'au pas redoublé. Ah, mais !

∼

Qu'est-ce que c'est que cette pagaille ? On se croirait au bal du gouverneur, en train de danser le quadrille ! Et un pas en avant, et deux pas en arrière... Vandermaësen est d'une mollesse exemplaire. On ne tire pas, pour ne pas blesser les populations civiles. On ne charge pas à la baïonnette, pour ne pas risquer d'éventrer un civil. On n'utilise pas nos deux canons de campagne, même pour tirer sur les canots de Goddams, de peur de représailles sur les civils... Mais on ne peut pas les évacuer, les civils, et rentrer dans le tas ?

Commencent à me fatiguer, les populations en question. Et même les trois du Breuil : le réveil avec les Anglais et le thé avec les Français, au bout de trois jours, cela fait rengaine ! D'ailleurs, elles ne savent plus que dire. Elles ont bien essayé de m'asticoter en me vantant les charmes de ce lieutenant d'en face, d'une urbanité exquise paraît-il. Je n'ai pas réagi : je suis déjà allé assez loin dans les mondanités. Je ne m'arrête plus quand nous traversons le bois des Amourettes sur les talons de l'ennemi, ou l'ennemi sur les nôtres. Elles m'agacent.

Comme si ce n'était pas assez, Magloire est venu m'apporter la bonne nouvelle. Papa galérien, c'est d'un drôle ! Il paraît que Jean-Bertrand tire un nez long d'une aune. Voici toute sa noblesse fichue par terre ! Je ne dirai pas que j'en ris : il y a des surprises plus gaies. Père aurait pu, par exemple, être un prince du sang déguisé, je ne sais...

Est-ce que ce n'est pas pour cela, aussi, que je défile aussi vite devant le pavillon du Breuil ? La rivière qui nous sépare n'a jamais été aussi large.

∼

D'un ressaut de rochers, au flanc de la montagne Bambou, Ratsitera observait les manœuvres, attendant il ne savait trop quoi. Son maître devait tout savoir, on allait le chercher. Il n'y avait d'autre solution que de rester marron ou de voler une barque.

Sot qu'il était ! Il aurait dû garder le canot et filer droit sur Madagascar ! Et s'il avait péri, il serait mort en guerrier. Personne dans son clan, ni son père, ni le père de son père, n'avait jamais été lâche. Il ne serait pas le premier.

IX

ALERTE

Les meilleures plaisanteries ont une fin : le 20 août à dix heures du matin, Willoughby se livrait à ses facéties habituelles, et Walters, ayant pu échapper à la surveillance du chef, faisait salon chez les filles du Breuil, quand le canon d'alerte tonna à l'île de la Passe.

Cinq voiles étaient en vue, approchant rapidement.

La division Duperré était de retour.

IV

LE TEMPS DE L'ORAGE

I

LA DIVISION DUPERRÉ

La division Duperré – frégates la *Bellone*, capitaine Duperré, et la *Minerve*, capitaine Bouvet, corvette le *Victor*, capitaine Morice – avait fait bonne chasse dans le canal de Mozambique.

Le 3 juillet, elle avait surpris trois Indiamen britanniques, armés chacun de vingt-six canons et bondés de soldats, qui montaient en renfort pour les Indes. Si Morice ne s'était montré si pusillanime, on aurait pris les trois. Le *Windham* et le *Ceylon*, tout de même, avaient baissé pavillon, c'était déjà fort bien. Les soldats et l'équipage désarmés, une cinquantaine de matelots avaient été affectés à chaque trois-mâts – et vogue vers Anjouan, aux Comores, où on avait réparé les avaries et débarqué les prisonniers, puis de là vers l'île de France.

Duperré était soucieux : on lui avait dit, à Anjouan, que la croisière anglaise s'était renforcée autour des Mascareignes. Il n'avait guère envie de se frotter à une flotte : il n'est pas aisé de manœuvrer avec deux marchands, lents et lourds, et des équipages diminués. En outre, il ne restait plus guère de munitions.

Aussi le commandant fut-il tout content d'apercevoir, dans sa longue-vue, l'île de France vierge de toute voile étrangère.

– Inutile de prendre le risque d'aller au nord, où sont sans doute les Anglais. Entrons directement au Grand-Port, ce sera bien plus sûr...

~

Willoughby lut les signaux à la longue-vue.

– *To my boat ! Quick !*

Les quatre meilleurs rameurs le rejoignirent au galop et, l'instant d'après, le beau canot en teck filait sur l'eau dans une course désespérée contre le temps.

Le beau Samuel baisa une dernière fois avec nostalgie les doigts qu'on lui offrait.

– *Here we are...* Cinq bateaux nous arrivent dessus. L'heure de vérité, Mesdemoiselles. Si je meurs, sachez que je n'ai pas haï cette île, ni vous.

Elles lui firent des dénégations émues. Il n'allait pas mourir, il était bien trop jeune ! Walters sortit en apothéose.

S'il avait été français, il aurait pu, sans craindre d'être rabroué, solliciter des embrassades. Mais un Anglais ne pense pas à ces choses-là : un baise-main est suffisamment intime. Il repartit néanmoins avec du baume au cœur : pendant cinq bonnes minutes, il s'était senti aimé.

Nesbit Willoughby avait des idées moins roses à ruminer. Les deux heures qu'il lui fallut pour rentrer à bord lui laissèrent tout le temps de peser son imprudence. La *Néréide* n'avait que la moitié de ses hommes, on avait débarqué sur l'île de la Passe des fantassins, plus habiles au fusil qu'au canon, et, fier d'évoluer comme chez soi sur son bout de littoral, il avait renvoyé l'avant-veille le petit *Staunch* comme s'il était de trop. Il s'était mis dans une belle purée.

Les pavillons se succédaient au grand mât de la frégate. Cinq voiles confirmées. Ne semblent pas amies. Bateaux français. Deux frégates, un schooner, deux marchands armés.

– *That makes about 150 guns...*

Avec les trente-six canons de la *Néréide* et les grosses pièces de l'île de la Passe, on pouvait quand même garder espoir. En tout cas, il n'était pas question de laisser cette flotte rebrousser vers le nord. Si elle tombait sur Pym, les frégates du Port-Louis fonceraient à la rescousse : ce serait un massacre.

Il n'y avait pas le choix. Il fallait impérativement piéger les Français au Grand-Port.

~

Elles ont accouru toutes les trois, surexcitées, à notre rencontre.

– Les Anglais sont partis !

Ça, je l'avais bien vu. C'était pour cette raison d'ailleurs que j'ordonnais à mes hommes d'avancer, histoire de reprendre possession du terrain. Mais la raison annoncée nous fit bondir de joie. Cinq bateaux !

– Sauvés ! On va les voir courir, les Goddams !

Ce renfort allait nous consoler de sept jours d'humiliations répétées. Cassard, qui avait abandonné femme et futur enfant pour jouer à la guerre, jeta son chapeau au ciel :

– Ah, si j'avais ma *Junon !*

Bonaventure, venu, comme il disait, prendre la température du front, c'est-à-dire nous abreuver de ses sarcasmes, lui répondit du tac au tac :

– Mais il y a ma barcasse…

Il ne croyait pas si bien dire.

~

Maintenant, le sang va couler. Je le sais. J'ai bien vu le regard de ce lieutenant anglais. On ne pouvait pas espérer, non plus, que tout allait continuer comme ça. Des centaines de milliers d'hommes s'étripent en Europe, il n'y a pas de raison pour que nous soyons épargnés, pour l'unique raison que nous sommes sur une île loin de tout, et que nous préférons la vie douce aux empoignades de sauvages. S'il n'y avait que des Hervé et des Samuel, passe encore, on pourrait les réconcilier. Mais comment faire entendre raison à Napoléon, à Decaen, ou même à

cette espèce de malade mental du nom de Willoughby ? Cette
catégorie-là veut des territoires, des monuments, des médailles.
Et comme tout cela s'achète avec des vies...

J'ai peur, à nouveau, et bien plus que quand Hervé s'est
embarqué avec Cassard. La guerre, alors, paraissait irréelle,
et cette croisière sur la *Junon*, aussi inquiétante fût-elle,
n'était qu'une fantaisie de garçon, une de ces épreuves
qu'aiment se donner les hommes. Je craignais de le voir rentrer amaigri, malade, j'ai craint qu'il ne se noie. Mais jamais
je ne l'ai imaginé traversé d'une balle. Maintenant, si.

Sans doute est-ce parce que quelques pauvres diables ont
été touchés dans les fusillades des derniers jours. Je les ai vus
passer, on les soignait près de chez nous. J'ai même donné à
boire aux blessés. Ce n'est pas beau, vu de près, une blessure
de guerre.

Je n'ose pas penser à Hervé mutilé ainsi, avec une grande
ouverture de chair et l'os au fond tout blanc, perdant du sang
à grosses giclées, pâle, l'œil à l'envers.

Je n'aimerais pas non plus voir le lieutenant Walters dans
cet état mais c'est Hervé, surtout, que je veux garder vivant.
Hervé ! L'autre, je le laisse à mes sœurs. Qu'elles l'accommo-
dent à leur sauce, si elles veulent, ce volatile anglais. Mais
Hervé ! Mon Hervé !

Et il va y aller, je le sens. Depuis que la vérité sur son père a
été fanée dans toute l'île – une faute vieille de presque trente
ans, pensez si c'est important ! – il s'est fait plus lointain. Peut-
être pense-t-il que nous lui en tenons rigueur ? Ou se sent-il
obligé de racheter cela par une action d'éclat ? L'histoire se
répète stupidement : il s'était engagé par dépit, le voici qui
regarde à nouveau vers la mer par blessure d'amour-propre.
Mais l'orgueil tue, Hervé !

Il me tuera aussi : j'aurais dû crier ça et j'ai tout caché de
mes sentiments. Je suis restée comme une nigaude à fixer la
baie jusqu'à ce que tout le monde s'en soit allé. Trop fière,
Mademoiselle ! Vous finirez vieille fille...

Mais on ne supplie pas un homme, non plus !

II

LE GOULET

A midi, Willoughby était à son bord. Luttant contre le vent, les autres canots étaient loin derrière, même pas à mi-chemin. Il faudrait donc agir avec ce qu'on avait, c'est-à-dire pas grand-chose.

Un capitaine ordinaire aurait eu plus de ressource. Mais Willoughby, dans son acharnement à débarquer partout, avait transformé son équipage en une sorte d'unité amphibie, forte au mousquet mais mauvaise manœuvrière et trop peu entraînée au canon. Or, il fallait douze hommes par grosse pièce pour enchaîner les complexes manipulations de la visée, du tir, du nettoyage du fût et de son rechargement. Tirer un premier coup pouvait à la limite être confié à des non-spécialistes, mais fourrer une gargousse de poudre dans une pièce encore chaude était un exercice hautement périlleux pour des apprentis.

Il était trop tard pour y changer quoi que ce fût : la flotte ennemie approchait, la corvette en pointe, les frégates sur deux lignes, suivies des deux marchands.

Alors Nesbit Willoughby commit un acte qu'on lui reprocha jusqu'à la fin de ses jours : il hissa le pavillon français.

C'était peut-être la seule chose à faire, de toute façon guère plus ignoble qu'une attaque de nuit sur une baie isolée. Et puis il n'était pas rare en mer pour tromper l'ennemi qu'on arbore ses couleurs. Il suffisait de révéler sa vraie identité avant de tirer pour que l'honneur fût sauf.

Le commandant Duperré vit donc, dans sa longue-vue, le

drapeau national, suivi d'une série de flammes qui, dans le code en vigueur, signalaient la présence de la flotte anglaise au large du Coin-de-Mire, de l'autre côté de l'île : le cahier saisi sur l'île de la Passe était à contribution.

— Les Anglais dans le nord ? Parfait ! Profitons-en pour nous réfugier ici. Mais quel est ce bateau ?

Les mâts de la *Néréide* dépassaient derrière l'îlot.

— Cela doit être la *Sémillante*, commandant : une frégate armée en corsaire. On l'attendait quand nous sommes partis.

— Belle unité, semble-t-il... Allons-y !

Le *Victor*, qui ouvrait la file, entrait dans le goulet quand un drapeau remplaça l'autre, donnant le signal du bal.

— Un piège !

Il était trop tard pour faire demi-tour : de chaque côté de la corvette, le récif éblouissant d'écume était un danger encore plus mortel que des canons de trente-six.

— A la grâce de Dieu...

— *Fire !*

Les canonniers de l'île, néophytes impatients, impressionnés aussi par tous ces bateaux qui arrivaient sur eux, tirèrent sans bien viser. Cela fit beaucoup de bruit et peu de mal, les gros boulets mal ajustés trouant un peu de voile ou plongeant dans la mer. De saisissement, quand même, Morice se rangea vers le bord.

— *Catch this one !* hurla Willoughby.

Un canot de prise fonça vers le *Victor*.

Mais la *Minerve* était déjà là et son commandant, Pierre Bouvet, était du genre hargneux. C'est lui qui avait accompli le meilleur du travail, dans le canal de Mozambique.

— Chargez à mitraille ! Vite !

La bordée que lui réservait la *Néréide* lui faucha d'un coup vingt-cinq matelots, mais il lui envoya en réponse cent kilos de ferraille, à portée de pistolet, qui lui mâchèrent tout un côté de coque. Et il passa, sans baisser pavillon, le *Ceylan* dans son sillage.

Duperré, à ce spectacle, aurait bien viré de bord : qui sait si toute l'île n'était pas aux mains des Anglais ? Et une fois qu'on serait dans le Grand-Port, comment faire pour en sortir, en cas de brise contraire ? Mais une frégate ne se pilote pas comme un canot. On était trop engagé, vent dans le dos, il fallait continuer.

– La barre droit, et vive l'Empereur !

La *Bellone* répéta la manœuvre de Bouvet, avec cette différence que Duperré avait eu le temps de mettre triple charge à tous ses canons, qui firent à la *Néréide* jolie conversation. Le *Victor*, profitant de la confusion, remonta son pavillon, s'arracha à la chaloupe anglaise et se faufila derrière la frégate.

Par un étrange coup du sort, il n'y eut pas de second tir de l'île de la Passe : en amenant le drapeau français, un maladroit y avait mis le feu, qui s'était transmis à une caisse de gargousses. L'explosion avait occis quinze hommes et renversé cinq canons. Le temps qu'on se remît de l'émotion, les Français étaient passés.

Seul le *Windham*, dernier de la bande, tourna bride. Malheureuse initiative : que faire tout seul en mer avec vingt pauvres canons et un petit équipage ? L'Indiaman s'éloigna lentement vers le nord, cherchant un havre qui ne fût pas à l'ennemi.

Le lieutenant Walters, de son embarcation, avait assisté au désastre. La *Néréide* avait encaissé de fameux coups et restait à son mouillage comme un boxeur groggy tandis que les quatre Français presque intacts avançaient à mi-voile, prenant le temps d'enlever toutes les bouées qui signalaient les hauts-fonds. Pour être précis, ils avançaient droit sur lui.

– *We are lost...*

Mais les ennemis défilèrent à portée de pistolet, sans même accorder un regard aux chaloupes. Samuel Walters se serait vexé d'un tel mépris s'il ne lui était resté une chance de se rattraper.

Ah, si Pym arrivait avec ses trois frégates, on serait à égalité, et alors !

~

J'eus l'honneur d'être le premier à prendre contact avec les nôtres, en l'occurrence la frégate la *Bellone*, vaisseau-amiral de monsieur Duperré : Bonaventure, chose promise, avait mis sa barque à l'eau.

Pour être honnête, il y avait aussi Magloire et Cassard, enragés pour être de la fête.

Le commandant Duperré, solide quadragénaire carré et frisottant, nous fit grand accueil. Il était bien soulagé, je crois, de voir que l'île était encore à nous. Mais il s'assombrit quand nous lui racontâmes la perte de Bonaparte, la prise de la Passe et les descentes quotidiennes de la *Néréide*.

— Se laisser surprendre ainsi ! Si je tenais ce sot...

Le sot devait être pour l'heure en train de croupir dans sa propre geôle, et il y avait mieux à faire que gémir sur les pots cassés.

— Monsieur... Bonaventure ? Vous connaissez bien les fonds ?

— Et comment ! Je peux vous énumérer par cœur toutes les patates de corail entre les Quatre-Cocos et la pointe d'Esny !

Comme il ne s'agissait pas d'ancrer aux Quatre-Cocos, notre ami ne fut pas pris en flagrant délit de mensonge : devant Mahébourg, il connaissait, pour sûr, et dirigea promptement les bateaux sur quatre mouillages où ils s'embossèrent en ligne, chacun couvrant l'autre, et suffisamment près du bord pour que la batterie de Lafargue pût aussi participer à leur défense.

— Eh bien, ils peuvent venir, maintenant, soupira Duperré quand tout fut fini.

Il avait fait placer des canons supplémentaires du côté du large, débarquer ses blessés et les prisonniers, et compléter ses effectifs par des troupiers de Vandermaësen.

On voyait quand même qu'il était gêné. Cassard, de collègue à collègue, l'interpella sans façon :

– Allez, je sais ce qui vous embarrasse. Ça vous peine, hein, de devoir attendre ici, ligoté comme un ponton, alors qu'on pourrait avoir toute la mer à soi ?

Duperré hocha la tête.

– C'est à peu près ça. Vous êtes un esprit fin, Cassard. Dommage que nous n'ayons plus la *Junon* : avec un homme comme vous, j'aurais été plus tranquille.

Notre corsaire rougit comme un grognard à qui on tire l'oreille.

Sans doute est-ce pour cela que nous restâmes, alors que nos familles éplorées nous attendaient à terre.

A vrai dire, aucun de nous quatre n'avait envie de s'en aller : c'était si bon de retrouver un pont qui fleurait la poudre brûlée...

∼

Aux Bois des Amourettes, trois jeunes filles regardaient la baie sans rien dire. Un quart de lieue en amont, sur les pentes de la montagne Bambou, un Noir fugitif regardait aussi. Plus haut, c'était un Blanc, sur son beau cheval. Et à Bel-Air comme à Riche-en-Eau, on avait sorti les longues-vues de leurs étuis en cuir.

Tout le Sud retenait son souffle.

III

SILENCE

Deux jours que tout le monde attend. Les yeux sont usés à force de fixer la baie et le large. Des cohortes de curieux nous arrivent des plaines et du Port-Louis, pour le spectacle. Il y avait moins de monde, quand les Anglais étaient à terre !

La *Néréide* est toujours à sa place, devant l'île de la Passe. Le petit lieutenant de mes sœurs doit être intact : les nôtres sont passés à une longueur d'aviron des chaloupes anglaises, sans les toucher. Devait être moins faraud que quand il nous contait fleurette !

Évidemment, Hervé est à bord d'une frégate. Pouvait pas faire autrement ! Nous sommes rentrées à Riche-en-Eau, puisqu'il s'est avéré que le Bois des Amourettes n'était pas le meilleur refuge, et que surtout il ne s'y passe plus rien. Mère nous a fatigué la tête avec cette histoire du père Glénarec. Comme si cela pouvait avoir quelque importance, alors que le sort de l'île – et de nous tous – se joue sous nos yeux. A moins qu'elle ne bavarde autant que pour nous changer les idées : je la vois bien guetter la mer, comme tout le monde...

A propos d'Antoine Glénarec, ou plutôt Féral, il a maintenu contre vents et marées son petit détachement de colons volontaires et se porte chaque jour à la côte avec eux, indifférent à la curiosité.

Je suis allée rendre visite à son épouse, en plein jour, exprès. Trop de gens ont tourné casaque dans cette affaire. A ma grande surprise, je l'ai trouvée sereine, même souriante. Elle m'a offert le café, délicieux comme à l'accoutumée, et nous avons longuement bavardé. Ses seuls soucis sont, à l'entendre, le sort de ses garçons embarqués dans cette nouvelle aventure, et celui d'un Noir à eux, Balthazar, disparu le jour où les Anglais sont venus.

— Je crains qu'il n'ait été tué, comme peut-être votre cocher malgache.

Même à elle, je n'ai pas osé dire ce qu'il en était de Ratsitera. La seule ébauche de son geste m'a souillée.

Pas un mot sur son mari : un aveu, elle est touchée quand même. Je l'ai embrassée bien fort en partant. Elle m'a dit, en détachant les mots :

— Je dirai à monsieur Féral que vous êtes venue. Cela lui fera plaisir.

J'ai vu Jean-Bertrand au détour du chemin. Il est passé en tordant le nez, très attentif d'un coup à ses champs de canne. Carrément honteux, lui.

Je me demande ce que pense Hervé.

~

Ce jour encore, Deschryver était venu à son poste de guet, de plus en plus nerveux à mesure que le temps passait. Il avait peut-être trop misé sur les Anglais. Et surtout il n'aurait pas dû leur passer ces renseignements écrits de sa main : si Decaen tombait là-dessus, il était fichu de le faire fusiller, ce cuistre ! Un général est incapable de comprendre qu'il y a des stratégies plus subtiles que le tir au canon.

Que les Anglais perdent n'était pas grave. Il s'enrichirait sans eux, contre eux s'il le fallait. Mais pourvu que la *Néréide* coule bas, et son secret avec elle...

~

Cela recommence comme sur la *Junon*, sauf qu'ici personne ne dort à l'ombre : l'équipe de quart a toujours une tâche ou l'autre, même à l'ancre. Et ça brique les ponts, et ça astique les canons, et ça remplace avec des gestes d'ébéniste les bouts de bordé éclatés par l'ennemi. Même nous, recrues spéciales, avons nos corvées : Magloire et moi entraînons deux douzaines de fusiliers à faire des trous dans des cocos qu'on jette à la mer, Bonaventure aide à dresser une carte précise des fonds. Seul Cassard, auréolé de son ancien grade, a ses quartiers au château arrière où il fatigue Duperré par le récit de ses exploits. J'en connais un qui se réjouira au son du canon...

On doit nous regarder, de la terre. Cela fait tout drôle. C'est à la fois exaltant de faire le brave sous les yeux des filles, et terrible de savoir que ma mère va trembler.

Ils seront au spectacle quand le spectacle voudra bien commencer.

Pour l'heure, les acteurs s'impatientent.

~

Coup sur coup, Pym, en face de l'île d'Ambre, avait capturé le *Windham* qui errait comme une âme en peine, et été rattrapé par une chaloupe de la *Néréide*. Il savait donc le pire.

Si on agissait vite, pourtant, tout n'était pas perdu. Les Français n'avaient après tout que deux frégates, plus un marchand et une corvette faiblement armés, contre quatre frégates anglaises. A condition bien sûr qu'on puisse en finir avant que Hamelin sorte du Port-Louis.

– *Go to Bourbon. Inform Rowley...*

Le *Windham* s'éloigna à toutes voiles. Si le commodore arrivait en renfort avec la *Boadicea*, on pouvait s'offrir la plus belle victoire maritime de toutes les Indes !

Cap au sud, le *Sirius*, l'*Iphigenia* et la *Magicienne*, cent vingt canons à elles trois, se hâtèrent vers le Grand-Port.

IV

FRACAS

Le 22 août, en fin de matinée, le *Sirius*, arrivé en tête, se présenta à la passe. La *Néréide*, sans doute pour estomper ses erreurs passées, lui signala par pavillons :

« Prêt à l'action. Ennemi en force inférieure. »

Du coup Pym, vraiment pressé, fonça dans la baie. Fort heureusement pour lui, son bateau s'échoua sur un haut-fond. Le capitaine anglais eut tout son après-midi pour observer à loisir en quoi consistait la « force inférieure » : une belle ligne de quatre bateaux embossés, qu'on ne délogerait sans doute pas si facilement.

La nuit passa ainsi, tout le monde en alerte de part et d'autre, le *Sirius* bloqué sur son caillou, la *Néréide* derrière son île, penaude. Le littoral de Mahébourg au Vieux Grand Port était constellé de feux : les curieux étaient plus nombreux que jamais.

A l'aube suivante, l'*Iphigenia* et la *Magicienne*, qui avaient attendu au large, entrèrent à leur tour. Avec l'aide de leurs chaloupes, on dégagea le *Sirius*, ce qui prit jusqu'au début de l'après-midi.

Pym aurait pu attendre le lendemain pour lancer une attaque. Mais il n'était guère moins agité qu'un Willoughby des grands jours. Il lui semblait tenir une victoire. L'immobilité des Français, piégés au fond de la baie, le confortait dans cette opinion. Aussi signala-t-il à la *Néréide* d'ouvrir la voie puisqu'elle avait un pilote.

C'était aussi une manière d'inviter le responsable du gâchis à sauver son honneur.

La frégate quitta donc son mouillage et avança lentement sous quelques voiles basses. A l'avant, un Noir apeuré signalait les hauts-fonds : Balthazar savait bien que plus on approchait, plus il risquait d'être reconnu. La victoire des Anglais, en outre, ne lui semblait plus aussi certaine. Et par-dessus le marché, ces gens-là ne le traitaient pas mieux que n'importe quel Blanc : il ne comprenait pas ce que voulait dire *nigger* dans la bouche des matelots, mais il savait lire un regard.

∼

Un grand soupir parcourut le rivage quand les frégates anglaises se mirent à la file. Lafargue, comme si elles étaient déjà là, fit bourrer ses canons. Les gens se bousculaient. On eût dit qu'ils allaient entrer dans la mer. Dans cette presse, les soldats et miliciens avaient bien du mal à se frayer un chemin.

– Écartez-vous donc ! cria Antoine Féral, qui se portait vers Vieux Grand Port avec une pièce de campagne.

Il se heurta soudain à un Blanc, lequel se retourna avec une lenteur calculée.

– Poussez-vous, nous allons vous salir.

Deschryver le toisa des pieds à la tête, sans bouger. Les badauds se pressaient, attendant l'incident.

Féral fit signe à ses hommes :

– Allons, avançons ! Et tant pis pour les pieds écrasés !

– Je ne me retire pas devant un gibier de galère ! clama Deschryver à la cantonade.

– Mais si ! dit Féral.

Et, d'un coup d'épaule, il bouscula hors du chemin le colon qui serait tombé si des mains secourables ne l'avaient retenu.

– Laissez passer la milice !

La foule s'ouvrit.

– Je vous ferai pendre ! éructa Deschryver.

Antoine Féral se retourna.

– Pour avoir donné une bourrade à un fainéant ? Gardez votre belle énergie, Monsieur, pour défendre votre île. A moins que vous n'attendiez, comme d'autres, de voir qui sera vainqueur ?

C'était si évident que bien des yeux se baissèrent devant les siens. Sauf ceux de Deschryver.

– Vous m'avez insulté, sale...

– Un mot de plus, Monsieur, et je vous calotte. Mais je suis à votre disposition, quand ceci sera fini, pour vider cette querelle. A l'épée ou au pistolet...

Il laissa passer un temps.

– ... Mais pas au compte falsifié, si vous le voulez bien : même un faux-saunier comme moi n'y serait pas de votre force !

Il eut la satisfaction d'entendre quelques rires. Bien discrets cependant : peu osaient offenser le grand monsieur de Moka.

« On verra ça plus tard », se dit Antoine.

Et il s'attela à la pièce avec les autres pour lui faire franchir une mauvaise fondrière.

~

Cinq heures moins un quart.

Tout s'accélère soudain. Les frégates anglaises semblent aller plus vite à mesure qu'elles approchent. La *Néréide*, déjà, est à bonne portée, mais Duperré a donné l'ordre d'attendre. Nous sommes tous quatre ancrés non loin de l'île aux Singes, presque en droite ligne entre Vieux Grand Port et la pointe d'Esny, mais le vent qui a fraîchi fatigue les aussières. Cela croche mal sur ce fond de sable. Pourvu que nous ne soyons pas mis au sec.

Le *Sirius*, qui suivait de près la *Néréide*, talonne soudain. Nous voyons ses mâts brutalement secoués à tel point qu'on les pense cassés. La *Magicienne* et l'*Iphigenia* se détournent d'un coup mais voici que la *Magicienne*, à son tour, donne sur un sec. Ne restent à évoluer que l'*Iphigenia*, qui se dirige vers la *Minerve*, et la *Néréide*, qui nous vient droit dessus.

Il est cinq heures un quart. La fête commence.

~

Jamais je n'aurais cru, jamais je n'aurais cru...

Et dire que j'ai ri quand nos deux beaux soldats venaient parader au Bois des Amourettes. Dire que j'ai ri, sans savoir cette horreur...

Il n'est plus besoin de télescope, maintenant, pour voir l'affreux spectacle. Dans la lumière grise du soir, la flamme des canons trace des flèches orange. On n'entend le fracas qu'après avoir vu jaillir dans les airs des éclats de bois et ce qui semble bien être des morceaux d'homme. Le vent nous apporte aussi par bouffées le hurlement des marins déchirés.

La foule se disperse. Pas si beau, hein, le spectacle ? Mes sœurs sont rentrées en courant, sanglotantes, se bouchant les oreilles. Moi, je reste : Hervé est là-dedans.

~

Six heures et demie seulement.

J'ai peine à croire que nous nous battons depuis si peu de temps. La *Néréide* est stoppée à moins de deux cents mètres de nous, autant dire que nous nous bombardons à bout portant. Le *Victor* joint son feu au nôtre mais a encaissé quelques mauvais boulets qui ont muselé plusieurs de ses canons.

La mitraille hache tout. J'ai bien du mal à faire aligner leurs fusils à mes hommes. Les billes de fonte crépitent sur le bordé, sur les mâts, contre les canons. Plusieurs de mes gars ont été atteints au visage. Sales blessures. Je ne vois plus Magloire. Il est en bas, sans doute, à faire comme moi. J'espère qu'il est en bas.

Peut-on se consoler en pensant que c'est pis en face ? Chacune de nos bordées fait mouche sur la *Néréide*. J'ai l'impression de voir du sang couler par ses dalots. Mais peut-être n'est-ce qu'une illusion, dans la lueur des salves ?

~

Cela tire et cela tire encore. Où trouvent-ils toute cette poudre, tous ces boulets, tous ces gens à faire massacrer ?

Les frégates anglaises sont en panne, à différentes distances des nôtres. C'est une bataille de navires paralysés, où le premier qui sera vidé de tout son sang perdra, je suppose.

Dire que la *Bellone*, où est Hervé, se trouve au premier rang... Je la vois en silhouette, dans la nuit tombante, à chaque rafale de la *Néréide*. Du bois vole, des voiles pendent, mais le bateau riposte sans cesse. Dieu que ça a la vie dure, une frégate...

~

Huit heures.

La *Néréide* ne répond plus que par quelques pièces, et de manière sporadique. Nous mêmes avons reçu bien des coups. Je ne compte plus les corps allongés sur le pont.

Pis, les boulets et la mitraille ont coupé nos câbles. L'un après l'autre, les quatre bateaux de la division Duperré ont dérivé dans le vent jusqu'à donner sur le récif. Nous voici bel et bien plantés, maintenant. Encore un peu et ce combat sera un duel d'épaves.

Notre course nous a fait défiler à moins d'une encablure de la *Néréide*, que nous avons bien poivrée au passage. Elle nous a rendu la pareille mais plus mollement. La maudite en tient et paie cher ses insolences.

Je me demande si le beau lieutenant des filles du Breuil en tient aussi...

~

Cela ne s'arrêtera donc jamais ?

Le fracas roule sur la baie comme du tonnerre, avec de

grands éclairs qui illuminent tout un pan de mer. Le tir des fusils et des mousquets n'a pas cessé non plus. Je me demande ce qu'ils peuvent viser dans ce noir.

On devine des lueurs d'incendies, parfois, sur un bateau ou l'autre. Un homme que je ne vois pas, assis à quelques pas, annonce à haute voix quand tel ou tel navire s'éclaire :

– La *Minerve* ! Elle en a. Un Anglais ! Bordée de douze. La *Bellone* ! Bordée de dix-huit !

Pour un peu, il applaudirait.

Je me suis éloignée. J'ai besoin d'être seule.

~

Il y a belle lurette que je ne sais plus l'heure, que je ne compte plus les coups. La *Néréide* est toujours là, en face, grosse ombre noire éclairée de temps en temps. Ne voyant plus l'impact de nos boulets, je me demande si elle n'est pas invulnérable, finalement, si ce n'est pas une frégate en fer.

Elle ne répond quasiment plus mais la dérive générale fait que nous sommes presque seuls, maintenant, à être exposés au tir ennemi. Les trois autres frégates anglaises concentrent tout sur nous. Bouvet nous envoie des hommes et des munitions depuis la Minerve, mais nous partagerions volontiers les boulets anglais ! Il faut qu'un bateau soit solide pour être autant martelé sans se disloquer jusqu'à la quille.

Fumée, fracas, reflet jaune d'une bordée, long silence que déchirent les mousquets, grand cognement sous nous qui nous résonne dans le ventre, grêle de balles dans ce qui reste des voiles... Tout cela a fini par devenir irréel, un étrange spectacle dont nous n'avons plus le sentiment d'être les acteurs. Nous devenons sourds, insensibles. Un de mes hommes s'est dressé tout à l'heure, abruti par le canon, les cris, je ne sais. Il a marché un moment sur le pont comme un paisible promeneur du soir, puis une balle l'a touché. Il a quand même pris le temps de s'allonger tranquillement comme s'il allait dormir. Je ne sais pas s'il est mort.

Monsieur Duperré a été jeté au bas de la passerelle il y a moins d'un quart d'heure par un boulet anglais. On l'a porté inconscient en bas. Le commandant Bouvet est venu le remplacer. Quel gaillard ! Carré d'épaule et de mâchoire, un lion. Il est partout à la fois, encourageant tout le monde. On ne le voit pas mais on l'entend brailler, entre deux coups de canon. Il...

Aïe ! Un coup sur la tête.

Ma main est toute poisseuse. Touché.

Le tintamarre reflue.

C'est cela, mourir ?

Le feu sur la *Néréide* se poursuivit jusqu'à deux heures du matin. Huit heures de bombardement à bout portant. La fière frégate n'était plus qu'un ponton fumant où s'entassaient les morts et les blessés.

Vers huit heures du soir, pourtant, Willoughby avait décidé de se rendre. Le tir français était trop intense pour qu'il pût faire dégager son bateau par des chaloupes, puisque lui aussi avait glissé contre le récif. Il n'était pas possible non plus de s'en aller en mettant le feu à la frégate, en espérant qu'elle ferait sauter cette maudite *Bellone* : il restait trop peu de canots pour évacuer l'équipage. La seule solution était de se rendre.

Hélas, un petit détail s'y opposait : le capitaine, dans son orgueil, avait fait hisser et clouer le drapeau anglais à ses trois mâts. Maintenant que les événements lui avaient un peu rabattu le caquet, il ne pouvait plus revenir en arrière : tous les gabiers envoyés dans la mâture pour déclouer les pavillons retombèrent morts dès les premiers mètres. Willoughby lui-même fut atteint au visage d'un éclat qui lui ôta un œil. Le feu français ne cessa que parce que la *Néréide* était muette.

Ne monta plus de ce coin de la mer qu'un immense gémissement. La lueur de la bataille, qui se poursuivait par intermittences entre les autres navires, montrait des débris flottants, des canots renversés, des hommes aussi, jetés à l'eau par une déflagration ou cherchant à s'enfuir, qui se débattaient et coulaient.

Et les canons tiraient toujours.

∾

Au Vieux Grand Port, la pièce de campagne faisait vaillamment son ouvrage, plaçant un coup après l'autre sur la *Magicienne*, facile à toucher maintenant qu'on avait trouvé la bonne hausse, puisqu'elle ne bougeait pas.

Le général Vandermaësen en personne vint féliciter le chef de poste et fut tout surpris de trouver, en guise d'artilleurs, de simples citoyens.

— Permettez que je vous serre la main, Monsieur...

— Féral, général. Antoine Féral.

Le général eut une petite hésitation, puis saisit très fort la main qu'on n'osait lui tendre.

— Ah, c'est vous ! Vous confirmez le dicton qui dit que ce sont les anciens voleurs qui font les meilleurs gendarmes ! Ce n'est pas monsieur le ministre de la police qui me démentira. Content de vous avoir connu, Monsieur, et comptez sur moi pour rendre compte de vos exploits en haut lieu !

Le général était sincère : tous les petits coups d'éclat notés ici et là faisaient comme un rideau de fumée sur sa propre incertitude face aux débarquements de la *Néréide*. Et maintenant que la *Néréide* était morte...

∾

Un autre personnage, sur la plage, se réjouissait du silence de la frégate anglaise : Deschryver espérait bien qu'elle finirait, en plus, par sauter. Car ce n'était pas cette fois-ci, il le voyait bien, qu'on passerait aux Anglais. Ces idiots avaient trop mal emmanché leur affaire.

« Tant pis pour eux ! En attendant, il faut que je fasse armer d'urgence un ou deux transports, avec du sucre et du café : le blocus sera sans doute relâché pour un temps... »

Il remonta à cheval et s'en alla sans un regard en arrière vers Moka. Le temps pressait.

∼

Tués par l'émotion et la fatigue, les du Breuil et les Féral dormaient. Le tonnerre sur la baie était le bruit de fond de leurs cauchemars. Seul un brutal silence aurait pu les éveiller. Mais il y avait encore sept bateaux vivants sur la baie, et aucun d'eux n'avait l'intention de se taire.

VI

ÉPILOGUE

24 août.

La première lueur blafarde à l'est découvrit la *Néréide*, affreusement mutilée, fumante, ses trois mâts brisés, ses canons renversés, des corps allongés partout sur le pont gluant de sang. Le vent la penchait sur le récif, déjà épave. Son artimon cisaillé pendait le long de son bord, portant le dernier drapeau toujours cloué. Un dernier boulet de la *Bellone* le transforma en charpie.

La mer, jaune, rousse, opaque, charriait d'étranges débris. Entre les éclats de bois, les morceaux de vergues, oscillaient mollement des paquets de chiffon qui étaient des torses, des jambes, des corps entiers dont n'émergaient que les reins. Une odeur douceâtre montait de cette fange, couvrant par moments celle de la poudre noire.

Mais ce n'était pas encore fini.

Le feu reprit avec le jour, inégal maintenant.

Le *Sirius*, toujours planté sur son écueil, était trop loin du champ de bataille pour être vraiment efficace. L'*Iphigenia*, bien malencontreusement échouée elle aussi, avait toute une partie de ses batteries masquées par la *Magicienne*, qui relevait le triste privilège de la *Néréide* : le feu de trois bateaux français se concentrait sur elle. Le *Victor*, dérapé loin sur le récif par le vent de la nuit, était hors course.

Recommença le grand fracas, revinrent en rafale les bordées de mitraille sur les ponts inclinés, explosèrent les bordés de bois sous le choc des boulets.

Les Français avaient souffert eux aussi. La *Bellone*, qui avait subi le feu le plus intense, était toute hachée sur le flanc qui faisait face au large. Mais elle tirait encore.

A dix heures, le *Sirius* hissa une volée de signaux :

— *Retreat* !

Il fallait sauver ce qui pouvait l'être encore, profiter de l'immobilité des Français pour fuir.

Plus facile à dire qu'à faire. La *Magicienne*, bombardée depuis l'aube, était en train de rejoindre la *Néréide* au nombre des navires défunts. Son équipage fuyait après y avoir bouté le feu : la frégate sauta dans un fracas immense qui roula longuement sur les montagnes Bambous. Des débris retombèrent très loin, jusqu'autour des navires français. Quand la fumée se dissipa, on vit s'engloutir un squelette de coque.

Peu après, une escouade de la *Bellone* parvint à bord de la *Néréide* et en prit possession. Vision épouvantable : sur deux cent quatre-vingts hommes, cinquante seulement étaient indemnes ; il y avait près de cent morts.

Les tirs se concentrèrent sur l'*Iphigenia*, parvenue à se déhaler, qui reculait pied à pied vers le *Sirius*, luttant contre le vent contraire en faisant mouiller une ancre par une chaloupe sur laquelle les Anglais hissaient leur bateau, brasse après brasse. Effrayante lenteur, tandis que les boulets français de plus en plus mal ajustés à mesure que la distance augmentait cognaient encore, durement, l'arrière de la frégate.

Le *Sirius* était perdu lui aussi. Entré trop vivement sur le récif, il s'y était définitivement échoué. La marée aux Mascareignes est une des plus faibles du monde : pas question de compter sur elle pour se dégager. Pym payait bien cher sa précipitation.

La nuit tomba sur ce bilan. Le lendemain, le commandant anglais, la mort dans l'âme, dut donner l'ordre d'abandonner son navire. Le *Sirius* explosa à son tour tandis que l'*Iphigenia*, enfin en eau libre, rejoignait l'île de la Passe.

Elle ne put y tenir longtemps : huit cents hommes, dont beaucoup étaient blessés, s'entassaient sur le maigre rocher où il n'y avait pas d'eau. Le 27 août, Hamelin enfin arrivé mit fin à la bataille : l'*Iphigenia* ne put que baisser pavillon devant le renfort français.

Le général Decaen, accouru au Grand-Port dès le premier jour, put se réjouir : son île était sauvée. En outre, la marine impériale venait d'inscrire chez lui sa seule et unique victoire contre l'ennemi anglais. Et quelle victoire : deux frégates détruites, deux frégates prises, pas une perte française ! La *Néréide* ne semblait plus guère bonne qu'à faire du petit bois, mais l'*Iphigenia* était presque intacte. En outre, la *Vénus* et la *Manche*, de Hamelin, avaient chaudement reconduit le commodore Rowley et sa *Boadicea*, arrivés trop tard de Bourbon. L'Empereur serait content.

Il y aurait eu de quoi, vraiment, tirer des salves d'honneur si la mer n'avait charrié autant de morts sur la rive...

∼

De tous ces trois jours, je n'ai rien pu savoir.

Il est touché, je sais, sinon je l'aurais vu s'agiter avec les autres qui vont de ci de là sur le pont de la *Bellone*, ramassant les corps, se penchant sur les blessés.

La *Néréide*, derrière, est un cimetière flottant. Des hirondelles de mer piquent par centaines entre les bateaux. Je sais bien ce qu'elles picorent.

Jeanne Féral est venue sur la grève, devant les canons de Lafargue enfin muets. Beaucoup de gens ont reculé quand les vagues ont jeté les premiers morts sur les galets, mais pas elle. Elle est entrée dans l'eau, a tiré un cadavre par les bras. Plus d'un s'est défilé quand elle a levé les yeux : l'autre face du spectacle n'est pas belle à voir. Lafargue et ses gars se sont avancés. Ils tenaient à peine debout.

— Il faudra les enterrer tous, a dit le lieutenant, sinon nous aurons le choléra.

J'y suis allée. Au moins ça me fera passer le temps.

∼

Deschryver apprit la victoire française par un voisin qui rentrait chez lui, la fête terminée. Il réagit mollement.

— Ah bon ! nous sommes vainqueurs... Bonne nouvelle...

L'autre se dit qu'il était bien piètre patriote.

En fait, Deschryver avait l'esprit ailleurs : en rentrant chez lui, trois nuits plus tôt, il avait trouvé son fils dans son lit, béatement endormi sur les seins de sa femme.

∼

— Alors ?

Le chirurgien leva la tête avec agacement. Cela faisait la troisième personne qui lui demandait des nouvelles de ce blessé. D'abord cette espèce de grand traîne-sabre de corsaire, tout noir, sanglant d'écorchures, mais aussi forte gueule que jamais. Puis une sorte de vieillard, sec comme un chicot et presque aussi mal embouché que son prédécesseur. Mais il rentra sa rogne en reconnaissant son interlocuteur : il avait vu ce grand métis, blessé à la cuisse pourtant, porter dans l'entrepont une quinzaine de blessés quand la mitraille sifflait encore.

— Il s'en tirera. Belle cicatrice, mais elle sera masquée quand les cheveux repousseront : il ne fera même pas peur aux dames.

Il se retourna, contemplant avec lassitude l'alignement de ceux qui restaient à soigner.

— Vous devriez le mener à terre, cela fera de la place. Il va dormir beaucoup. S'il saigne du nez ou des oreilles, priez pour son âme. Mais je crois qu'il a passé le mauvais cap.

Magloire souleva son frère.

– Ah ! ajouta le médecin, profitez du voyage pour évacuer ceux qui peuvent supporter un transport. Français ou Anglais, peu m'importe, pourvu que ça nous donne un peu d'air.

– J'en avais bien l'intention, dit Magloire.

~

La houle rejeta aussi, vers les Treize Cantons, un grand Noir encore vivant qui remonta péniblement la grève.

– *Côte to sorti ?* lui demanda quelqu'un. *Tone fini prisonnier ?*

Comme le gars semblait avoir bu beaucoup d'eau, on ne le questionna pas plus. Et personne ne le retint quand il prit le chemin de Mahébourg : il y avait trop à faire avec tous les noyés.

~

La caserne de Mahébourg avait été réquisitionnée pour accueillir les blessés, mais on s'aperçut vite qu'ils seraient mieux soignés dans les propriétés où ne manquait rien de ce qu'il fallait pour les nourrir, les coucher, les laver.

C'est ainsi que le commandant Duperré, futur amiral, se trouva allongé, honneur oblige, dans la plus belle chambre de la plus grande maison du quartier, chez les Robillard, aux côtés d'un autre héros : Willoughby, borgne mais vivant. Dès qu'ils eurent recouvré la parole, ils se mirent à commenter la bataille et ses manœuvres.

– La prochaine fois, je ferai mieux, sourit Willoughby.

– Parce qu'il y aura une prochaine fois ? sourit Duperré.

– Comme si vous ne le saviez pas...

C'est ainsi encore qu'Hervé se réveilla chez lui, avec quatre belles femmes à son chevet : sa mère et les trois filles du Breuil. Il contempla avec ravissement ces visages, sur lesquels la fatigue avait marqué de troublants cernes.

Il se plut à penser qu'elles avaient veillé pour lui, tremblé pour lui, et il ne rompit le silence qu'afin de rassurer sa mère : oui, il allait mieux et avait tous ses esprits.

— Alors, c'est parfait, dit Diane du Breuil. Comme cela nous pouvons te présenter Monsieur.

Un gars bandé aux jambes était assis sur une chaise. Il inclina brièvement la tête.

— Lieutenant Samuel Walters, de la *Néréide*. Nous avions déjà failli nous rencontrer, je crois...

Hervé soupira, regarda les filles.

Elles arboraient toutes les trois l'expression de la plus parfaite innocence.

Cet ouvrage
réalisé pour le compte des Éditions Phébus
a été décodé et mis en page par In Folio,
reproduit et achevé d'imprimer
par Normandie Roto S.A.
à Lonrai (Orne)
le 10 avril 1992

Dépôt légal : avril 1992
I.S.B.N. : 2-85940-239-X
I.S.S.N. : 0992-5112